講談社文庫

スリジエセンター１９９１

海堂尊

講談社

スリジエセンター1991

序章
星と松明《たいまつ》

一九九二年春

——ジュノ、革命は成功すると思うかい？

突然、天から降り注ぐように、そんな言葉が蘇《よみがえ》る。

まどろんでいた世良《せら》は目を見開き、窓の外を眺める。

カモメがひと声鳴いて、青空を滑らかな曲線で切り取っていく。

ここ、モンテカルロは〈ヴィル・ドゥ・ソレイユ〉、太陽の街だ。

五つ星ホテルのロイヤルスイート。テーブルの上には華やかなフルーツが並べられている。世良はほんのり色づいたさくらんぼを、一粒つまみ上げて口にする。

天城《あまぎ》雪彦《ゆきひこ》が世良をジュノ（青二才）と呼ぶ時は、そこそこ機嫌がいい時だった。

そして時々はものすごく不機嫌だったこともある。

だが、その問いを世良に投げかけてきた、あの時の天城は間違いなく前者だった。

確信しながら世良は、手にしたシャンパンを飲み干す。

日本では考えられないような豪勢な暮らし。だがほんの少し前、世良が外科医になりたての頃には、日本もこんな風に贅《ぜい》を尽くした国家になるだろう、と楽天的に信じられていた。

黄金の国、ジパング。そこには世界中の富が流入していた。

その頂点の一九八八年、バブル絶頂期に世良は外科医になった。

だが絶頂とは、没落の始まりでもある。

一九九〇年。大蔵省銀行局長通達が、バブル景気を一気に破綻させた。世間知らずの官僚がピント外れの処方をし、あまりに劇烈すぎたその頓服薬の副作用によって、日本経済は瀕死《ひんし》状態になってしまった。金融業界は、貸し剝しや貸し渋りという、弱者への合法的不法行為でつじつま合わせをした結果、未曾有の好景気だった日本経済はあっと言う間に失速した。この通達が大失態だったことは、後に発案をしたのが誰か、諸説入り乱れていることからもわかる。官僚が責任を他になすりつけようとしているという事実が、失政を証明しているわけだ。

その頃、世界は激動していた。

中東の独裁者が隣国にちょっかいを出し、激怒した米国が国連軍という錦の御旗を掲げ、自らの貪欲さは押し隠しながら、空爆で暴れん坊の野望を打ち砕いた。

ユーラシアでは民主的体制を導入した指導者が、クーデターで追われた。

一度は復権したが、共産主義国家が耐久年数を越えたことを露呈し、世界に二項対立の片割れとして君臨し続けた赤い大帝国はあっさり消滅した。

世良がモンテカルロに滞在していたのは、国内外ともにそんな激動の時代だった。

極東の一地方で地域医療を支えていた外科学教室もまた、激動の渦に巻き込まれていた。

――後で振り返れば、始めからすべて自明だったかのように見えるものさ。

だからしたり顔で語る輩《やから》は信用してはならない、と教えてくれたのは、日本から遠く離れた異国の地で、浮き世離れした生活を送っていた天才外科医だ。

それはモンテカルロのエトワール（星）と尊称されていた天城雪彦だからこそ見えていた景色であり、慣習から解き放たれた自由な精神に基づいた見識でもあった。

凡庸な外科医なら、そんなことは微塵《みじん》も考えなかったに違いない。そして世良は、そんな凡庸な、駆け出しの外科医だった。

東城《とうじょう》大学医学部総合外科学教室、通称佐伯《さえき》外科三年目の若手外科医である世良は、自分が伝統的な日本の医学教育から受けた薫陶を思い出す。

カネのことなど思い煩うな。患者を治すことに専念していれば、そんなものは後からついてくる。それが外科医、いや、日本の医師の共通認識であり、「医は仁術」という呪符はその象徴だった。

カネのことは実は好んで語られていたが、俗世の矮小《わいしょう》な話題に留まっていた。たとえばゴルフの会員権の相場。たとえば青天井で上昇を続ける株への投資話。

卑近な儲《もう》け話に夢中になる医師たちも、自分たちの根本である医療経済については考えようともしなかった。

そうした傾向は、裏を返せば医師の美徳の発露を可能にした。

そんな経済的背景があって初めて、医師は収益を度外視し、患者に対し純粋に最良の治療を行《おこ》なうことができたのだから。

患者が支払いを踏み倒して姿を消しても、主治医は事務長からの叱責を黙って引き受けた。それが世良が外科医になりたての時代だった。

実はその時代、医療の黄金郷は実現していた。

しかし、ここにも翳《かげ》りは見え始めていた。

一九九一年四月。政界に絶大な影響力を誇った日本医師会のドン・野村参蔵《のむらさんぞう》が亡くなったのを機に、厚生省官僚が「医療費亡国論」を発表し、医療業界に反攻の狼煙《のろし》を上げようとしていた。だが医師たちは、医療費抑制に向け舵《かじ》を切ろうとした官僚たちの目論見《もくろみ》に、あまりにも無頓着だった。

追随者を許さない、卓越した技量を誇った天城雪彦は、他の医師とは違っていた。良《い》い医療にはカネがかかる、と堂々と明言した。今となっては当たり前だが、当時は同意できなかったのは、天城の患者に対する姿勢があまりにもエキセントリックに見えたからだろう。

手術を受けたいなら全財産の半分を差し出せと言い放つ。ルーレットに天運を尋ね、患者がギャンブルに勝利した場合にのみ、勝ち分を報酬として術者を引き受ける。

シャンス・サンプル、二者択一のギャンブルの勝利者。

それが天城の患者になるための最低限の、そしてたったひとつの条件だった。

それにしても……、

モンテカルロの穏やかな内湾を眺めながら、世良は天城の問いを思い出す。

——革命は成功すると思うかい？

どうして今、ここで天城のあの言葉を思い出したのだろう。そもそも、そうした会話をどこで交わしたのかということさえ思い出せないというのに。

だが楽しげな天城の表情だけは、今も鮮明に思い浮かべることができる。

「いいえ、革命は成功しません」

世良の答えに、天城は不思議そうに言う。

——優柔不断なジュノにしては珍しく、きっぱり断言したな。では、その根拠をお聞かせ願おうか。

世良は指を一本立てて、言う。

「ひとつ目。革命は、体制派の反感を招きます。なので既存の組織から叩《たた》かれます」

——ふむ、常識的で退屈な一般論だな。

記憶の中で呼び覚まされた天城は、いつものようにシニカルな微笑を浮かべ、ひりりと辛辣な言葉を吐き捨てる。

——だが強靭《きょうじん》な意志を持った崇高な人物が理想に向かって邁進《まいしん》したら、旧態依然とした連中の弱々しい防御壁なんて簡単に突破できるのではないか？

しばらく考えた世良は、はかないVサインのように二本目の指を立てる。

「ふたつ目。革命は一時的には成功するかもしれませんが、長続きはしません。なぜなら革命がうまくいったら、革命の当事者たちは体制派に転じ、革命が終焉《しゅうえん》を迎えてしまうからです」

その時に脳裏に浮かんだのは、佐伯外科の教室でただひとり尊敬に値すると考えていた俊英、高階《たかしな》講師の横顔だった。

——革命家は日和《ひよ》る、か。面白い。だがな、ジュノ、その考えは間違っている。

世良は首を傾《かし》げ、なぜですか、と尋ねる。

——そもそも、革命とは何だ？

天城は時々、こうした本質的な問いかけをした。

そしてたいてい、その答えはない。

一見、不毛なやりとりに思えるが、若い世良にとってそれは不快ではなかった。

その問いがなければ、凡人はおそらく一生考えることもないような問い。

それが天城の問いだった。

黙り込んでしまった世良を横目で見ながら、天城は窓の外に視線を転じた。

その視線の先には大海原があった。

するとあれは桜宮《さくらのみや》岬でのやり取りだったのかもしれない。

世良はその場所を思い出せない。だが天城の言葉は世良の脳裏に響き続ける。

——革命が永続的に成功するケースは存在する。革命家が、革命を成し遂げたのちも戦線を拡大し続け、永遠の戦闘を続ける場合だ。

世良は考え込む。それは確かにあり得るケースだ。

だが果たしてそれを成功と呼べるのだろうか。

しばらくして世良は、自分の中に生じた異和感を言葉に変換する。

「みっつ目。それならやはり革命は成功しません。永遠に終結しないんですから」

天城は微笑して、首を振る。

——それは違う。その継続こそ革命の成就だ。成功の後も戦い続ける存在がいた、ただその事実だけで、人々のこころに松明が灯《とも》される。

天城は自分の胸に輝くエンブレムに右手を置く。世良は次に語られた天城の言葉を口にして、自分の言葉として重ね合わせる。

「受け継がれていく松明の炎、それが革命の本質だ」

世良は、そしてあの時の天城は、窓の外を見る。

ようやく、周囲の景色を思い出す。付属病院最上階、病院長室の窓からの風景。

あの時、なぜ天城とふたりきりだったのかは思い出せない。だが、その言葉だけは鮮やかに蘇り続ける。

──松明の炎がこころに赤々と受け継がれていく、それこそが革命の成就なんだよ、ジュノ。

「そんな人、この世界にいるわけないじゃないですか」

すると天城は窓の外に広がる大海原から世良に視線を戻した。その瞳の奥には深い静寂が湛《たた》えられていた。その天城は、華やいだ口調で言う。

──かつて、そんな革命家がいた。そいつは陽気に呑《の》み、歌い、踊り続けた。ヤツが話すと他愛もない話が、美しい〈マドリガル〉（恋歌）のように響いたものだよ。

その時、天城は、過去の一点を見つめていた。

そして今の世良は、遠い未来を眺めている。

「世界はそれほどまでに豊かなのでしょうか？」

世良のまっすぐな問いかけに天城は微笑する。

——人知れず偉大な仕事を成し遂げ、夜露のように消えた英雄は、真夜中の蒼天《そうてん》にある、星の数ほどいる。それが人々の記憶から失われただけだ。

そして天城は両腕を抱き、胸の中で赤々と燃える松明を抱き締めた。

今、世良は天城の正しさを確信している。

だからこうしてはるばる、異国の街にやって来た。

そして一週間が経《た》ち、世良はまだ天城に会えずにいる。

だが焦ることはない。初めての時も会えるとは思えなかった。にもかかわらず多くの運命が交錯するグラン・カジノで、世良はあっさり天城を見つけたではないか。

強い念は雲間を突き抜ける孤峰のように運命を引き寄せ、出会うべき人と巡り会う。

その名がフランス語で〝隠れ家〟を意味するオテル・エルミタージュの一室で、無為の時間に漂いながら、世良は天城が目の前に姿を現すのを待っていた。

世良は信じていた。

上機嫌の街、モンテカルロを。

ここほど天城に似合う街は、他にはどこにもないのだから。

佐伯外科での日々は古びた写真のようにセピア色にくすんでいる。まだ、あれから数ヵ月しか経っていないというのに。

そして世良は、あらゆる軛《くびき》から逃れた異邦人としてひとり、快晴の街に佇《たたず》む。

自由とは劇薬だ。

絶世の美女のように魅力的だが、うかつに触れると火傷《やけど》する。そして手にする資格のない者が得ても、もてあまして放り出すのが関の山だ。

モンテカルロの貴婦人、オテル・エルミタージュのロイヤルスイート。そのソファに怠惰に横たわっていた天城の姿は、輝ける未来図だ。

天城を真似《まね》て、窓辺の長椅子に長々と寝そべってみる。

居心地が悪いのは、自由という名のガウンを着こなす度量と経験に、まだ欠けているからだろう。

——でも、いつか必ず……。

世良は目を閉じる。

そして目の前の扉が開き、驚いて目を見開いた天城が、いつものように、ジュノ、と呼びかけてくれるのを待ち続けている。

第一部　春

1 輝ける四月の底で

一九九一年四月二日（火曜）

一九九一年四月。夕方、総合外科学教室、通称佐伯外科の主戦場、新病院の五階病棟では患者の申し送りが終わり、看護婦は帰宅する日勤組と、準夜勤帯の業務に取り掛かる二手にわかれた。その傍《かたわ》らで、医師たちはいつもの単純作業に勤《いそ》しみ、世良は翌朝の採血管を揃《そろ》えていた。大学病院の医師は雑用が多い。医師の業務はキュア（治療）、看護婦の仕事はケアなので、本来ならバッティングしないというはずだが、どちらに属するか判然としない、雑用という膨大な境界業務が存在する。

患者の診察、処方箋書き。検査の決定、データ評価、手術執刀という、診断と治療の遂行こそ医師本来の業務だ。だがその業務には術前検査のデータを得るため採血を組みオーダー発行、シリンジ準備、早朝採血、採血後の検体搬送、検査結果の打ち出し、カルテへの添付などの膨大な雑用がつきまとう。こうした雑用の山々を経て、やっと必要な数字を手にできる。その数値の意味するところを考え、有効な一手を打つことが本来の医療業務なのだが、下っ端の医師はそこにたどり着く前に力尽きてしまう。これが大学病院の現実だ。

だが、外部の研修病院は違う。雑用の大半は看護婦が代行し、患者をキュアする医師もケアしてくれる。こうして研修医は出張病院で初めて、医師職の本質を理解する。

だが、大学病院という頑迷固陋《ころう》な組織では、普段はそんな雑用のほとんどは一年生の仕事になる。だから今、同期で将来の医局長候補との呼び声高い北島《きたじま》が、上の空で採血管の準備をしながらボヤきたくなる気持ちはよくわかる。

「外部研修を終えた四年目のシニア・レジデントで、ＰＤまでやらしてもらった俺が、一年坊の下働きに逆戻りだぜ。やってられないよ」

隣で世良が慰めるように応じる。

「ＰＤなんてすごいよ。さすが三年目のがんセンターだな。中瀬《なかせ》部長は認めた研修医には相当やらせるけど、ダメだ思ったらと全然やらせてくれないからな」

ＰＤとは膵頭《すいとう》十二指腸切除術 pancreatico-duodenectomy の略号で、膵臓癌《すいぞうがん》に対する標準術式だ。あらゆる外科的手技を駆使しなければ遂行できないＰＤは、消化器外科手術の頂点だ。その術者になったということは、一人前の外科医としてお墨付きを手にしたに等しく、そこまで到達したのに雑用係かよ、と北島がボヤきたくなるのも当然だろう。世良の相づちに、気をよくした北島は、すぐお世辞返しをする。

「世良だって二年目でトタール（胃全摘術）をやらせてもらうわ、毎週のように胃切除術の術者にしてもらうわ、だなんて前代未聞だと驚かれてたぞ。胃全摘術を二年目でやらせてもらえる外科医は少ないからな。それにしてもがんセンター天国、富士見《ふじみ》地獄を見たラッキーボーイとは、相変わらず派手な経歴だな」

「お前だって似たようなものだろう、北島」と世良は言い返した。

佐伯外科の研修システムは二系統にわかれる。前期の一年目は大学病院での下働き、その二月に関連病院に出向、二年目の九月に二つ目の関連病院に出向する。ここまでは共通だが、ここで三年目に大学病院に戻る集団と、もう一年出向する組に分かれる。つまり外部研修を、二年で二ヵ所受けるグループと、三年で三ヵ所のグループが混在しているわけだ。それは出張病院の都合と大学病院の労力確保というふたつの要求のバランスを取った妥協の産物だ。当然ながら三年研修の方が、人気が高い。

このシステムは大学医局と関連病院の双方にメリットがある。医局は二年目、三年目の研修医に実地訓練を行なえる。関連病院はフレッシュな人材を安定供給してもらえることになる。地方病院は人材難になりやすい。自分の都合を優先させたら、地方の小病院に研修医はいなくなる。だから医局は強制的に派遣し、医師の配置を適正化して、地方医療を支えた。医師の自由意志を損なうという面もあるが、そこは医局がフェアな仕組みで不満を抑えた。出張病院が事前に提示され、プロ野球ドラフト会議のウエーバー方式のクジびきで決める。一年目に一番クジを引いた世良が選んだ桜宮がんセンターでは、研修後半では毎週のように胃癌手術の術者になり、経験症例は二十例近くに達した。その上二年目では破格のトタールまで経験させてもらった。一方、ビリクジの北島の最初の研修は老人病センターだった。内科疾患ばかりで、手術は小手術のみ、外科医のキャリアはほとんど積めなかった。

だがウエーバー方式で選択した二ヵ所目の研修で、ふたりの立場は逆転する。世良と入れ替わりでがんセンターに行った北島は、外科医の頂点・PDをやらせてもらった。世良は富士見診療所という山間の診療所勤務となり、富士見地獄と呼ばれる退屈地獄に陥った。このようにトータルでみれば研修は平均化された。

こうした研修が、医局員の不平不満を軽減させていた。

恨むなら、クジ運のなさを恨め。そう言われて、文句を言う医局員はいなかった。

大学病院の雑用は一年目の研修医の仕事だ。だが一年生が一年目の二月で姿を消すと医局で一番下っ端の学年に代役が割り当てられる。出張病院で腕を磨いた生意気ざかりのシニア連中が雑用を割り当てられ、不満が噴出する。

医局の二月危機と呼ばれる状況は、新一年が入局する五月まで約三ヵ月続く。

一年生の入局が黄金週間明けの五月になるのは、国家試験の合格発表が五月中旬だからだ。だから新入生は、卒業後に一ヵ月という長期バカンスを取れる。勤務が始まればそんな長期休暇を取ることは難しい。

「そういえば、四月の頭から医局に来るという一年坊がいるって聞いていたけど、あれは単なるウワサだったのか？」と北島が採血票を整理しながら、世良に訊《たず》ねる。

「いや、統制を乱すなと医局長に言われ、連休明けからにしたらしい」

垣谷《かきたに》講師は十二年目で心血管外科グループに属し医局長も務めていた。人望は篤《あつ》いが、世良にとってサッカー部の先輩でもあり、多少煙たい存在だった。

「問題児の匂いがぷんぷんするな。東城大の卒業生だそうだけど知ってるか、世良？」

「ああ、知ってるよ。ベッドサイド・ティーチングで俺が教えたヤツだ」

目を閉じると瞼《まぶた》の裏に面影が浮かぶ。忌々しさと一抹の爽やかさが胸中に蘇る。

——すぐに追い抜きます。

脳裏にレポートの一文が一閃《いっせん》する。あれは挑戦状だった。学生の分際で生意気な。やれるものならやってみろ、と言いそうになって、あわてて口を押さえる。そして、二年のキャリアがあるんだ、簡単に追い抜かれるかよ、と自分に言い聞かせる。

そこに、尖《とが》った声が割って入った。声の主の青木《あおき》は心血管グループの一員だ。

「世良、梶谷《かじたに》さんの検査データは揃っただろうな。来週、術前プレゼンだからな」

「大丈夫だと思う。さっき確認したから」

「この間もアナムネの聞き取りが不充分だっただろ。たったひとりの受け持ち患者なんだからしっかりしてくれよ。お前のミスを尻拭いさせられるのは同期の俺なんだ」

世良がうつむく。青木は世良に対して、好意的ではなかった。世良がある事情で腰掛け的にやむなく心血管グループに所属しているせいだ。

だが、そこへタイミングよく古参の看護婦が声を掛けてきた。

「世良先生、天城先生からお電話で、今すぐお部屋に来て下さい、とのことです」

その名を聞いて青木の表情が歪《ゆが》む。心血管グループに属する青木からすると、黒崎《くろさき》助教授が疎んじる天城は忌むべき存在だ。だがそんな青木でさえ、天城の公開手術に助手として参加した後では、すっかりその手技に魅せられてしまった。そのことを後ろめたくも思っていた青木の視線が、世良の背中に突き刺さる。

「わがままなボスの面倒を見るのも大変だな、世良」

「もう慣れたよ。それに年季はあと一年だし」と世良は、振り返らずに答える。

「本当にできるのかよ、ハートセンターなんて」

世良は振り返り、青木を見つめた。

「俺みたいな下っ端にわかるはずないだろ、そんなこと」

そして今度こそナースステーションを後にした。

世良が新病院を出て、さくら並木を歩いていると、はなびらがひらりと肩に降りかかる。それはひかりの破片のようだ。空が高い。

その空の果てに目を凝らし、自分の属する組織の名を口にしてみる。

スリジエ・ハートセンター。

〈スリジエ〉とはフランス語で〝さくら〟を意味する。

刻印された言葉がひかりの中で甦《よみがえ》る。その響きは新鮮だ。

世良は急ぎ足で天城の許《もと》へ急いだ。天城の居室は、旧病院・赤煉瓦《あかれんが》棟の旧教授室だ。

「やあ、ジュノ。ご機嫌いかがかな」

その声を聞いて、世良は小さくため息をつく。天城の声が上機嫌に響く時には何か指令が下るということを、世良は悟っていた。そもそも自分が、〈ジュノ〉(青二才)などと呼ばれている時点で、その日の運命がわかる。

「俺の気分など気にしていらっしゃらないくせに、きれいごとは言わないでください。御用件は何でしょうか」

「おやおや本日のジュノはご機嫌斜めか」

天城の人なつっこい笑顔を苛立《いらだ》たしげに見遣《みや》る。天才は無邪気だ。人の気持ちを逆撫《さかな》でし、うんざりさせる裏側で、いきなり懐に飛び込んできて凡人を虜《とりこ》にしてしまう。

彫りの深い貴族のような顔立ちを見つめ、世良は首を振る。

「気分はいつもと同じで、変わりません」

「エクセロン」と天城がフランス語で答える。そんなキザなセリフが似合う。

ここに来る以前、天城はモンテカルロ・ハートセンターの上席部長の職にあった。手術の腕は神懸かり的で、モナコの王族から勲章と共にモンテカルロのエトワール（星）という称号を贈られている。ブレザー型の白衣の胸には銀の糸でエトワールのエンブレムが刺繍《ししゅう》されている。

現在はスリジエ・ハートセンターの総帥だ。ただしまだ施設はオープンしていない。天城は昨夏、胸部外科学会シンポジウムで公開手術という離れ業を成功させた。術式はダイレクト・アナストモーシス（直接吻合術《ふんごう》）。最先端の動脈バイパス術のさらに一歩先を行く技術で、その術式は世界中で、天城しかできないものだった。

そんな天城に従う世良の立場は微妙だ。総合外科の医員としてスリジエセンターへ出向している形の世良に対し、教室員の風当たりは冷たい。もともと二重所属は珍しくない。約半数の医局員は三年目に大学に戻らず、外部の出張病院で研修するが、その時は佐伯外科の医員と出向先の外科医長を兼任したからだ。

だが世良のケースは特殊すぎた。幸か不幸か、世良は周囲から天城との関係は良好だと認識されていた。

では、天城はどう認知されていたのか。それはわかりやすい。

まごうことなき手術の天才。触れたくもない忌まわしい存在。そんな正と負のふたつの評価が錯綜《さくそう》する。強い光の下では色彩が飛び、すべてが白と黒に二値化される。

そして天城の世評は、オセロの駒のように白と黒がめまぐるしく入れ替わる。

雑然とした天城の居室の机上にチェスの駒が並べられている。

味方は紫水晶《アメジスト》、敵方は黒曜石の駒だ。

その局面が東城大での戦局を示しているらしいことは天城の言動から窺《うかが》えた。ただし戦況が良好なのか、芳《かんば》しくないのかは、チェスの素養のない世良にはわからない。

そもそも、その東城大の懐に飛び込んだ天城がなぜ、佐伯外科の面々を敵陣に据えているのかという、その前提すらも大いなる謎だった。

天城はすらりと立ち上がると、紫色に透き通った駒を取り上げ、明るい声で言う。

「陰鬱な〈ビショップ〉（僧正）を倒すため、いよいよ〈ナイト〉（騎士）の出撃だ」

騎士を取り上げ、敵陣深く隠れるビショップを弾く。チイン、と金属的な共振音がして、僧正は盤上に横たわる。

自分をナイトになぞらえた天城は、自らを尖兵《せんぺい》として、紫水晶の駒を漆黒の敵陣深く跳躍させた。盤上のキングは佐伯外科の当主にして国手として名高い佐伯清剛《せいごう》教授だ。盤上における最強の兵、クイーンはアカデミズムの雄、東京・帝華大《ていかだい》から赴任してきた高階講師。専門は胸部食道癌手術で、スナイプという胸部食道切除術における自動吻合器を開発し、職人的技術が必須とされる食道癌手術の一般化をめざす。

　天城が倒すと宣言したビショップ・黒崎助教授は心血管外科グループのトップだ。高階講師と共に、佐伯外科の双璧である黒崎助教授は、循環器専門病院となるスリジエセンターの一番の障壁になると予想された。天城が、黒い僧正を最初の標的にしたのは、そのためだということくらいは、世良にも理解できた。

　忠実な番兵〈ルーク〉は黒崎助教授の腹心、十二年目の中堅・垣谷は医局長を務める。世良はと言えば、天城からはグズなポーン（歩兵）と呼ばれている。

　その名付けに対して、抗議する資格も気力もない。

　以前、そう言われた時一度だけ抗議したことがあった。

「そこまでおっしゃるのなら、俺みたいなグズじゃなくて、目端の利く優秀なヤツを部下になされればいいじゃないですか」

　脳裏に、同期の出世頭である北島や、愚直なまでに職務に忠実な青木の顔が浮かんだ。だが、世良の抗議を聞いた天城は、意外そうな顔をした後で肩をすくめた。

「どんなにグズでも、ジュノは私にとって一番の部下だからな」

「それって褒めてませんよね」と言いながら世良は動揺した。天城は笑う。

「ジュノは私にとってラッキーボーイ、滅多に手に入らないモナコ硬貨みたいなもんさ。それに歩兵《ポーン》には無限の可能性がある。敵陣に侵入したら最強の駒クイーンにも変身できるんだからな」

その説明に納得したわけではなかったが、それ以来、世良がその呼び名に反抗を口にすることはなくなった。そんな昔のやり取りを思い出しながら、世良は尋ねる。

「これから天城先生はどうなさるおつもりなんですか？」

天城はあっさり答えた。

「近々、第二回の公開手術を実施する」

世良は目を瞠《みは》る。いつか来ると覚悟はしていたが、とうとうやってきてしまった。わかっていても、やはり正式に宣告されると身体《からだ》が重くなる。

「いつ、どこで、誰を手術するのですか」

掠《かす》れ声で尋ねる世良に、天城は答える。

「患者はジュノもよく知っているVIP、ウエスギ・モーターズの上杉《うえすぎ》会長だ。場所は本丸、東城大で行なう。現状を考えると、今回は大学病院でやるのが最も効果的だ。桜宮のスーパーVIPであれば、院内政治への影響も大きいだろう」

天城が即答すると、世良が反論する。

「それは無理です。そもそも外部の観客に見てもらう公開手術はウチではできません。ウチの手術室には外部の人間は入れませんから。この間の公開手術は、東京国際会議場に急造でしつらえられた、ステージ上の臨時手術室でやりましたよね」

「その点は問題ない。協力者が、手術室の様子を第一講堂に設置したモニタに映し出してくれる手はずになっている」と天城はあっさり切り返す。

「手術室は予定でいっぱいだし、新任の手術室の福井《ふくい》婦長はウチのグループには反感を抱いています。そんな人たちに、この公開手術は納得させられませんよ」

「もちろん私だって、いろいろ考えているさ。まず手術日を日曜に設定して貸し切りにする。それから桜宮市医師会の協賛を得て、桜宮外科集談会の研修の一環に認定してもらう。これで〈セ・フィニ〉（終了）だ」

世良は天城の発想に舌を巻く。

確かに集談会に組み込めば観客は集まるだろうし、日曜日にオペをすれば手術室も煩雑な調整をせずに済む。モニタで見せれば大がかりな見学室の準備も容易《たやす》い。こうしたことは、忠実さだけが取り柄の大学構成員には決して思い浮かばない発想だ。

やはり天城は天翔《あまがけ》るナイトだ。

だが天城の企てには、常に不安定な要素がつきまとう。天才・天城が創設を目指す、スリジエセンターのイメージが、ちっとも湧いてこないのはそのせいだろう。

天城が目指しているもの、それは永遠にたどりつけない、蜃気楼《しんきろう》ではないのか。

半ば呆《あき》れ、そして半ば感銘を受けた自分の感情を隠しつつ尋ねる。

「そんなアイディア、いつ考えついたんですか？」

「昨日だよ」

昨年七月、胸部外科学会シンポジウムで公開手術を成功させて以後、矢のような催促を天城はのらりくらりとかわしていた。しかし、いざ決断すると素早い。

「時期はいつやるんですか？」

「四月末に実施する。ゴールデンウィークは避けたいがな」

「そんな無茶な。それだとたった三週間しかないので、準備が間に合いません」

世良の言葉を、天城は止める。

「確かにジュノには心配をかけるが、悪い話ばかりでもない」

天城は微笑する。この笑顔に騙《だま》されてはいけない、と世良は自分に言い聞かせる。

そのせいで、幾度酷《ひど》い目に遭わされたことか。だがそれでも世良は、吸い寄せられるようにして、つい天城の言葉に聞《き》き惚《ほ》れてしまう。

天城はいつもの調子で軽やかに続ける。

「昨年の公開手術の際の余剰金がそっくり残っているし、今回は設備投資費がほとんどかからない。さらに上杉会長からは、手術はいつだと急《せ》かされているくらいだから、早まる分には異存がないだろう」

「となると、医局内部や病院の反発が一番問題ですね」

世良が合いの手をいれると、天城は首を振る。

「ところが今回はそこも問題ない。実は公開手術はキング佐伯の要請だから、医局内の反発や病院の反対はキングが封殺してくれるはずだ」

「ひょっとして裏で手を回して、佐伯教授にお願いしたんですか？」

「まさか。私がそんな手の込んだ根回しなんてするはずないだろう。日程は昨日突然、ムッシュ佐伯から告げられた。私も寝耳に水だよ。それがキングから直々の招集状だ。その理由を探るのに、ちょうどいい機会だろう」

天城は世良に、一枚の紙を投げ渡す。ひらひら落ちる紙を、世良は拾い上げた。医局運営会議の通知だった。日時に視線を走らせた世良は、驚いて立ち上がる。

「何をぐずぐずしているんですか。もう会議は始まっているじゃないですか」

「さっきから出掛けようとしていたのに、ジュノが質問してくるものだから……」

「そういう大事なことは、最初に言ってください」

世良は天城の背中を押し、ほの暗い部屋の扉を開く。

世良と天城は一瞬にして、溢《あふ》れんばかりの外界の光に包まれた。

2 佐伯外科・巨頭会議

四月二日（火曜）

新病院が近づくにつれ、世良の足取りは重くなる。会議の開始時間はとっくに過ぎているのに背後の主役の歩みは遅い。世良が振り返ると、天城はさくら並木をぼんやりと眺めている。さくらの花びらが舞う中、天城の輪郭がにじむ。

世良は声を掛けるのも忘れ、思わずその姿に見とれた。


医局運営会議は火曜午後に三階の教授室に隣接する応接室で開催される。

ノックしておそるおそる扉を開くと、男性たちの目が一斉に注がれる。天城はさらりと部屋に入り、ソファに腰を下ろす。世良はひとり取り残された。

「ぐずぐずするな。とっとと扉を閉めろ」

黒崎助教授の叱責に世良は跳ね上がり、大急ぎで扉を閉めた。

そこには総合外科学教室、通称佐伯外科を支える重鎮たちが顔を揃えていた。

正面には佐伯清剛教授。白眉が、厳しい表情に一抹の清冽《せいれつ》さを添えている。佐伯外科の二枚看板、黒崎助教授と高階講師が両隣に控える。佐伯教授は病院長を兼務していて、心血管手術は黒崎助教授、腹部手術は高階講師が執刀することが多い。

四十代半ばの黒崎助教授は苦虫を嚙《か》みつぶしたような顔をしているせいか、老けて見える。心血管外科部門のトップは平板な顔にダンゴ鼻という典型的な日本人顔だ。旧来の大伏在静脈を用いたバイパス術では名が売れている。残念ながら世界の潮流の代替血管は動脈へ移行し、医療技術者としてやや時代遅れになりつつある。そこに最先端のバイパス術の更に一歩先をいくダイレクト・アナストモーシス（直接吻合術）をひっさげた天城が華々しく招聘《しょうへい》されては、心中は穏やかではない。何かというと天城の代理人の世良に苛立ちをぶつけてくるのには、いささか閉口させられる。

黒崎助教授の隣に心血管外科ナンバー2の垣谷講師が侍《はべ》り、会議の議事録作りに勤んでいる。医局長を務めていることからも分かるように、佐伯外科では屈指の人格者だ。外科医歴は十二年目。サッカー部の大先輩でもあり、世良は頭が上がらない。

その向かいに高階講師が座る。三十代後半の実年齢より若やいで見える。小柄な体つきは均整が取れている。いつも上機嫌で廊下を歩いていると鼻歌が聞こえてきそうだ。胸部食道癌手術が専門で、スナイプという自動吻合器による簡易食道癌手術を世に広めようとしていた。

出身は東京・帝華大学第一外科。西崎《にしざき》教授の秘蔵《ひぞ》っ子《こ》だが歯に衣着せぬ発言が災いし、東城大へ飛ばされたというウワサだ。帝華大では阿修羅《あしゅら》という通り名だったが、端正な風貌と小生意気な言動から、佐伯病院長には小天狗《こてんぐ》と揶揄《やゆ》されている。

世良はそんな高階講師に魅せられ、外部研修から大学病院に戻った時に腹部外科グループに所属しようと決めた。だが佐伯教授の気まぐれで天城の面倒を見させられ、今は天城のスリジエセンターに所属し、心血管外科グループと共に働いている。

今の世良は総合外科の医局員で、スリジエセンターの構成員でもあるため心血管グループの客員医員を兼任し、本義は腹部外科研究室の一員というように四つの肩書きを併せ持っていた。だがそれは栄えあることではなく、大学病院においては単に雑用の四重苦を背負わされているということの別表現にすぎない。

佐伯教授、黒崎助教授、高階講師、垣谷医局長といった佐伯外科の重鎮の面々の中にいると、天城はひときわ異彩を放った。

「坊主、いつまでもそんなところに突っ立ってないで、とっとと席に座れ」

いつでも逃げ出せるように、扉の側《そば》に直立不動で佇んでいた世良に、佐伯教授が示したのは、教授の真正面の一人掛けの席だ。世良は思わず後ずさる。

「ジュノ、早くしろ。ただでさえ我々は会議に遅刻しているんだから、これ以上、議題を遅滞させたら申し訳ない」

遅刻したのは誰のせいだ、と喉元まで出かかった言葉を呑《の》み込《こ》み、着席する。素晴らしい座り心地、そして途方もない居心地の悪さ。

世良は周囲にばれないように、浅いため息をついた。

佐伯病院長が口火を切る。

「天城、公開手術の日程は確定したか？」

「〈ビアン・シュール〉（もちろん）。四月二十八日に決定しました」

世良は啞然《あぜん》とする。それはゴールデンウィークの初っぱなではないか。ついさっき連休は避けたいと言っていたのに。

「進行状況は概《おおむ》ね順調です。残っている業務は、事務局に通告し公開手術の設備を導入すること、手術スタッフを決定し、患者の同意を取り付けること、くらいです。それと桜宮市医師会に出向き、桜宮外科集談会の認定をもらってきます」

しゃあしゃあと言ってのけた天城に、うめくように黒崎助教授が言う。

「つまりそれは、あれから何ひとつ進んでいない、ということではないか」

「ま、そうとも言いますかね」

「お前というヤツは……公開手術の日取りまで、あと一ヵ月もないんだぞ」

「何をおっしゃるんです。まだ一ヵ月近くもあるんですよ」

天城は平然と言い返す。黒崎助教授はむっとして押し黙る。

こうした応酬では天城に太刀打ちできないことは、よくわかっていた。

「ならば言わせてもらおう。その日は浪速《なにわ》で循環器学会があり、垣谷が発表する。なのでそんな日程では垣谷は手術に協力できないぞ」

即座に前回前立ちを務めた垣谷を不参加にするという荒技に出たのは、黒崎助教授なりの意趣返しだろう。その宣告は事実上、心血管グループからの協力拒絶だ。

さらに黒崎助教授は天城の逃げ道を塞ぐべく、言葉を重ねる。

「佐伯教授には座長をお願いしてある。佐伯教授が秋に東京で大会会長をされる国際心臓外科学会の前哨戦《ぜんしょうせん》でもあるので、佐伯教授の日程も変えられない」

天城は前回、佐伯教授に助手を依頼し、断られた流れを梃子《てこ》に垣谷の助手協力を黒崎助教授から引き出した。今回はその流れも早々に封殺されてしまった。

端で見ていた世良には、天城が追いつめられているようにしか見えなかった。

「おかしいですね。私はムッシュ佐伯から直々に、秋の国際学会主催のため四月中に公開手術を実施せよという下達を受けたんですが」と天城は眉をひそめた。

黒崎助教授は一瞬ぐっと詰まるも、腕組みをしてふんぞり返る。そうすればあたかも異端者・天城の存在が目の前から消えてなくなる、と信じ込んでいるかのように。

敵陣のど真ん中で憤死寸前の騎士《ナイト》。だが次の瞬間、アメジストの煌《きら》めきの尾を引いてナイトは跳躍し、鮮やかに死地から脱出する。

「でも結果的にはよかった。天は私に最善の助手を残してくださったようです。ということであれば、四月末の公開手術の前立ちは高階先生にお願いしたい」

「ばかな。高階は専門外だ。そんな掟破《おきて》りは許さん」と黒崎助教授が立ち上がる。高階講師は腹部外科医だから、天城の選択は領空侵犯になる。当然の抗議だ。

「黒崎先生、ご心配なく。私もこんな無茶な依頼はお断りしますよ」

苦笑した高階講師になだめられ、黒崎助教授は息を荒らげながら腰を下ろす。

「以前はプレゼンターの大役を仰せつかり、お引き受けしましたが、前立ちとなるとさすがにキャリア不足、お断りせざるを得ませんね」と高階講師が天城に言う。

「そうくると思いましたよ。ではキャリアがあることが証明できればいいんですね。ところで日本胸部外科学会の心臓外科認定医の経験症例数は何例でしたっけ？」

天城はにやりと笑って垣谷に尋ねる。その質問の意図が読めず、垣谷は一瞬逡巡《しゅんじゅん》するが、佐伯教授に鋭い声で「さっさと答えろ」と言われ、あわてて答えた。

「心臓外科専門医認定は心臓手術経験二十例で認められます」

「それは術者として二十例ですか？」

「いえ、助手としての参加も含めて、です」

「その症例数で専門医を名乗るのは少々乱暴でしょう」

天城の言葉に、苦渋の表情になって垣谷は言う。

「そうしないと大学に属する心臓外科医は、誰も受験資格がなくなってしまうんです」

「ちなみに垣谷先生が専門医認定申請をした時の術者経験は何例でしたか？」

垣谷は、「十二例、です」と小声で答える。

天城は内ポケットから書類を取り出し、机上に置いた。書類に目を走らせた黒崎助教授の顔色がみるみる変わる。

「それは高階先生が米国留学中に投稿し、アクセプトされた論文です。二年で自ら執刀した心臓手術にパルスオキシメーターを利用したという内容です。論文では二年で二十五例の心臓外科手術の術者になったとありますが、それは真実ですか？」

その書類を黒崎助教授から手渡された高階講師はげんなりした顔でうなずく。

「私がマサチューセッツ医科大学に留学当時、二年で二十五例の心臓外科手術の術者を経験したのは事実です」

「つまり高階先生は垣谷先生よりも経験豊富ですから、前立ちに問題はありません。というわけでクイーン高階の前立ちへの抜擢《ばってき》はＯＫですね？」

誰も無言で答えない。その沈黙はこの流れの中では消極的ながらも承諾に等しい。

「よく、そんな古い論文を引っぱり出してきましたね。どこで手に入れたんです？」

高階講師がため息をつくと、天城はにやりと笑う。

「サンザシ薬品のプロパーが見つけてくれました。日本のプロパーは優秀なセクレタリーです。でも高階先生は間違えています。この論文は古臭くありません。日本で普及しているとは言い難《がた》いパルスオキシメーターですが、やがて外科手術における必須のアイテムになるでしょう。心臓手術における使用の可能性に言及したこの論文の先見性と重要性は今後ますます、増していきますよ」

論文に記載された枝葉末節の事実から、高階講師の心臓手術への参加を正当化してしまう。こんな風に天城はいつも、道無き場所に道を作ってしまう。

そんな人物を、人は革命家と呼ぶのだろう。世良が見つめた。天城の横顔が曇る。

「ところでムッシュにお願いがあるのです。私は手術室の婦長さんに嫌われていまして、器械出しの看護婦の指名が思わしく行きそうにありません。ご協力願えませんか」

「もう人選はしてあるのかね」と佐伯教授が訊ねると、天城はうなずく。

「猫田《ねこた》主任と花房《はなぶさ》看護婦です」

「わかった。総婦長にお願いしよう。この程度の依頼ならば榊《さかき》総婦長は断らんさ」

「メルシ、ムッシュ」と礼を言った天城はたちまち、イレギュラーな日曜日のオペに経験豊富な前立ちと優秀な器械出し看護婦ふたりをあっさり手中に収めてしまった。

「さて、これで用件は終わりでしょうか」と言った天城が腰を上げかけると、高階講師が咳払《せきばら》いをした。すると、佐伯教授がうなずいて口を開く。

「そうそう、ひとつ些末事《さまつごと》を忘れていた」

そう言うと佐伯教授は世良を見つめた。

「世良君、一年間、天城の手伝いご苦労だった。本日を以《もっ》て世良君のスリジエセンターへの出向期間を終了とする」

ということは……。ついに待ち望んでいた高階講師の研究室へ復帰できるわけだ。

本当は飛び上がって喜んで当然なのに、なぜか世良は素直に喜べなかった。そしてむしろ、喪失感を強く感じている自分が不思議だった。

あまりに唐突で意外な佐伯教授の言葉を聞いて、天城は立ち上がった。

「ムッシュ佐伯、話が違います。ジュノのレンタル期間は二年だったはずです」

たったひとりの腹心を奪われては片翼をもがれたも同様だ。世良は天城にとって、東城大で生きていくために必須のメディウムになっていた。

佐伯教授は笑みを浮かべた。

「確かに当初の約束はそうだったが、昨年のお前の働きがあまりに悪すぎたために、話が変わった。お前は昨年たった一例、公開手術をしただけだ。だから総合外科学教室に対する貢献度は限りなくゼロに近いと認定されてしまった。その事実を受け、つい先ほど研究室責任者から世良君の返還を要請されたんだ」

指を組み前屈《まえかが》みでソファに座る高階講師に、天城のひんやりした視線が突き刺さる。

「ほう、高階先生がそんなえげつない真似をなさるとは、意外ですね」

高階講師はしばらく視線を落としていたが、決然と顔を上げ、天城を見つめた。

「研究室責任者として、研究員のためを思い申し出たまでのこと。天城先生にとやかく言われる筋合いはありません」

「だが今ジュノを奪われたら、スリジエセンターの創設は覚束《おぼつか》なくなります。それでもいいのですか、ムッシュ佐伯？」

「ほう、お前がそこまで感情的な物言いをするのは、ウチに来て初めてだな。その小坊主がお前にとってそれほどの存在になっていたとは意外だった」

「茶化さないで下さい。私は今すぐモンテカルロに帰ってもいいんですよ」

「話は最後まで聞け。高階の度量は、さすがにそこまで小さくはない」

高階講師は、一瞬、むっとした表情を浮かべた。かつて帝華大の阿修羅と呼ばれた直情径行の面影をどうしても隠しきれない。

世良は驚いて様子を眺める。それは、ふたりの悪鬼が自分の帰属をめぐって争っているという、見方によっては背筋も凍る光景だった。

佐伯教授は咳払いをして、言う。

「四月一日に遡り、世良君の所属を総合外科学教室の医員に戻し、所属は高階講師の指導する研究室とする。ただし世良君の業務としては従来通り、スリジエセンター創設の補助とする」

それでは何も変わらない、と思う。いや、ひょっとしたらより悪化しているではないか、と世良は茫然自失《ぼうぜんじしつ》する。

天城も同様の感想を抱いたようだ。

「要は指揮系統を高階先生に帰属させることで、いざという時に私の邪魔をしやすい環境にするんですね。何だかやることがみみっちいな」

「そう言うな。遊んで暮らせる資産家のお前と違って、教室員はみな教室運営と実績を上げるのに汲々《きゅうきゅう》としているんだから」

すると高階講師が唇を尖らせて抗議する。

「佐伯教授、先日申し上げたはずです。この一年、世良君の外科研修は放置されています。彼にとって無為な一年だったからこそこうして……」

「わかったわかった、みなまで言うな。小天狗、お前はいつも正論を背負い道の真ん中を闊歩《かっぽ》する。だがその裏側に邪道も見え隠れしていることに、この私が気づいていないとでも思っているのか」

釘《くぎ》を刺され、高階講師は黙り込む。佐伯教授は続ける。

「小天狗は理に走りすぎる。それが時に人に、無用の反感を抱かせる。言わずもがなのことは喋《しゃべ》るな。黙っていても、お前の明晰《めいせき》な論理は相手に充分伝わるのだから」

天城と高階、そして世良の三人の顔を交互に見つめ、佐伯教授は確認する。

「この人事に関係者三人とも同意した、ということでよろしいか」

三人は各々《おのおの》の思惑を秘めてうなずく。自分の行き先を右往左往させられている世良本人としては、本当はうなずきたくないのだが、うなずかざるを得ないという窮地に陥った結果の、曖昧のうなずきだったのは言うまでもない。

佐伯教授はにやりと笑う。

「ではさっそく高階が世良君に、上司としてお願いしたい業務があるそうだから、拝命しろ」

世良はうなずく。だがしかし、続いて発せられた高階講師からの指令はあまりにも予想外、驚天動地のひと言だった。

「世良君には、来週から佐伯外科の医局長をお願いしたい」

あんぐり口を開けたのは世良だけではなかった。現医局長の垣谷も呆然《ぼうぜん》として、部活の後輩でもある世良と視線を交わすばかりだった。

3 医局長拝命

四月二日（火曜）

突然、世良を医局長という大役に任命した高階講師と、それを容認している佐伯教授の暴挙に対し、面倒見のいいサッカー部の先輩というスタンス、そして医局長の前任者という立場から垣谷が穏当な発言をする。

「四年目の世良に医局長は荷が重すぎます。医局長という職責はキャリアがないと務まりません。こんな人事を断行したら、佐伯外科は壊れてしまいます」

忠勤な垣谷にしては思い切った進言だが当然だろう。今、こんな人事に賛同者がいるはずがない。だが、当然に思える垣谷の発言に、誰も追随しない。

もともと佐伯教授と高階講師の話し合いの結果なので、ふたりに異論はない。

天城は院内人事には無頓着で、医局長が大役だなどという概念すらないだろう。黒崎助教授も、医局長は医局運営の雑用係という程度の認識なので、やはり言うことはない。つまり上層部からすれば医局長が誰であっても一向に構わないわけだ。

今の世良はひとつの手駒だ。それはチェスより将棋に似ていた。チェスでは取られた駒は姿を消すが、将棋では自分の手駒として復権する。世良は天城陣営から高階陣営へ所属が移り、いきなり焦土のど真ん中にぽん、と打ち込まれた焦点の歩《ふ》だ。

だが天城が指すのはチェスであり、敵の大将は佐伯教授だ。だがこの局面ではひょっとしたらキングに相当するのは佐伯教授ではなく高階講師かもしれない、という可能性に世良は気付く。すると敵の認識を間違えて闘う天城の戦略は破綻してしまう。

たとえば。

そう、たとえばチェックメイトした瞬間、キングとクイーンが入れ替わったら局面はがらりと変わる。キングと目した駒が死地に追い込まれてもゲームセットにならず、新たに出現したキングの下に局面を見直した瞬間、逆に騎士《ナイト》が討ち取られてしまうことだってありうる。そもそも天城のチェスはチェスとして機能していない。天城陣営では騎士が最上位にいる。そんなのはチェスとは呼べない。

「その坊主が医局長を務めたら壊れてしまうような、脆弱《ぜいじゃく》な医局なら壊れてしまった方がせいせいする」とだめ押しのように、佐伯教授の声が響いた。

教室の専制君主という立場から見れば、明らかな暴言だ。だが見方を変えて、自分自身を世良同様単なるひとつの駒にすぎないと認識していると考えれば、まったく違和感はない発言だ。

世良は呆然と、突然に目の前に出現したふたりの主の顔を交互に見比べていた。

「ばかばかしい。こんなお遊戯に付き合っているヒマはない。行くぞ、ジュノ」

天城の声に呪縛を振りほどかれ、世良は踵《きびす》を返《かえ》す。その背中に高階講師の声が飛ぶ。

「世良君、今後のことを打ち合わせするので、この場に残るように」

世良の足が止まる。天城は振り返ると、世良を見た。硬直したように動けない世良を見ると、哀《かな》しげな視線を一瞬投げ掛けたが、すぐに笑顔になる。

「ジュノ、こっちの業務は終了だから、羽を伸ばせ。新しい上司に頼んで、明日以降しばらく自由に動けるような態勢にしてもらえ」

「了解しました」と、世良の代わりに、高階講師が答えた。さらに佐伯教授が追い打ちを掛ける。

「天城、これからは今までの調子は許されないぞ。この一年間、お前を放任した結果、わが教室に対する貢献は何一つなかったのだから」

「公開手術を成功させ、東城大の声価を高めたではないですか」

「あの成功で声望を得たのは東城大ではない。あれはお前ひとりの栄光だ」

その言葉を聞いて、世良もその通りだと思う。佐伯教授は目を細めて天城を見た。

「今年中にスリジエセンターの稼働を開始し、他の研究室と同等の収益をもたらせ」

天城は肩をすくめた。

「わかりました。どのみち、やろうと思っていたことですから御心配なく。指図されるのはイヤですけど、ま、ムッシュがやれというならやりますよ」

天城の目をまっすぐに見つめて、高階講師が言い放つ。

「やはり、本音をお伝えしておきましょう。今し方、世良君の異動は彼のためだ、など綺麗《きれい》ごとを申し上げました。嘘《うそ》ではありませんが、それがすべてでもありません」

ほう、という表情で、天城は高階講師に対峙《たいじ》する。高階講師は続けた。

「命よりカネを優先させるという天城先生のポリシーは、医師として絶対容認できません。ですので全力を挙げてスリジエセンター創設を阻止します」

「宣戦布告か。常在戦場、受けて立つ」

天城がにやりと笑い、大股で応接室から出ていく。焦点の人物が姿を消した途端、場の空気が弛緩《しかん》する。黒崎助教授が立ち上がる。

「であれば、その坊主を我々の研究室に置く理由は消滅したな」

「もちろんです。短い期間でしたが、ウチの研究員がお世話になりました」

「何も世話などしなかったさ。気の毒なことに、その坊主は貴重な一年を、実績ゼロで過ごした。まあ、それはワシの咎《とが》ではないが」

黒崎助教授はちらりと佐伯教授を横目で見て、垣谷講師に言う。

「いくぞ、垣谷」

「私は残ります。医局長の心得をこの未熟者に叩き込まなければならないので」

「勝手にしろ」と吐き捨てた黒崎助教授が部屋から出ていった。

部屋に残った高階講師が明るい声で言う。

「さて世良君、言いたいことがあるのなら、全部吐き出してしまいなさい。だけど医局に戻ったら、二度と弱音を吐いてはいけないよ」

「どうして俺が弱音を吐くと決めつけるんですか。もちろん納得いかないことは質問しますけど」と世良がむっとして言い返すと、高階講師は首を振る。

「それが弱音だよ。世良君がこの人事を望んでいれば、質問はないだろうからね」

指摘され、呆然とする。気を取り直し、改めて質問する。

「なぜ垣谷先生の後の医局長が俺なんですか」

「医局長は研究室の持ち回りだ。黒崎先生のところで垣谷先生が二年務めてくれたから、これから二年は私の研究室の当番なんだ」

「それなら十年目の飯田《いいだ》先生がいますし、他にもその年代の立派な先輩がいます」

飯田は次期医局長候補の最右翼と目されていた。温厚で実直な人柄で、まさに医局長にうってつけだとウワサされていたのを、世良も耳にしたことがあった。

だが高階講師は、世良の必死の抗議を、ひと言であっさりといなした。

「飯田君は母上がご病気なので雑務は免除したい。その下も博士論文の仕上げの時期だったりと大変な連中ばかりだ。だから世良君まで降りてきたんだ」
「それなら北島はどうですか。ヤツなら俺よりも適任だと思います」
「北島君は適任だけど、適任すぎてちょっと危うい。それに彼には研究で活躍しても
らっている。だから業務的に一番ラクをしている世良君にお願いしたい。人事部分は
私が受け持つから、世良君には院内会議の設定や書類整理とか雑用を頼みたい」
何を言ってもムダだろうと諦めていた世良だが、ここまで言い分が封殺されるとは
思わなかった。高階講師の言葉を聴いていた垣谷も世良の肩をぽん、と叩く。
「医局長が大変なのは人事の部分だ。だからこれなら実質上は高階医局長で、世良は
雑用係にすぎない。それなら妥当だ。世良は今、教室で一番ヒマな医局員なんだから」
垣谷の言葉は自然に聞こえ、だからこそ世良の胸に痛く突き刺さった。

垣谷と連れ立って世良が教授応接室を出ていくと、佐伯教授と高階講師が残された。

佐伯教授は立ち上がり、軽い口調で言う。

「小天狗のお気に入りの坊主は、これから苦難の道を歩くことになるが、いいのか？」

「これから起こることを思えば、あの程度のことは苦難とは言えません」

「そうは言うが、四年目のヒヨコに医局長をさせればいろいろ軋轢《あつれき》が生じるだろう。

教室の安定をめざしていた小天狗らしからぬ差配に思えるが」

「以前、佐伯先生にそのように指摘されたので初心忘るべからず、と心機一転したんです、ろくでもないルールはぶち壊す。そのために組織を不安定にして揺さぶろう、というわけです」

佐伯教授は楽しそうな表情で、ふん、と鼻をならす。高階講師は続ける。

「それより世良君を気に入っていらしたのは、佐伯先生の方かと思っておりましたが」

「私のお気に入りは、私に刃《やいば》を向け私を倒そうという気概を持った大物だけだ。そんな危険な匂いがする外科医など、今の教室にはいない。退屈なことだ」

「天城先生も退屈ですか？」と高階講師は問い返す。

「天城はすでに一軍の将だから別格だ。ヤツとは今後、戦略上での闘いになるが、外人部隊として招聘したのは私だから、私の肝を冷やす存在になれない宿命にある」

「そうでしょうか。寝首を掻《か》かれそうですけどね」

「そこまで惚《ぼ》けてはいないつもりだ」と佐伯教授は、うっすらと笑う。

「でも、スリジエセンターが完成した暁には、佐伯外科が破壊されてしまうのでは？その意味では最も危険な刺客ではないでしょうか」

「それは的外れの推量だ。それは私自身の願望でもある。それより高階、お前には期待しているんだが、お前が天城に討たれる可能性もあるぞ。大丈夫か？」

「私に期待してる、ですって？　おたわむれを」

「それは心外だな。天城の公開手術を四月中に設定させたり、小坊主を医局長に任命したりと、結構無茶な進言を真意も確かめずに実施しているのに」

「そうやって並べられると、そんな気もしてきました。でもどれもこれも、この教室を天城先生という悪性ウイルスから守るために必要な手だてなんです。私は佐伯先生にとって一番大切なお方をお守りするために、こうした手を打っているのですから」

「私が一番大切に思う者だと？　一体誰のことだ？」

「黒崎先生です」と高階講師はあっさり答える。

「なぜ、そう思う？」と佐伯教授は、静かに尋ねる。

「黒崎先生こそ、佐伯外科の精神の体現者だからです」

佐伯教授は意外だ、という表情をした。読みが佐伯教授の本心とかけ離れたという意外さか、隠し持った本心を言い当てられたことの意外さだったか。

それは、佐伯教授を凝視していた高階講師にもわからなかった。

「どうやらご自分の本心にはお気づきになっていなかったようですね。近ければ近いほど本当の姿は見えにくくなるものなので、仕方がないかもしれませんが」

高階講師は目を細めて笑うと、佐伯教授はふう、とため息をついた。

「ものごとは見る角度によって見え方ががらりと変わる。ひとつ確認したい。天城の公開手術を四月という無茶な日程に押し込んだのはなぜだ？」

高階講師はにい、と笑う。

「佐伯教授が、天城先生のスロー・ワークぶりに苛立っていると忖度《そんたく》したからです」

「そんな韜晦《とうかい》で、私の目をごまかせると思っているのか」

佐伯教授の眼光に射すくめられ、高階講師は肩をすくめる。

「急いだ理由は簡単なことです。あんな刺激的で魅力的な手術を最初に見せられたら、新入研修医の教育がやりにくくなりますからね」

佐伯教授は白眉の下の目を閉じる。

「新人への影響を減じるため、新人がこない四月中に公開手術を終えたかったのか。確かにあんな華々しい手術を見たら、右も左もわからない新入生たちは大きな影響を受けるだろう。だが、それが小天狗の百パーセントの本音ではないな」

「なぜ、そう思われるのですか」

「天城の手術は魅力的だが、一年生にはその本当の凄《すご》さは伝わるまい。たとえどれほど魅力的でも、手が届かないことが明瞭なものに、人はさほど影響されないものだ」

高階講師は腕組みをして目をつむる。

「ふつうの一年生なら天城先生の手術は何の爪痕も残せません。でも今年の一年には、その爪痕をいつまでも残してしまいそうな人材がいるんです」

「ひょっとして、医局長を小坊主にしたのも、ソイツのためか？」

「そうです。垣谷先生では、速水《はやみ》君は抑えられません」

佐伯教授は高階講師を見つめて、言う。

「そのじゃじゃ馬は速水というのか。なかなか楽しみだが、本当にそれですべてか？　たったひとりの一年坊のガードのためだけに、わざわざ天城を叩き落とす必要はない。お前はまだ他に、真の狙いを隠し持っているはずだ」

高階講師は佐伯教授を見つめた。やがて、ふっと気を緩めると笑顔になる。

「具眼の士の下で働くと早死にしますね、きっと」

高階講師は顔を上げ、まっすぐに佐伯教授を見つめた。

「昨秋、佐伯病院長は病院機構改革に着手しようとしました。実はその中に私が目指す理想がありまして」

「ほう、私の気まぐれの何が、小天狗のお気に召したのかな？」

「手術室からICUを分離し、救急センターを創設するという構想です。そこから一歩推し進めれば、私が理想とするシステムを作り上げることができる。しかも佐伯先生の慧眼《けいがん》と胆力を以てすれば、実現できる可能性が高い」

「一体、何を目論《もくろ》んでいる？」

「創設した救急センターにICUを統合し、総合外科学教室で統轄するという、佐伯外科が新ステージへ移行するための〈メタモルフォーゼ〉です」

高階講師の言葉を聞いて、佐伯病院長は腕組みをする。やがてしわがれた声で言う。

「小天狗らしい発想だ。救急センターのみならずICUと手術室まで佐伯外科の傘下に収めようという腹か。合理的だが全体構想まで絡めるとまだ甘い」

「そうでしょうか。救急センターとスリジエセンターを両輪にすれば、佐伯先生の野望である大学病院改革の本懐は達成されるでしょう」

佐伯病院長は目を細めて高階を見つめる。

「まるで小天狗は、私の病院改革の全体図を理解しているかのような口ぶりだな」

「佐伯教授の懐刀と称される身としては、それくらい言い当てられないとまずいです」

佐伯教授は、興味深そうな表情を浮かべる。

「なかなか興味深いが、本当にそんなことが実現可能と思っているのか、小天狗？」

「理論上は可能です」と高階講師はうなずく。

佐伯教授は、組んだ腕をほどいて立ち上がると、高階講師の顔を見つめた。

「それならいっそ、今回の件は小天狗に一任してみるか。いやまてまて、そういうことであるのなら、むしろ天城に振ってみるのも面白いか」

「天城先生は絶対にダメです」と高階講師は即座に言い返す。

「なぜだ？」と低い声で佐伯教授が尋ねると、高階講師は平然と答える。

「天城先生が望むシステムは、佐伯先生が目指す新組織の理念と正反対の性質を持つ組織で、根本精神が相容《あいい》れないからです」

「ならば、併存させればいい」

「難しいでしょうね。天城先生は唯我独尊な方ですから」

「そうだな、小天狗。確かにヤツはお前にそっくりなところがある」

佐伯教授はさらに高階講師の論理の穴を追及する。

「スリジエセンターの創設を容認し、車の両輪という構想にしながら天城を排除しようとする。ならばスリジエはどうするつもりだ？」

「おわかりのくせに。スリジエはハートセンターになるんですよ？」

佐伯教授は腕組みをして考え込む。やがて白眉を上げて、高笑いを始める。

「どうやら私は小天狗をみくびっていたようだ、まさかぬけぬけと天城にハートセンターを創設させた後に黒崎を横滑りさせ、自分は佐伯外科の正嫡の座に就こうなどと考えているとは。まさに漁夫の利、だな」

高階講師は、にい、と笑う。それから真顔になって言う。

「確かにそんな権力闘争の側面はありますが、むしろ大切なのは新人を教導するシステムの掌握です。貴重な人材に対する受け皿を用意しなければ、彼は天城先生の許にいってしまう。そうなったら桜宮では二度と救急センター構想は成就しません」

「それほどの逸材なのか、そのじゃじゃ馬は？」

高階講師は窓辺に歩み寄り、銀に輝く海原を見ながら背後の佐伯教授に告げる。

「速水君はオペ室の悪魔、渡海《とかい》先生の、精神的な血族なんですよ、佐伯教授」

振り返った高階講師の視線の中、佐伯教授は目を見開いた。


教授応接室を辞した世良は、垣谷のお小言を背中で聞きながら、病棟へ急ぐ。

「だいたい世良は目立ちすぎだ。だからこんなへんてこな役割を振られてしまうんだ。それにもし、世良みたいな若造に医局長が務まるなんてわかってしまったら、二年間、医局長を務めてきた俺の面目は丸潰れになる」

それは俺のせいじゃない、と思いつつ、世良は理不尽なお小言を黙って聞いた。その言葉は垣谷なりの思いやりの裏返しだとわかっていたからだ。医局長の業務はそんな程度だぞと言外に匂わせ、重圧を軽くしようとしてくれているのだ。

「考えてみれば、こうなったのは世良のせいじゃないから気の毒ではある。でも患者の引き継ぎはきちんとやっておけ。医局長は進行役に徹するから症例のプレゼンをやる暇はないからな」と垣谷に言われて、世良はうなずいた。

間もなく夕方の申し送りが始まるナースステーションに、準夜勤帯と日勤帯の看護婦が入り乱れている。つられるように医師も集まるのは、看護婦が集合しているからオーダーを効率的に出せるからだ。そんな中、垣谷は心血管グループの青木を呼びつけ、翌日から世良の担当の梶谷さんを青木の担当にすると通告する。それを受け、世良が青木に引き継ぎ事項を説明し始めると、青木の顔が不機嫌に歪んでいく。

青木は世良の説明を途中で遮り、垣谷に言う。

「世良の受け持ち患者はたった一人です。それを受け持ちを六名抱えている私に替えなければならない理由を教えてください」

「医局長命令、では納得できないか？」と言う垣谷に、青木はうなずく。

「この患者が生保だからこんな異動がまかり通るんじゃありませんか。貧乏だからこっちに押しつけるなんて、いくら何でもひどすぎます」

世良はびっくりした。狭心症の梶谷年子《としこ》さんは、冠状動脈の前下行枝《ぜんかこうし》に八〇パーセント以上の高度閉塞をきたしていて、冠動脈バイパス術の絶対的適応だ。それと生保であることは関係ない。七十歳と高齢の上、痴呆《ちほう》の気があり厄介な患者ではある。

「青木らしくない言い方だな。カネで治療をしたりしなかったりって、そんなことはありえないだろう」と垣谷が言うと、青木は皮肉な笑顔を浮かべ、世良に言う。

「梶谷さんはスリジエでは手術できないんだろ。カネを取れないもんな」

全財産の半分を差し出さなければ手術はしないと公言している天城だから、生保患者を押しつけた、と言われても言い返せない。こんな風に天城への反感が、マグマのように噴出してしまうことは、これまでも世良は幾度も経験していた。

「担当替えをするのなら、世良のボスの天城先生に理由を聞かせてもらいたいな」

「天城先生はもう俺のボスじゃない。俺は高階研究室の消化器外科に戻るんだ」

世良は即座に答えると隣で聞いていた北島が驚いて言う。

「世良がこっちに戻ってきたら、天城先生の世話は誰がするんだ？」

その声には大歓迎という響きはなく、濁りが感じられた。

「今年一年はやっぱり俺がやることになってる」

「じゃあ天城先生はボスのままじゃないか。それってやっぱり、世良はスリジエに所属しているってことだろ」

「でも俺はスリジエセンターの専属じゃなくなったんだ」

北島の気持ちは痛いほどわかる。北島は今、高階研究室で確実な地位の確立を目指し貢献している。だからライバルは少ない方がいいのだ。

そのやり取りを見ていた垣谷が助け船を出す。

「世良、受け持ち患者の引き継ぎくらいこなせないと医局長の大役は務まらないぞ」

その場にいた医師と看護婦たちは談笑をぴたりと止め、一斉に世良に視線が集中した。すかさず北島が反応する。

「世良が医局長だなんて、冗談は止めて下さいよ。俺たちの同期が医局長になれるわけないでしょう。垣谷先生は十年選手、俺たちは四年目なんです。それにウチの研究室には、飯田先輩をはじめとして素晴らしい先生も大勢いらっしゃいますし」

お前を差し置いて俺たちの代の誰かが医局長になるなんて考えられないよな。

そんな世良の呟《つぶや》きが、興奮した北島の耳に届くはずもない。

「だが本当なんだ。さっき佐伯教授から直々に聞かされた、あっと驚く人事だ」

真顔の垣谷を見て、居合わせた医師たちは黙り込む。やがて世良の顔をちらちらと見ながら、ひとり、ふたりとナースステーションから姿を消す。投げ掛けられる視線が痛い。廊下の隅でこの医局長人事について語られ、やがて他の教室の廊下トンビ共によって、病院中のウワサとして撒《ま》き散《ち》らかされるのだろう。

知らないうちに同期トップの座から転げ落ちた北島が垣谷に尋ねる。

「世良が高階研究室に復帰していきなり医局長になるって、どういうことですか。説明して下さいよ、元医局長」

その言葉には棘《とげ》があった。だが垣谷は意に介さず、平然と答える。

「世良は四月一日を以てスリジエセンターへの出向を終え、高階研究室に復帰する。ただし今年いっぱいは昨年同様スリジエセンター業務にも当たる。そして高階研究室の業務としては医局長業務にあたることになった。簡単に言えばこういうことだ」

非の打ち所のない要約だ。だが要約としては完璧でも誰も納得しないだろう。

案の定、北島が嚙みついてきた。

「それって、世良がヒイキされているだけに見えますけど」

世良自身もそう感じたが、特別視の変種である贔屓《ひいき》が必ずしもプラスに働くわけではない。北島の念頭からすっぽり抜け落ちているそのことを垣谷はずばり指摘した。

「北島の言う通りだ。世良が贔屓されてることは間違いない。でも北島、お前はこんな贔屓をされたいか？　さっき決まった人事だから、北島が志願すれば世良と代われるかもしれないぞ。何なら俺が教授に掛け合ってやってもいいぞ」

北島の返事がないことをきっちり確認した垣谷は、青木に言う。

「というわけで患者の引き継ぎは佐伯教授からの直々の指令だ。抗議したければ、佐伯教授に直訴しにいってもいいぞ。どうする、青木？」

青木は「わかりました。やります」とぽつりと言う。

「いい友だちを持って幸せだな、世良は。引き継ぎは手早く済ませろ。来週の症例検討会でのプレゼンだから、青木は時間がなくて大変だが、しっかりやってくれ」

垣谷は世良の肩をバンバン叩いて朗らかに言うと、小声で耳打ちをする。

「とまあこんな具合に他人に仕事を振りまくる。これが医局長業務をこなす極意だ。俺がお前に教えられるのは、これくらいだけだが」

そう言い残して立ち去る垣谷の後ろ姿を見送った世良は、青木にカルテを手渡す。

「諸々《もろもろ》の準備は全部済ませてある。悪いけど後は頼む」

「わかった。今から患者に主治医が交代することを一緒に説明しに行こう」

青木の言葉に、世良はほっとする。申し訳なく思ってひと言付け加える。

「悪いな。これが心血管グループでの最後の仕事になるから、せめて今度のカンファのプレゼンは俺にやらせてくれないか？」

雑用がひとつ減るので青木も大歓迎で、素直にうなずいた。


「ありがたや、ありがたや。なんまいだぶ、なんまいだぶ」

青木が何を聞いても梶谷さんは両手を合わせて拝むばかりで、結局、事情はまったく聞き取れなかった。ナースステーションに戻った世良が吐息混じりに言う。

「惚け気味のおばあさんで、いつもあんな調子でアナムネも取れなかったんだ。紹介状ももらっていないし、いくら呼んでも家族が来なくて参ってる。術前検査は済ませたしアンギオ（血管造影）のフィルムはもらってあって、垣谷先生に見せてある」

「何だか不安だなあ。紹介病院はどこなんだよ」

「桜宮市民病院だよ」

隣で聞き耳を立てていた北島が口を挟んできた。

「それなら心配ない。市民病院の鏡《かがみ》部長は総合外科の三羽烏《さんばがらす》と呼ばれる名医だから」

「何なんだよ、その三羽烏って？」

世良が尋ねると、北島が呆れ顔で答える。

「世良って佐伯外科のことを全然知らないんだな。それでよく医局長が務まるよ」

やはり北島は、世良の医局長就任を納得していないようだ。それでも説明してくれるのは、こういうことが本当に好きだからで、それはまさに医局長にぴったりの性格なのに、と思うと北島が少々気の毒に思える。

「佐伯外科の前身である真行寺《しんぎょうじ》外科三羽烏と呼ばれる、佐伯教授と同世代の名医さ。桜宮市民病院の鏡博之《ひろゆき》部長、碧翠院《へきすいいん》桜宮病院の桜宮巖雄《いわお》院長、そして佐伯教授の三人のことだよ。特に鏡部長の縫った傷跡は痕が残らず、手術されたかどうかもわからないくらいだという評判だぜ」

「鏡部長って、東城中央市民病院の外科部長じゃなかったっけ？」

するとと北島は世良を小バカにした表情で言う。

「二年前に東城中央市民病院が桜宮市民病院と名称を変更したのを忘れたのか？」

世良は唇を噛む。そんなことは全然知らなかったからだ。

その時北島が思い出したように言った。

「ところで世良、明日の手術表、提出したか？」

「いけね、すっかり忘れてた」

世良は机の上に置き去りになっていた紙片を取り上げ、両手を合わせる。

「サンキュ、教えてくれて助かったよ」

世良は、もうひとつ大切な用事を思い出し、弾む足取りで手術室に向かう。

夕方の看護婦控え室には残り番しかいない。部屋に入ると小柄な看護婦と目が合う。

「明日の総合外科の手術メンバー表です」

看護婦は目を伏せ、世良からメンバー表を受け取ると、花房、とサインをした。

小柄な看護婦の白いうなじを見ながら、世良は小声で尋ねる。

「今度の金曜の夜、空いてる？」

花房は顔を上げ、サインした紙を手渡すと、周囲を素早く見回し答える。

「当直明けで、土曜はお休みです」

世良は笑顔で言った。

「よかった。それじゃあよろしくお願いしますね、花房さん」

花房がうなずいたのを確認して、世良は足取り軽く手術室を後にした。

4 ウエスギ・モーターズ

四月三日（水曜）

翌日。朝一番の採血当番を終え、赤煉瓦棟に向かう。

「医局長さまに、こんな雑用をさせて申し訳ないなあ」

病棟で採血をしていた時、隣を通り過ぎた北島が言った言葉を反芻《はんすう》する。もちろん、ささやかな嫌がらせだとわかっていた。だがそんなささいな悪意も降り積もるとしんどい。でも北島は口に出すだけマシだ。世良の周囲には無言の敵意が満ちていて、小雨《こさめ》のような反感が身体にまとわりつき、世良を疲弊させた。

朝の雑用を終えると天城の許にその日のスケジュールを確認に行くのが、世良の日課だ。特に今朝は医局運営会議の成り行き上、天城の機嫌を確認しておきたかった。

天城の居室へ向かう世良の足取りは重かった。

天城の居室がある赤煉瓦棟は二年前、十三階建ての高層新病院がオープンするまで、大学病院だったが、現在は基礎医学教室系の研究室になっている。臨床医も基礎実験を旧病院で行なうので赤煉瓦棟にも総合外科学教室の居室や教授室があるが、その元教授室が天城の居室に割り当てられていた。これだけでも天城への佐伯教授の寵《ちょう》愛《あい》ぶりは明らかだ。

　マホガニーのテーブル上に、ふたつのトランクのうちひとつの口が開き、洒落《しゃれ》た服があふれていた。傍らにはアメジストのチェスの駒が、開戦寸前で時を止めている。

　居室に入ると、天城は鏡を見ながら細身のタイの体裁を整えていた。

　世良が入室したのを鏡の端に確認すると、振り返らずに言う。

「やあ、ジュノ。こんな快晴なのに、なんでそんなに冴《さ》えない顔をしてるんだ？」

　顔色に出ているのか、と鏡を覗《のぞ》き込《こ》む。天城は細いタイを締めながら言う。

「ジュノ、昨日の不愉快な出来事は忘れよう。今日はクルージングだ」

　天城はキーホルダーの輪に指先を入れ、くるくると銀の鍵を回しながら言った。

　世良は、天城が手術代代わりにせしめた特注のハーレーのタンデムシートに座る。その頬を、そよ風が撫でていく。

「今日のマリツィア号はご機嫌麗しいぞ、ジュノ」

　天城は歌うようにして、背後の世良に語りかけた。

「これからどこへ行くんですか？」

風にかきけされまいと声を張り上げる。天城は風の中、ぶっきらぼうに答える。

「愚問だ。あと十分もすればわかる」

天城は急加速する。質問に答える前に目的地についてしまえ、という魂胆だろう。

海岸線の松林のベルト地帯を抜けると広大な塀が見えてきた。塀に沿った道を走っていると、『ウエスギ・モーターズ』という金看板が見えてきた。

守衛所に乗りつけると天城は咆哮《ほうこう》するハーレーから降りずに、守衛に告げる。

「スリジエセンターの天城が会いに来た、と会長に伝えてほしい」

守衛は業務冊子らしき黒表紙のノートをめくっていたが、うなずいて言う。

「本部はまっすぐ行った突き当たりの建物です。入口でこのカードを提示して下さい」

カードを世良が受け取ると、轟音《ごうおん》と共にマリツィア号は本部棟に向かう。


首都圏から通勤快速で一時間半、新幹線なら四十五分のサテライト・シティ桜宮は長い海岸線が美しく、背景に小高い桜宮丘陵が控える。ウエスギ・モーターズは人口二十万の桜宮市の基幹産業だ。創業者の上杉会長は桜宮市と良好な関係を築いていた。従業員五千人の雇用を創出しているのだから、桜宮市でも発言力は強い。そんな基礎知識を、本部棟に到着するまでの間に、天城は簡潔に説明してくれた。

応接室で、天城は珈琲《コーヒー》の香りを楽しんでいた。

「さすがウエスギ・モーターズの応接室だ。トアルコトラジャとはね」

それから腕時計を見つめる。

「応接室に通されて十五分。アポは取ってあるのに、やけにもったいつけるな」

せっかちな天城にしては、待たされても苛《いら》ついていないのは珍しい。

世良が珈琲を飲み終えた時、扉が開いた。

黒い背広を着た男性は、がっしりした体つきで、中年にしては節制されている。視線の配り方や歩く時の所作から武道の嗜《たしな》みがありそうだ、と世良は思った。

「急なアポでしたので会長のスケジュールの都合がつきませんでした。私は会長秘書の久本《ひさもと》と申します。些末な雑事は任されております。何か進展がありましたか」

天城は両手を広げて陽気に告げる。

「グッドニュースですよ。上杉会長の手術日が決定したんです」

男性秘書の細い眉がぴくり、と上がる。それから笑顔で尋ねる。

「それは喜ばしいですね。それで、いつ頃になりそうですか」

「四月二十八日です」と天城がさらりと答える。

背広姿の秘書は、壁に掛けられたカレンダーを見る。ウエスギ・モーターズが誇る名車〈エターナル〉の勇姿が誇らしげに紙面を飾っている。

「二十八日というと、大型連休初日の日曜日ですか。ずい分、急な話ですね」

それから背広の内ポケットから手帳を取り出しながら言う。

「二十八日は経団連の草野《くさの》会長との懇談会がありますので無理かもしれません。その周辺で対応可能な他の日程はありますか？」

手帳をめくる久本を、天城は片手を挙げて制する。

「上杉会長の手術をお引き受けした際、私はいくつか条件を出しています。そのことは覚えていらっしゃいますか？」

久本は手帳をめくりながら答える。

「一九九〇年八月の基本的な申し出のメモが残っています。手術日程等、手術に関する一切は天城先生に一任する。手術報酬は上杉会長の資産総額の一割を天城医師が所属するスリジエセンターに寄付することで対価とする、とあります」

天城は、にこやかに言う。

「エクセロン。合意事項がわかっておられれば問題ありません。では進めましょう」

「待ってください。天城先生の申し出は承りましたが、決定はしておりません」

「どういうことですか」と訊ねると、久本はにこりともせずに言う。

「この時に手術日時を問い合わせましたが回答がなかったので、日時が決定してから改めてご相談しようと考えておりました。ですので私の段階で差し止めてあります」

天城は肩をすくめる。

「私の手術を受けたいとおっしゃるから最優先でご案内しただけで無理強いはしませんよ。ただし、そうなると次がいつになるかは、わかりませんがね」

久本は表情をかすかに歪めた。天城は続ける。

「交渉途上であるなら、細部を詰めましょう。命の危機は待ったなし、ですから」

「それにしては、ずいぶん待たされましたが」

世良ははらはらしながら天城の横顔を見つめる。今、上杉会長にそっぽを向かれたら、公開手術が実施できなくなり、スリジエセンター構想も瓦解してしまう。

「では改めてお伝えします。手術日は四月二十八日で決定。無理なら他の患者にし、会長の手術がいつになるか当分わかりません。それと総額三億円の寄付をスリジエ財団にお願いしたい。モンテカルロでは患者の全財産の半分をルーレットの二択で賭けて勝てば勝ち分で手術をする。負ければ手術はしない、というスタイルでした。日本ではカジノは非合法なので、会長の全資産の一割というダンピングで手を打ちます」

久本は目を見開いて、天城を凝視した。

「まさかこのような事項が本気だとは夢にも思いませんでした。でも三億を会長の総資産の一割だと算定しているようですが、そこは間違っています。三億は会長の資産の一パーセントです」

天城は口笛を吹いた。

「それなら三億程度は、問題もなさそうですね」

「それは私の判断領域を超えますので、お答えしかねます。ただし上杉会長のお考えを忖度すれば、会長は分相応ということを大切にしています。そうなるとひとりの経済人としては、とうてい呑める条件ではないのでは、と推測されます」

壁に掛けられた上杉会長の肖像画の視線が鋭く、身を縮める。久本は続けた。

「でも他ならぬ会長ご自身の命の値段でもありますから、判断はふだんと違うかもしれません。いずれにしても具体的に手術が決定したら、その時に改めて交渉することとしましょう」

「わかりました。つまりこれまでの予備交渉はすべてご破算で白紙撤回されたということですね。さすが生き馬の目を抜く業界トップを走ってこられた方の秘書だけあって怜悧《れいり》な対応です。敬服しますよ。ご自分の命を、カネと体面の両天秤《りょうてんびん》にかけて、平然としていらっしゃるんですから」

天城は一礼すると、応接室を出て行こうとした。その背中に久本が声を掛ける。

「会長と連絡し、改めてお返事いたします」

一瞬足を止めた天城だったが、振り返らずに部屋を出て行った。

天城はハーレーにまたがりエンジンを掛ける。そして世良に向かって顎で、くい、と指図する。乗れ、というサインだ。タンデムシートに乗るといきなり強烈なGが掛かる。スピードを落とさず、守衛所に入所カードを投げ捨て、首輪から解き放たれた猟犬のように一気に砂浜の波乗りバイパスへ乗り込む。

ハーレーは砂浜を走り抜け、桜宮岬に到着する。そこに姿を現したのは桜宮の医療の象徴、碧翠院桜宮病院だ。そのフォルムは円形のドームが階層を重ねた入院病棟部分と、検査・診断棟の四階建ての棟の二重構造だ。その外見から『でんでん虫』と呼ばれている。碧翠院桜宮病院を背にし、天城のハーレーは桜宮岬の突端へ達する。

エグゾースト・ノイズが後方に下がり、穏やかな潮騒《しおさい》が身体を包んでいく。

やがて断崖の寸前で、ハーレーは咆哮を止めた。

午前の明るい陽射《ひざ》しが、波間の煌めきの中に砕け散っていく。

天城はマシンから降り世良も従う。ノーヘルの天城は岬の突端から海原を見つめた。

「今頃はモンテカルロでは天才建築家マリツィアが、碧翠院を浄化するための硝子《ガラス》の塔の設計に、悪戦苦闘しているんだろうな」

かつて天城がこの地に招聘した、王族にして若き建築家、マリツィアの横顔が脳裏に甦る。

ヘルメットを取った世良は、天城に尋ねる。

「公開手術の候補がいなくなってしまいました。あんな大見得を切ったのに。白紙のまんまで、何ひとつ進んでいないじゃないですか」

天城はぼんやりと海原を見つめながら、上の空で答える。

「心配するな、ジュノ。私がモナコではなんと呼ばれていたか、覚えているだろう？」

世良は首をひねる。それからぽつんと言う。

「モンテカルロのエトワール、ですか？」

「そっちじゃなくて、ほら、ガブリエルが私を罵るときによく言うアレだよ、アレ」

世良は思い当たり、ためらいながらも口にする。

「……ドタキャン天城」

「〈イグザクトマン〉（その通り）。国際循環器病学会のシンポジストさえドタキャンしてしまう私からすれば、こんなちっぽけな集会くらい、ドタキャンして不思議はないだろ？」

天城はにやりと笑う。

天城が言うと納得させられてしまうが、よく考えれば滅茶苦茶《めちゃくちゃ》な言いぐさだ。外科集談会をドタキャンしたら佐伯教授の面目は丸潰れだし、協賛する桜宮市医師会の顔に泥を塗ることにもなる。そうなると桜宮の外科医全員を敵に回しかねない。

桜宮外科集談会は小さい集会だが、桜宮の外科医にとっては大切な会だ。

世良の学会デビューも外科集談会であることからもわかるように、桜宮の外科医にとって、そこはかけがえのない大切な母港なのだ。

天城は、輝く海原を見つめていたが、やがてぽつんと言う。

「引き潮、かな」

世良は天城の背中に尋ねる。

「この後、どうするおつもりですか」

天城は肩をすくめる。

「スリジエ・ハートセンターは今、逆風にさらされている。その状況の確認に行く」

天城はマリツィア号にまたがるとエンジンを掛けた。

どこへ行くのかは、相変わらず言おうとしない。世良がヘルメットを再装着し、天城の後ろに着座した途端、マリツィア号は、天城の目の前に立ちはだかる透明な壁を突き破るように、咆哮を始める。

世良は、天城の速度についていくために、その背にしがみついた。

5 スリジエの工程表

四月三日（水曜）

ゆったりと流れる風景の中、緑の街路樹の中から古びた灰色の建物が見えてきた。

マリツィア号はゆるやかに右折し、市役所の駐車場に車体を乗り入れる。

桜宮市庁舎に足を踏み入れた天城は、受付の女性に市長秘書との面会を要請した。

お約束はありますか？　との問いに、ありません、とにこやかに即答する。

受付の若い女性は、不審者を警戒するようにちらちら天城を眺めるが、モンテカルロの社交界を遊泳していたその洒脱《しゃだつ》さに気圧《けお》され、紋切り型の門前払いを切り出すタイミングを失し、しぶしぶ受話器を取り上げる。

「ええ、はい、わかりました」

意外だ、という表情で受付嬢は天城に伝言を伝える。

「現在来客中なので、十五分ほどお待ちいただきますが、よろしいでしょうか」

「〈エクセロン〉（もちろんです）」

天城の笑顔を見て、頬を赤らめた受付嬢は立ち上がると、ブースから出た。

「では、こちらへどうぞ。市長室にご案内致します」

三階の市長室の前の廊下にはパイプ椅子が七つ並んでいた。順番待ちの席には存在感の薄い背広姿の老年男性と、無駄にエネルギッシュな風貌の中年男性が座っていた。受付嬢が去ると、天城はパイプ椅子に腰を下ろし、オペラのひと節を鼻歌で歌う。隣の男性がちらりと視線を投げるが、すぐ視線を逸《そ》らす。

やがて扉が開き背広姿の男性が平身低頭し後ずさりしながら部屋を出てきた。

「何卒《なにとぞ》、何卒、釜田《かまた》市長さまによろしくお伝え下さい」

「そんなに御心配なさらずとも大丈夫ですよ」

細身の男性が穏やかな声で言う。それから廊下に待っていた老年男性に声を掛ける。

「田無《たなし》さん、緊急の用件を優先させていただきますので、もうしばらくお待ちを。天城先生、どうぞこちらへ」

丁寧だが選択の余地はなさそうな宣告に老男性は深いため息をついてうなずく。

天城は、立ち上がり大股で部屋に入る。世良が後に続く。

明るい市長室だが市長は不在だ。秘書の女性が珈琲をふたつ運んでくると、細身の男性はふたりにソファを勧める。

「秘書の村雨《むらさめ》です。市長は公務で東京ですので私がお話を承ります」

天城は香りを楽しむように目を閉じ一口飲むと、カップをテーブルに置く。

「いよいよスリジエセンター創設に向けて始動します」

「それはよかったですね。釜田市長もずっと気に掛けていたようですから」

「ですので、桜宮岬の用地買収の進行具合を確認に参りました」

村雨秘書は驚いた顔で天城に言う。

「そちらの方はまったく進んでおりませんよ」

「あれから半年も経っているというのに、ですか」

天城が非難めいた声で言うと、村雨秘書は心外だ、という表情で答える。

「仕方ないでしょう。天城先生のセンター構想は企画書がないので行政としては動きようがないんです。まず工程表を出していただかないとどうにもなりません」

「工程表？　そんなもの作ったことがないな。どうすればいいか、教えてください」

村雨秘書は目を見開くが、すぐにいつもの冷静沈着さを取り戻し、言う。

「まず大学の事務方に相談なさるといいでしょう。こうしたことはお手の物です」

「大学の事務方ですか。それはちと難しい。スリジエセンター創設は、東城大当局と切り離されたミッションですから」

天城の歯切れが悪い。天城は大学当局と致命的に相性が悪いのだ。

「それは初耳です。私も市長も、てっきり東城大の企画だと思っていました。だとすると前提から検討し直す必要があるかもしれません」

天城は渋い顔になる。村雨秘書が、社交用の笑顔になって言う。

「ご心配なく。新しい企画は何かしら問題に突き当たるものです。でも最後はカネに行き着きます。その点はウエスギ・モーターズの全面的な支援が約束されているとのことですから、多少の遅延はあろうとも間違いなく必ず実現しますよ」

天城は立ち上がると、村雨秘書に握手を求めながら言う。

「では早速、その工程表とやらの作成に取りかかり、近日中にお届けします」


ランチするため以前入ったことがある喫茶店を探したら、洒落た名前の看板は傾き、外からのぞき見ると店内は雑然としていて薄暗かった。

「潰れたか。味はまあまあだったが、商売っ気のなさそうな親父《おやじ》だったからな」

隣のファミレスに入る。メイド服姿のウエイトレスがオーダーを取りに来る。

「Aランチ、Bランチ、Cランチのどれにいたしましょう」

「Dランチを」と天城が答える。

え？　と怪訝《けげん》な顔になったウエイトレスに、天城はウインクをする。

「ジョークだよ。Aランチをお願いします」

「メニューを見なくて、いいんですか？」

世良が小声で尋ねると、天城も小声で言い返す。

「どれだって同じさ」

それもそうだ、と世良もAランチを頼む。そんな世良に天城は呆れ顔で言う。

「気が利かないな。そういう時はBランチを頼むもんだ。そうすればAランチとBランチはどんなものか、彼らがAとBというランクづけにどのような感覚を抱いているのか、わかるだろ」

「そんなことして、何の役に立つんですか」

天城は、そんなこともわからないのか、と言わんばかりにため息をつく。

「要はアンテナの張り方さ。それにそういう注文をすれば社会的にも幅が広がる。実物を見てから、上司が好きな方を選べるだろ」

それって俺にメリットはないですね、と言いかけたがバカバカしくなってやめた。

天城は運ばれてきたハンバーグランチを見て、顔をしかめる。

「私は、付け合わせのしなびたタマネギが大嫌いなんだが、ひょっとしたらBランチは違う付け合わせだったかもしれない」

「こういう店では付け合わせは、たいていどのランチでも共通です」

「それはわからないだろ。それだってジュノがBランチを頼めば確認できたのに」

面倒くさくなってハンバーグにかぶりつく。すると競うように食事をたいらげた天城が、紙ナプキンで口元をぬぐいながら言った。

「どうやら今日は落ち目のようだから、ついでにもう一ヵ所、歓迎されざる地に表敬訪問をしておくか」

「冷たい歓迎を受ける心当たりが、他にもあるんですか」

世良はげんなりした声で言う。だが考えてみたら、日本で天城が歓迎された場所はほとんどない気がして、気の毒になる。天城はうなずく。

「はなから歓迎されないと決めつけるのは、ちと早計かもしれないな」

「どこへ行くつもりですか？」

急かされるように世良がハンバーグの塊を飲み込むのを見届けて、天城は言った。

「医療の既得権益の巣窟、桜宮市医師会、さ」

桜宮市街地の外れ、蓮《はす》っ葉《ぱ》通りの東詰めの終点にある小さなビルに到着し、天城はエンジンを停《と》めた。世良は、目を細めて四階建てのビルを見上げる。

「このビルに医師会が入っているんですか」

「概ねその通りだが、ビルの所有者は桜宮市医師会なんだ。ジュノも少し医師会のことを勉強した方がいい」

「それくらいやっています。この間、新聞で医師会会長選挙の結果と、医師会会長の主張について読みました。『医療費亡国論を憂う』という記事でしたけど。たぶんここにも新会長の指令が来てるんでしょう」

「ジュノ、本気か？　桜宮市医師会と中央の日本医師会は別組織だぞ」

「え？　同じ医師会なのに？」

　まじまじと世良を見た天城は、深々とため息をつく。

「日本医師会は郡市区医師会と都道府県医師会、中央の日本医師会の三層構造なんだ。それを同じだというのは、市役所と県庁と国会が同じだと言っているようなものだ。小学生だってそんなことは言わないだろ」

　世良は、皮肉を言う天城から顔を逸らして、古びたビルを見上げる。

「この世界、人が集まるところに組織が出来、組織あるところに権力闘争が起こる。権力闘争がある場所では、最後はカネがものを言う。では魑魅魍魎《ちみもうりょう》の巣窟に清らかなスリジエの物語を語りにいくとするか」

　天城は、古びた医師会ビルの中に軽やかな一歩を踏み入れた。


　受付で名乗ると、アポなしにもかかわらず応接室に通された。丁寧な応対だった。

　顔を出したのは老境に差し掛かった小柄な男性だった。だが身体からは年齢に似合わない、潑剌《はつらつ》とした生気が発散されている。

「東城大の佐伯外科の先生がこんな昼日なかに医師会に顔を出されるなど、前代未聞ですな。お仕事は大丈夫なんですか？」

天城はにやりと笑い、即座に言い返す。

「先生こそ開業医の分際で、こんな時間に事務所にたむろしていても大丈夫ですか？」

小柄な男性は一瞬、目を細めた。それから穏やかな笑顔を浮かべる。

「息子が後を継いでいまして私は悠々自適の隠居で、ご恩返しのため医師会の雑用を引き受けているのです。桜宮市医師会常任理事の三田村《みたむら》、と申します」

天城は受け取った名刺を裏返すと、言った。

「駅前にある産婦人科病院の名誉院長さんですか。私はモンテカルロが長く、名刺は持ちつけておりませんので失礼します」

そんなのがモンテカルロの流儀というわけではないだろう、と世良はひやひやする。

天城はソファに前屈みに座り、三田村理事に言う。

「医師会が協賛する桜宮外科集談会は、次回ウチが主催当番のようですね」

三田村理事は立ち上がると、書棚からファイルを取り出し、めくりはじめる。

「東城大さんはいつもプログラムの決定が遅くて困りますね」

天城は笑顔を浮かべて、言う。

「申し訳ありません。医局長がグズでして」

天城は世良をちらりと見て、微笑する。実質上、医局長活動を開始していない世良に、早くもグズで無能な医局長というレッテルが貼られそうだ。抗《あらが》うことができないのが悔しい。天城は嫌味を世良にぶつけて少し気が晴れたのか、言葉を継いだ。

「今日伺ったのは、先日うちのボスから集談会で発表せよ、と依頼されたからでして。そのため最速の対応をと思い、桜宮市医師会にご挨拶にうかがった次第です」

天城のへりくだった物言いに、部屋の空気が和らいだ。

「それはありがたいですね。それでどのような講演会を検討しておられるのですか」

天城は折り畳んだ紙をポケットから取り出し、三田村理事に手渡す。

「昨年七月、東京国際会議場で実施した『第八十八回日本胸部外科学会学術総会』のシンポジウム抄録です。同じ公開手術を特別講演として行なおうと思っています」

三田村理事は老眼鏡を取りだし、紙片に視線を走らせる。やがて顔を上げ、内線電話を掛け始める。すぐに恰幅《かっぷく》のいい、中年の男性が飛んできた。

「御用ですか、三田村先生」

「巻田《まきた》君、私の専門外で判断しかねるので相談したい。こちらは佐伯外科の先生だが、次回の集談会でこれと同じことをやりたいとおっしゃっている。君はどう思う？」

手渡された紙片をさらっと眺めた巻田理事は、大声で答える。

「結構なことじゃないですか。こちらからお願いしたいくらいです」

「では、決めてしまっていいかな」

三田村理事の奥歯にモノのはさまったような口調に、巻田理事はしばらく紙片を眺めていたが、ああ、と得心のいったような表情になる。それから小声で、言う。

「ご心配なく、これは例の一件とは切り離せます」

それから巻田理事は天城に向かって言う。

「桜宮市医師会は、桜宮外科集談会に協賛しておりますが、予算対応はしかねます。公開手術の設備投資には協力できませんが、よろしいですか？」

「ええ。桜宮市医師会は広報していただければＯＫです」

にこやかにうなずいた天城は立ち上がると、左手を差し出した。巻田理事はとまどいながら、その手を握り返す。

「医療の実務家揃《ぞろ》いの医師会は、さすがに話が早い。細かい打ち合わせはここにいるジュノ、いや、世良先生が代行しますので、彼と連絡を取ってください。それでは今月末に、また」

天城は立ち上がると大股で部屋を出ていく。世良は後を追おうとして、思い出したように振り返ると、ふたりの理事にお辞儀をし、小走りに部屋を出ていった。

駐車場でハーレーにまたがる天城に、息を切らして追いついた世良が言う。

「天城先生、どうしてあんなことを言ったんですか」

「ジュノはなぜ、そんなにあたふたしてるんだ？」

「患者がいなくなったから、公開手術はドタキャンするんでしょう？　そんなことをしたら、医師会の面目は丸潰れです」

天城は肩をすくめて、言う。

「ジュノは心配性だな。明日は明日の風が吹く。逆風も、向きを変えれば順風さ」

天城はハーレーのエンジンを思い切りふかす。

「すべては天命だ。公開手術が必要とされるなら、天が患者を準備する。患者がいなければドタキャンするが、それも天意だ。単純な話だろ？」

世良は今にも発進しようとしているハーレーのタンデムシートに飛び乗った。次の瞬間、マリツィア号は咆哮を上げながら、駐車場から飛び出した。


医師会館の窓からマリツィア号の勇姿を眺めていた三田村理事は、鳴り響く電話の受話器を取った。黙って相手の声に耳を傾けていたが、やがて静かに言う。

「村雨秘書、こちらからも、その件でご連絡しようと考えておりました。結構なお話ですが、桜宮市の医療全体に影響あることですから、私の一存ではお答えしかねます。近日中に定例理事会の席にお越しいただき、詳細をご説明いただければ……ええ、もちろん我々は一心同体、地域行政と切り離されては、医師会の健全運営など不可能ですからご心配なく」

三田村理事は電話を切ると、にこやかな表情で、巻田理事に言う。

「あれが佐伯外科の問題児、天城か。さすがにレスポンスが速いな」

「でも、相手の方が一枚上手でした」

「今回は天命が、不誠実な天城ではなく誠実な高階君に与《くみ》しただけのことだ。天城は今回、集談会の真の狙いである、スリジエセンター創設についてはひと言も口にしなかった。この件について事前に高階君から実情を聞いていなければ、うっかり全面支援してしまうところだった。剣呑《けんのん》剣呑」

「ま、それも天命だ。何しろ相手が悪い。高階君はかつて帝華大では阿修羅と呼ばれていた強者《つわもの》なんだから」と、三田村理事は合掌した。

「それで釜田市長の腹心、村雨秘書はなんと？」

巻田理事が尋ねると、三田村理事は微笑する。

「まさにスリジエセンターの用地買収についての打診で、碧翠院桜宮病院の向かいの空き地の取得を持ちかけてきた。紙一重で天は医師会と佐伯外科の本流に微笑《ほほえ》んだわけだ。あの土地は碧翠院の院長、桜宮巌雄理事が所有しているからね」

「つまりスリジエセンターの命運は桜宮市医師会の副会長の手の内にある、というわけですね。こいつは傑作だ」

巻田理事が大笑いを始める。三田村理事が言う。

「改革派気取りの釜田市長も困ったものだ。この地域に新たな巨大病院を作るということが、桜宮の医療を支えている、我々開業医の経営状態を圧迫する可能性があるという重要な側面について、あまりに無神経すぎる。このままでは次の市長選は危ないということがわかっておられないようだ」

「これは我々の生存権の維持のための闘争ですから、邪魔されてはたまりませんわ。佐伯外科の切り札がその企画潰しに走っているのですから内紛状態なんでしょうね。我々は内部抗争を高みの見物していればいいだけです。ところで佐伯病院長の御意向はどうなんでしょうか？」

ゆるみきっていた三田村理事の表情が引き締まる。

「そこは確認を取らないといけないだろうね。桜宮巌雄副会長は佐伯教授の盟友だから、後で真意を探っていただこう。いずれにしてもこの件では真行寺会長と、一度腹を割って話し合わなければならないだろう。どこかいい店を探しておいてくれ」

「あのお年にもかかわらず、真行寺会長はかなりの健啖家《けんたんか》の上に、意外に新しいもの好きですから、それは結構大変な仕事になりますね」

二人の桜宮市医師会理事はそこはかとない笑顔になり、静かにお茶をすすった。

赤煉瓦棟の前で、ハーレーは沈黙した。タンデムシートから降りた世良はヘルメットを脱ぎながら、言う。

「明後日《あさって》の金曜はお休みをいただきたいのですが」

「ワーカホリックのジュノにしては珍しいな。何の用だ？」

世良は口ごもる。すると天城は笑顔になる。

「言いたくなければ言わなくていい。プライベートだからな」

さすがモンテカルロのラテン男、ほがらかに生きる術を心得ている。

天城はシニカルな笑顔を浮かべる。

「私にそう言われてほっとするなんて、本当にジュノは何も考えていないんだな。そんな調子では佐伯外科では破滅してしまうぞ」

「どういう意味です？」

「ジュノの今の上司は高階だろ。私に許可を取ってどうするんだ？」

――そうだった。

世良は唇を嚙む。昨日の医局運営会議で、世良の所属は変更されていたから、天城の了承を取ったところで何の意味もない。

そんな世良を見て、天城は笑う。

「心配するな。そんな建前で、青年のリフレッシュを台無しにするのもバカげているからな。ではこうしよう。明後日の休暇に限り私が許可する。高階には私の方から、極秘の案件で、ジュノをとある場所に派遣したいから金曜日のジュノの身柄はこちらで預かる、と伝えておく。あの高階も度量は大きいから了承してくれるだろう」

世良は小躍りしそうになる気持ちを押し隠し、お辞儀をした。

「ありがとうございます。ついでにもうひとつお願いがあるんです。明後日、マリツィア号をお借りできないでしょうか」

世良は天城をちらりと見ながら言う。

少々図々《ずうずう》しいが、天城は緑のガウディという名車も保有しているから、貸してくれる可能性は高いだろうと見越したわけだ。

天城はしばらく考えてから、尋ねる。

「これは限定解除でないと乗れないが、大丈夫か？」

「昨年、天城先生と仕事をしている時、あまりにヒマだったので教習所通いをして、免許を取りました」

「物を借りようという相手に嫌味を言うとはいい根性をしてるな。ま、それくらい言われても仕方がないか。何しろ去年の業務は公開手術一件だけしかなかったからな」

天城は目を細め、遠い目をした。そしてあっさり答えた。

「わかった。週明けの月曜までマリツィア号をジュノに貸与しよう」

天城はキーを世良に投げる。午後の光にきらめいたキーを、世良はキャッチした。

ちゃり、と金属音が小さく響く。

「ありがとうございます。お言葉に甘えます」

世良は頭を下げる。そして、嬉《うれ》しさを隠しきれずにひとり呟く。

さあ、明後日はバカンスだ。

6 シーサイド・ランデブー

四月五日（金曜）

金曜、午前八時半。

手術室当直看護婦の花房は、落ち着かない様子で朝の申し送りをしていた。

「昨晩は小児外科の救急で盲腸の患者が一名、緊急手術しています。入室は午後八時、退出は午後九時半。術者は小児外科の榎戸《えのきど》先生です。他は特に問題ありませんでした」

引き継ぎを受けたのは猫田主任だ。花房看護婦は一礼し席を立ち、看護婦控え室を出ていこうとした時、足音高くナースステーションに看護婦が入ってきた。

猫田が顔を上げ、眠そうな声を出す。

「あ、婦長さん、お久しぶりです。お元気でしたか」

「あたしはもう手術室の婦長じゃないから、その挨拶はおかしいわ」

「でも、藤原《ふじわら》婦長は総合外科の婦長さんじゃないですか」

「まあ、言われてみればその通りね。ところで福井婦長は？」

「幸い、今日はお休みです」

猫田の答えに、藤原婦長は笑顔になる。

「幸いって、あんた、相変わらずねえ。聞いてるわよ。福井さんに相当鍛えてもらっているらしいじゃない」

猫田主任は首を振ってうつむく。

「藤原婦長と違って、福井婦長さんたら、ちょっと寝転がってるだけで怒るんですよ」

「猫田、それはね、福井婦長が厳しいんじゃなくて、私が甘すぎただけなのよ」

猫田主任は肩をすくめ、眠そうに目を閉じる。

「お休みなら仕方ない。猫田主任、今から総婦長と面談があるんだけど、一緒に来てもらえる？」

「榊総婦長さんのところ、ですか？　なんか、めんどくさそうだなあ」

猫田はちらりと引き継ぎボードを見て、ぼそりと呟く。それから顔を上げて、言う。

「朝一番で月曜手術予定の患者さんのムンテラに立ち会うかもしれないのでちょっと難しいかも、です」

「困ったわね。総婦長さんから猫田か花房を直々ご指名なんだけど」

猫田は立ち去りかけた花房の後ろ姿を見ながら、言う。

「花房は当直明けだから空いてますよ」

足を止めた花房は、びっくりした目で振り返る。猫田が言う。

「あとは寮に帰るだけだよね？　確か明日も非番だし」

「え？　ええ、まあ」と猫田に振られ、口籠もる花房に藤原婦長が言う。

「じゃあ悪いけどつきあって。時間はそんなに取らせないから」

下っ端の花房にノーは言えない。直属の上司みたいな猫田の見事な遁走《とんそう》を横目で見ながら、ため息をついて花房は藤原婦長の後に従った。

その背後で猫田がごろりとソファに寝そべった気配が感じられた。

藤原婦長が総婦長室の扉をノックすると、穏やかな声で返事があった。

部屋に入ると初老の女性が、花瓶に活《い》けた赤一色の花束をためつすがめつ眺めている。短髪は輝くような銀髪で、ほっそりした手に黄色いチューリップが一輪。その花をくるくると回しながら、藤原婦長に尋ねる。

「赤一色で染め上げた方がいいかしら。それともこの黄色いチューリップを一輪、アクセントでいれた方が引き立つかしら」

穏やかな低い声。それが榊佳枝《よしえ》・総看護婦長だった。

「黄色いアクセントをいれた方がいいです。赤一色というのは危険な感じがします」

藤原婦長は即答すると、榊総婦長は穏やかに笑う。

「あなたらしいアドバイスね、藤原さん」

黄色いチューリップを花瓶の左端に添えてみると、赤い花の中で黄色い一輪が輝きを増し、背景の赤さもいっそう際だった。

「あなたの言った通りだったわ。こっちの方がずっといい」

それから藤原婦長と花房にソファを勧める。両手を握りしめ膝の上に置いた花房の前に、ふわりと紅茶のカップが置かれた。

「そんなに緊張しなくてもいいのよ。聞きたいのは簡単なことだから」

榊総婦長は花房のような下っ端から見ると雲上人だ。

花瓶から赤いチューリップを一輪抜き取ると、半紙にくるんで花房に差し出す。

「花房さんは当直明けだったわね。帰ったらこのお花をお部屋に飾るといいわ」

「え？　どうして私の勤務をご存じなんですか？」

「当たり前のことよ。病棟婦長が病棟看護婦の勤務表を把握しているのと同じように、総婦長はすべての看護婦の勤務表を把握しているのだから」

「花房、誤解しちゃダメよ。そんなの全然当たり前じゃないんだから。私なんて自分の病棟の勤務表も覚えてないもの」となりで小声で囁《ささや》いた藤原婦長が尋ねる。

「花房に、何をお聞きになりたいのでしょうか」

「そうやって正面切って言われると、聞きにくいのだけれど……、もう思い切って聞いちゃった方がいいわね。花房さんと猫田さんは天城先生と個人的に親しいの？　何なら天城先生のチーム、と言い換えてもいいんだけど」

脳裏に一瞬、世良の面影がよぎる。花房は口ごもりながら首を振る。

「いいえ。猫田主任も特に親しくないと思います」

榊総婦長はうなずく。

「つい先日、佐伯病院長から困った申し出があったの。今月末に天城先生が公開手術をするそうなんだけど、今度は東城大でやるらしいの。それで協力要請をされたんだけど、オペ看をご指名なのよ」

「福井婦長ならベテランの牛島《うしじま》さんを選ぶでしょうね。経験も実力も充分ですから」

元手術室の看護婦長だっただけに藤原婦長の判断は早い。だが榊総婦長は首を振る。

「福井婦長に指名させたら、やっぱりそうなるわよねえ。でも天城先生は猫田主任と花房さんをご指名なの」

「困りましたね。オペ看のメンバー決定は手術室の福井婦長の専権事項ですから」

「そうなのよ。そんなわがままを通したら、看護部の秩序は滅茶苦茶よ。でも佐伯病院長に頭を下げられたので無下にもできなくて。どうしたらいいかしら？」

確かに困るな、と花房は思う。同時に公開手術のメンバーにまた選ばれたと知って、鼓動が早まる。前回の高揚感と共に窓から見た東京の夜景が瞼の裏に浮かぶ。

「花房さんの気持ちはどうなの？」

花房は突然話を振られて驚きながらも、おずおずと答える。

「総婦長の命令であれば、もちろん喜んで対応します」

「そうよねえ。あなたの立場なら、そう答えるしかないわよね」

榊総婦長はため息をつく。見かねた藤原婦長が言う。

「でしたらこうしたらどうでしょう？　天城先生から不当なプレッシャーをかけられた私が総婦長に泣きつき、仕方なく総婦長が強権を発動した。これなら福井婦長の顔も立つし丸く収まるのでは？」

「だけど、そうなると今度は藤原さんが悪者になってしまうわ」

「汚れ役は慣れっこです。それに私はふだん、もっとひどいことも言われていますし」

榊総婦長はしばらく考え込む。やがて顔を上げると、藤原婦長に向き合う。

「それならお言葉に甘えようかしら。そうしてもらえるとほんと助かるわ。じゃあ今月末の日曜、花房さんと猫田さんに器械出しとして臨時出勤をお願いするわね」

「猫田主任には、あたしから伝えておきます」と藤原婦長が言う。

「花房さんはお帰りなさい。深夜勤明けでお疲れのところ、お手数をかけたわね」

花房は赤いチューリップを手にして立ち上がる。

「総婦長さん、ありがとうございます。早速、お部屋に飾らせていただきます」

扉が閉まると、花房はエレベーターに向かって駆けだしていた。

扉を閉めると、榊総婦長と向き合った藤原婦長は尋ねる。

「今回の件、どうして私に声を掛けたのですか？」

榊総婦長は穏やかな笑顔で答える。

「一番の理由は福井婦長がお休みだったから。そうしたら藤原さんの顔が浮かんだの。元手術室の婦長だし猫田さんと花房さんも両方知ってるし、前回の公開手術の時のメンバー選定の時も松井婦長に働きかけてくれたし。福井婦長はあれでなかなか頑固だから、持っていき方をひとつ間違えると大変なの」

藤原婦長は居心地悪そうにもぞもぞする。榊総婦長は笑顔を吹き消して言う。

「ところで、外科病棟の様子はどう？　佐伯病院長から何か聞いてない？」

「今のところ特に何も。天城先生は、相変わらず野ばなしの放任状態です」

「天城先生のことじゃないの。病棟全体のことよ」

榊総婦長は指を頰に当て、黙っていたが、やがて顔を上げると言う。

「これはウワサなんだけど、佐伯病院長は公開手術後の連休明けから東城大の改革に着手するらしいの。その第一歩として病院収益を上げるためＶＩＰのための特別室を作りたいのだそうよ。特別室の名前は『ドア・トゥ・ヘブン』ですって」

「VIPのための特別室……名前は何だか文学的ですね」

藤原婦長が言うと、榊総婦長は珍しくきっぱりと言う。

「縁起でもない。天国への扉なんて、病院が使う名前ではないわ」

「榊総婦長は、佐伯病院長の病院改革には反対なんですか」

「もともと私は特別室構想には反対よ。私に相談はないし、そもそも特別室を設置すると医療がお金持ちの独占物になりかねないと、私が考えているのは佐伯病院長もよくご存じのはずだから、強行はしないとは信じているのだけれど……」

藤原婦長はチューリップの花瓶を見つめる。

やがてアクセントの黄色いチューリップを取り上げ、手の内に納めながら言った。

「この件に関しては、看護部の意思は総婦長さんの意向を尊重することにしましょう。黄色いチューリップは不要ですから、私が頂戴します」

榊総婦長は、残された赤いチューリップの花瓶を眺めながら、言う。

「血の色みたい。少しこわいわ」

それから小さくため息をついた。

「東城大も赤ひと色の花瓶みたいになってしまうのかしら」

ふたりは黙って花瓶のチューリップを見つめていた。

花房美和《みわ》は、大学の裏手の雑木林を息を切らして走った。手にしたチューリップは邪魔だったが、花房の華やかな気持ちを引き立ててくれた。木立の果てに図書館が見え、桜宮丘陵をなだらかに下る小径《こみち》へと続く。図書館裏の駐車場はいつもがらがらだ。

ここに駐車場があるということを知る人も少ない。駐車場についた花房は息を乱し、周囲を見回す。奥まった場所に黒塗りのバイクが停車していて、ヘルメットをかぶった男性がバイクのハンドルに突っ伏していた。

「遅れてごめんなさい、出がけに藤原婦長に呼び止められてしまって」

男性はぴくりとも動かない。おそるおそる、肩に指を伸ばす。

「怒ってるんですか？」

指先が触れた途端、男性はがばりと上半身を起こし、花房の細い指を握りしめる。

「きゃあ」と小さく悲鳴を上げた花房はゴーグルの目の奥が微笑しているのを見て、拳で世良の胸を叩く。

「もう、びっくりさせないでください」

世良はバイクからひらりと降りると、華奢《きやしや》な花房の小柄な身体を抱き締めた。

「やめて。誰かに見られちゃう」

「こんな時間に、ここに来る奴《やつ》なんていないよ」

花房は腕の中でもがいたが、やがて諦めたように力を抜き、強い抱擁に身を委ねた。

春風が、ふたりの側を吹き抜けていった。


「このバイク、どうしたんですか？」

風の中、花房の声は小さく震え、操縦席の世良には届かない。

「何だって？」

「ううん、なんでもない」

花房は世良の腰に回した腕に力をこめ、ぎゅうと抱きつく。

「どこに、行くん、ですか」と世良の耳元で大きな声で、尋ねる。

短いシラブルでとぎれとぎれに尋ねる。世良は答える。

「どこか行きたいところ、ある？」

花房は目を細めて、光る風の中で考える。

「う、み」

「海ね、わかった」

黒い野獣は、ワインディング・ロードを抜けた平地で急ハンドルを切った。

再開発中の桜宮海岸には洒落たカフェや軽食店が建築されている。そんな商店街を軽やかなアクセルワークで走り抜け砂浜に乗り入れる。肌理《きめ》の細かい砂がタイヤを空転させ、車体が左右に揺れ、花房は悲鳴を上げいっそう強く世良にしがみつく。バイクは波しぶきを立てながら、まっしぐらに岬の小さな灯台を目指して走る。波打ち際は砂が締まり、舗装道路のようだ。岬を駆け登り草原に到着すると、遠景にゴシック様式の碧翠院の建物の輪郭がかすんで見えた。

潮騒の中、岬の突端から海原を眺めた。カモメが一羽《わ》、舞い上がる。

ゴーグルを外した世良は、アーミージャンパーのポケットから包みを取り出し花房に手渡す。不思議そうな顔をした花房に、世良が言う。

「昨日は誕生日だったでしょ?」

「どうして知ってるんですか」と花房は目を見開く。

「そりゃあ、ね。それにほら、誰かさんにも花をもらってるじゃないか」

世良は花房が手にしたチューリップを指さす。花房は首を振って、「そんなんじゃないんです」と口ごもる。そして頬を紅潮させて、言う。

「開けてもいいですか?」

花房がリボンの結び目をほどくと、包みの中から白い箱が現れた。蓋を開けた花房の顔が輝く。細い指で中身をつまみあげ、陽にかざす。

星を象《かたど》った、銀のネックレスだった。花房はネックレスを世良に差し出す。

「つけてくれますか？」

花房は背を向ける。ほっそりした首筋に手を回し留め具をはめた世良はそのまま背中から華奢な身体を抱き締める。花房は首をめぐらせ目を閉じる。赤く柔らかい唇にそっと触れる。潮騒がふたりのシルエットを包み込んだ。


世良と花房は、岬の突端のベンチに座り、海を見つめていた。

「ここにスリジエ・ハートセンターが建築される予定なんだ」

「そのために今月末に、東城大で公開手術をするんでしょ？」

「なんで知ってるの？　まだ上層部の先生たちも知らないのに」

世良が驚いて尋ねると、花房は得意気な顔で答える。

「世良先生に関わるお話は、みんな私のところに入ってくるんです」

「でもその頃、俺はセンターの一員ではなくなっているから関係ないんだけど」

「世良先生は、天城先生のセンターのメンバーでなくなっちゃうんですか？」

「もともと俺は高階研究室の所属だったんだ。今の状態がイレギュラーなんだよ」

花房は、片えくぼを浮かべて、言う。

「天城先生はさみしいでしょうね」と言われて世良は不機嫌な声で言う。

「知らないよ、そんなことは。もともと天城先生が勝手に俺を指名したせいで、こんなことになってしまったんだから」

「何で怒ってるんですか？」と花房は驚いたように目を見開く。

「怒ってなんかいないよ」

気まずい沈黙が流れた。世良は足下の石を拾い上げ、海に向かって投げた。

「腹がへったな。『ベイサイド・カフェ』で食事でもしようか？」

花房は両手を胸の前で合わせて笑顔になる。

「うれしい。一度行ってみたかったんです、あのお店」

「どこか他に行きたいところ、ある？　誕生日に当直を当てられてしまった、かわいそうなお姫さまのために、おおせのままにしてあげるよ」

花房は、人差し指を頰に当てて、考え込む。やがて言う。

「どこでもいいんですか？　それなら、深海館に行きたいです」

「美和ちゃんは、本当に黄金地球儀が好きなんだね」と世良が肩をすくめる。

ふるさと創生資金という一億円の費用が日本国中にばらまかれたのは一昨年だが、桜宮市はその基金で黄金地球儀を作り桜宮水族館に安置した。そのどさくさにまぎれ、安置場所として深海館なる別館も建築された。花房が小さく首を振る。

「違います。私はボンクラボヤが好きなだけなんです」

「あの大口を開けた間抜けな生物のどこがいいんだろう」と世良が呆れ声で言う。

「だって可愛《かわい》いんですもの。あんな大口を開けた生き物が、桜宮湾の底でゆらゆら揺れているなんて、なんだか癒《いや》されるんです」と花房はムキになって言い返す。

「疲れているんだね、美和ちゃんも」

世良はヘルメットを手渡す。花房は後部座席に乗る。エンジンを空ぶかしすると、ふたりの世界が小刻みに揺れる。世良の細身の身体に抱きついた花房の胸元に、銀の星が光る。マリツィア号は咆哮を上げ、桜宮岬を背後に蹴散らした。


桜宮水族館別館、深海館をふたりが出たのは閉館のオルゴールが鳴り響き始めた、午後五時五分前だった。世良は花房を振り返ると、言う。

「せっかくだから、どこか遠くにクルージングに行こうか」

「今日は世良先生が私の行きたいところへ連れていってくれたから、この後はどこへでもついていきます。世良先生の行きたいところが、私の行きたいところ」

世良は花房を見つめた。

「じゃあ海の底深くへ行こうか、それとも空高く、天空の城に向かおうか」

「どちらでも。世良先生の行きたいところなら、どこへでも」

うなずいた花房を見て、世良の胸が熱くなる。世良は迷うことなく、瞬《また》き始めた北極星に向けて進路を取った。

潮騒が遠い。

なめらかな肌を指でなぞり、頬に唇をよせる。花房はくすぐったそうに身を縮める。世良の胸に顔をうずめた肩を抱き締め、天井を見上げる。隣町までクルージングをして、シーサイド・ホテルにハーレーを駆け込ませて三時間が経っていた。

「そう言えば今度、医局長をやることになっちゃったんだ」

花房は世良の胸から顔を上げ、世良を見上げた。

「すごい。医局長ってふつう十年選手の先生がやるんでしょう？」

「そうなんだ。俺なんかに務まるはずないのに。何でいつもこんな風になっちゃうんだろう。貧乏クジばかり引かされるんだ、俺って」

世良がため息をつくと、花房は世良の胸に再び顔をうずめて、小声で言う。

「そんなことないです。世良先生なら医局長くらい、立派に務まります」

「なんでわかるんだよ」

「仕方ないんです。私にはわかってしまうんですもの」

「説得力がないよ、美和ちゃん」

だが花房にそう言われると、何だかやれそうな気がしてくる。

遠く潮騒が聞こえる。そこにとぎれとぎれにもの悲しいメロディが混ざり込む。

花房が口ずさんでいるのは、どこか懐かしいメロディだ。

世良は花房の滑らかな肩を抱きながら、目をつむり尋ねる。

「それって、何て言う曲？」

すると花房はハミングをやめて、ふふ、と笑う。

「ひみつ、です」

「へえ、〝ひみつ〟って曲なんだ。いい曲だね」

世良が言うと、花房は片えくぼを浮かべて首を振る。

「違います。〝ひみつ〟って曲じゃなくて、曲名は世良先生にはひみつなんです」

何で教えてくれないんだろうと思うが、問い詰めるつもりはない。その曲の名を知らなくても、花房が側にいる限りその曲はいつだって聞けるのだから。

そんなことを考えていると、不機嫌な表情に見えたらしく、花房がつけ加える。

「これは私が一番好きな曲なんです」

いよいよ曲名を知りたくなるが、花房が教えてくれる日がくるまで待とうと思った。

世良は目を閉じ、話を変える。

「天城先生がいよいよ本格的に始動するらしい」

花房は、世良の胸で小さく、答える。

「天城先生についていくのは大変でしょうけど、世良先生なら大丈夫です」

「どうしてそんな風に言い切れるんだい？」

花房は、世良をまっすぐ見つめ、吐息のように答える。

「天城先生も世良先生も、目指している場所が同じだから」

「俺と天城先生が同じ場所を目指している？　そんなことないよ。俺はあんなすごい外科医にはなれっこないし、あんな過激な考え方もできないよ」

世良が花房を覗き込むと、花房は小さく首を振る。

「でも、世良先生と天城先生はそっくりです。何だか兄弟みたい」

「どんなところが？」

「自分の信じる道を進む時、脇目をふらないところ」

世良は、花房の顔をまじまじと見つめる。花房は続ける。

「それに、天城先生は、世良先生のことを、ものすごく頼りにしているんです」

「天城先生が俺を？　本当かなあ」

花房はうなずく。

「もちろんです。だって私は、世良先生のことなら何でもわかっちゃうんですから」

でも花房がわかっていると言っているのは、ここでは天城先生のことではないのか、と世良はちらりと考える。

考えてみれば天城をモンテカルロから連れ帰ったのは、天城の手技を日本に根付かせたいと願った世良だ。

その天城を今、世良は異郷の地・日本の片隅に放り出そうとしている。

花房の言葉は、世良にまっすぐ問いかけていた。

――天城先生をひとりぽっちにしても、いいんですか。

天城の境遇を思う。

公開手術のため周辺を固める第一歩で、想定していた患者からいきなりノーを突きつけられても平然と、天がノーなら公開手術はドタキャンするまでと言い放つ。

清々《すがすが》しいまでに傲慢な、モンテカルロのエトワール。

脳裏に華やかな天城の立ち姿を思い浮かべ、胸が苦しくなる。それでも今はただ、花房の愛おしい身体を抱き締め、甘いやすらぎに身を浸し続けていたいと願う。

突然、潮騒がホテルの一室に満ちた。

海の底のような部屋で、ふたりはひとりぽっちだった。

7 天与の患者

四月十日（水曜）

水曜の症例カンファレンス前に、世良は垣谷前医局長から司会進行について細かくレクチャーを受けた。月曜の医局会は新人事発表がメインだったので、前医局長の垣谷が仕切ってくれた。今回のカンファレンスが世良の医局長デビューになる。

「これまでは黒崎先生が仕切ってくれた。黒崎先生がカンファを仕切りたいからかもしれないし、俺が黒崎先生の研究室の一員だったからかもしれない。だから今日は、開会宣言してちょっと間を空け、臨機応変に黒崎先生の動向を見極めるんだ」

「黒崎助教授と高階先生が主導権を争って、ガチでぶつかったりしませんか」

「大変な事態だが、充分ありうるな。その時の交通整理はお前の役割だ」

世良はげっそりする。佐伯外科の重鎮ふたりを下っ端の世良に仕切れるはずがない。「ま、いざとなったら俺も助けてやるから、心配するな」と垣谷は能天気に笑い、ぽんぽん、と肩を叩く。慰めようとしてくれたタッピングに、却《かえ》って肩がずっしり重くなる。ふだんは前医局長・垣谷の事務仕事を見過ごしていたが、いざ自分が手がけてみると見た目よりもハードワークだ。もっともそのほとんどは雑用なのだが。

「ただ今より来週の手術症例検討会を始めます。本日は心血管グループ三件、消化器グループ四件の計七例です。では心血管グループからお願いします」

丸暗記したセリフを言い終え席に着く。次に言葉を発するのは黒崎助教授か、はたまた高階講師か。それはこれから二年間のカンファの基本骨格を決める試金石だが、カンファに出席している医局員は誰もそんなことは考えていないだろう。

同期の北島があくびを嚙み殺している。世良も医局長に任命されていなければ北島同様、早くカンファが終わらないかなと考え、ぼんやり座っていただろう。

場を見回すと対照的な双璧が眼《め》に入る。どっしり腰を落ち着けた黒崎助教授は旧来型の大学病院の医師の典型だ。ぼんやりカルテをぱらぱら見ている細身の高階講師は飄々《ひょうひょう》としている。ふたりの周囲を彼らが主宰する研究室に属するメンバーが城壁のように取り巻く。ふたりを従え、超然としているのが白眉の国手、佐伯清剛教授だ。今は病院長も兼務していて、教室の運営はふたりの腹心に任せることが多かった。

部屋の隅で高々と足を組む天城雪彦は、佐伯外科の重力場からひとり離れて彗星《すいせい》のようにふるまっている。元モンテカルロ・ハートセンターの上席部長。

東城大から招聘され、心血管外科病院の創設を委嘱されている。明らかに異分子だ。そんな風に周囲を見回していると、カンファレンスは動きを止め、医局員が全員、世良を注視していた。カンファが停滞したら進行させるのは自分の役割だ。世良は自分が進行役だったことを思い出す。あいにく垣谷の予見は外れ、黒崎助教授も高階講師も主導権を取ろうとしなかったのだ。

そんな世良の窮地を救ってくれたのは、天城だった。

「ヘイ、ジュノ、時間がもったいない。とっととプレゼンを進めないか」

予想外の展開にどぎまぎしながら世良は、司会進行に集中しようとする。

「心血管外科グループのプレゼン、第一例目をお願いします」

動こうとしない青木を見て苛立つ世良に向かって、青木はシニカルに言う。

「ウチの第一例の梶谷さんのプレゼンは世良先生の役です」

教室員がどっと笑う。その中には微《かす》かに悪意と嫉妬の棘も混じっている気がした。

世良はどぎまぎしながら、言う。

「あ、いや、でも、梶谷さんの担当は青木先生に交代したから……」

「カンファの症例提示は世良先生がやる、とご自身が言っていましたが」

唇を嚙む。そうだ、確かに言った。

医局長拝命や天城に同行した関係者回り、花房とのデートに忙殺され、すっかり忘れていた。世良の背筋に冷や汗が流れる。そんな世良を見かねて、垣谷が言う。

「新米医局長は実力不足のようです。時間がもったいないので、今回に限り前任者の私が司会進行を代行します。よろしいですね」

佐伯病院長が鷹揚《おうよう》にうなずく。垣谷は世良を見て、言う。

「世良医局長のプレゼンは最後にするから、とっとと患者資料を揃えてこい」

カンファレンス・ルームを飛び出した世良の背中に、哄笑《こうしょう》が響いた。


スライド提示のため暗くなった部屋の片隅で、同期の北島のプレゼンを聞いていた。

——北島は、自分ならもっとうまくやれるのに、と思っているだろうな。

その考えに世良も同意するし、佐伯外科の医局員は全員がそう考えているだろう。

世良は不条理な任命を恨みたくなる。

プレゼンが終了し、オーベンから二、三質問が出て、北島はそつなく答える。そうした質問を適当なところで打ち切り、垣谷が世良を指名する。

「最後に心血管外科班のバイパス術予定、梶谷さんのプレゼンをお願いします」

世良はシャウカステンにフィルムを並べ、プレゼンを始める。

「梶谷年子さん、七十歳、女性。十年来、狭心症の発作を繰り返し桜宮市民病院を受診、心臓冠動脈造影で前下行枝に八〇パーセント以上の高度狭窄《きょうさく》を認めます」

フィルムを遠目にながめ、黒崎助教授が口を開く。

「冠動脈バイパス術の絶対的適応であることは間違いないな。既往症は？」

「糖尿病のコントロールができていません。痴呆ぎみであるのも一因だと思われます」

「痴呆に糖尿病か。術後がちと厄介だな」

黒崎助教授が言う。世良はふと思い出してつけ加える。

「あと、患者のご家庭は生保です」

生活保護、という響きが波紋のように広がった。だが誰もコメントしなかった。

「このフィルムはウチの循環器内科のものではないみたいだな。どうしたんだ？」

黒崎助教授の質問に、世良は答える。

「桜宮市民病院からの紹介で、患者が直接うちの外来に持参したものですから」

「アンギオは循環器内科の江尻《えじり》教授にお願いするルールだから、謝っておくように。患者の術後のセデーションは麻酔科にコンサルトしておけ。他に意見はないか？」

世良がほっとしたその時、思いも掛けない方角から声がした。

「桜宮市民病院といえば、鏡のところだな。紹介状には何と書いてあった？」

声の主は佐伯教授だった。世良がカルテをめくりながら、答える。

「紹介状は持参しておりません」

佐伯教授の白眉がぴくりと上がる。

「鏡は絶対そんなことはしない。とにかくクソ真面目なヤツだからな。垣谷、今すぐ桜宮市民病院に確認を取れ」

「今すぐに、ですか？」

「お前は日本語が理解できないのか？」

垣谷は弾《はじ》かれたように立ち上がり、受話器を取り上げる。世良はカルテを繰り返しめくるが、紹介状は見あたらない。最終確認を怠った自分のミスだ。

電話が鏡部長につながり、垣谷が大先輩の鏡部長に平身低頭している様子が部屋中に伝わる。突然、垣谷講師の声が裏返った。

「何ですって？」

垣谷は必死に鏡部長の言葉を聞き取っている。その様子から並々ならぬ状況であることが見て取れた。何度も礼を繰り返し垣谷は受話器を置く。放心して言う。

「梶谷さんにバイパス術を実施するのは不可能です。二年前、鏡部長が両下《りょうか》腿《たい》静脈瘤《りゅう》の手術を実施しているそうです」

一同の視線は、呆然と佇んでいる世良に集中した。

冠状動脈バイパス術とは、コレステロールが血管内に蓄積し血管が狭窄し、血行が悪くなる疾患に対して行なわれる。

ではなぜ下腿静脈瘤の手術が行なわれていると致命的なのか。

バイパスに使われる素材に大腿部《だいたいぶ》の太い静脈である大伏在静脈を使うからだ。その静脈を切りだし心血管を修復する。だが梶谷さんは下腿静脈瘤の手術で大伏在静脈が破壊されている。これではバイパス術は不可能だ。

「なぜそんな大事なことを見逃したんだ」

黒崎助教授の怒号が部屋に響く。世良は首をすくめる。言い訳のしようがない、致命的なミスだ。垣谷が世良をかばうように言う。

「梶谷さんは二年前に静脈瘤の手術をした後、ご家族がゴネて治療費を払わなかったそうです。その上、何かと難癖をつけ、病院から小銭をせしめようとしたそうで市民病院では出禁状態だそうです」

「紹介状は持参しなかったのではなく、持参できなかったというわけか」

黒崎助教授が呟く。四月から世良の指導者の立場に復帰した高階講師が言う。

「でも入院時に診察しただろう？　下腿静脈瘤の手術痕を見落としたのは迂闊《うかつ》だ」

かつての帝華大の恩師にも外科学会シンポジウムという晴れ舞台で真っ正面から噛みつく阿修羅・高階講師は、身内だからと言って手加減するはずもない。

そんな世良に助け船を出してくれたのは、驚いたことに御大の佐伯教授だった。

「未熟な小坊主には酷な要求だ。お前は知らんだろうが、鏡はちまちました手術が大の得意でな。手術痕がわからないくらい綺麗なんだ。ヤツの手術痕なら下手すると、私でさえ見逃しかねない。今回、小坊主はツイていなかったわけだ」

「ツキなどという不確定要素を容認し、ミスを正当化してはなりません。その小さなほころびから患者の生命が危険にさらされるんです」と高階講師が反論する。

高階講師の滔々《とうとう》とした正論に、佐伯教授は肩をすくめる。

「小天狗、お前は正しい。だが正しいことがすべてではないことを、お前もそろそろ学ばなければならない。起こってしまったことは仕方がないから、この後どうするかを議論するのが症例カンファレンスの意義だ」

一同、黙り込んでしまう。だが、どうみても状況は絶望的だった。

「手術は中止するしか手はなさそうですね」

高階講師が言うと、垣谷がうめくように言う。

「それはまずい。さっき電話で、あの患者第一の鏡部長が口を極めて梶谷さんの家族に隙を見せるとあらゆる難癖をつけてくるから気をつけろ、と忠告されましたので」

「しかも今回は難癖ではなく、こちらのミスだから絶望的、というわけか」

黒崎助教授の言葉が世良の身を削る。いくらでも言い訳はできた。痴呆の気があり、コミュニケーションがとれなかったこと。家族を呼び出しても来院しなかったこと。紹介状を持ってくるという約束が果たされなかったこと。いきなり医局長に任命され、慣れない業務に右往左往していたこと。不幸な連鎖だがどれもこれも言い訳だ。

医療現場は待ったなし、生命が危機的な状況に陥った事実の前では泣き言だ。

検討会の議論は手術不適応であることをいかにうまく伝え納得してもらい、事を円満に収めるかということに帰結し始めていた。その時、部屋の隅でくすくすと笑い声がした。その声はだんだん高笑いになり、部屋中に響きわたった。

医局員の視線が一斉に、異質な空気を醸し出す部屋の片隅に集中する。

高笑いの主はモンテカルロのエトワール、天城雪彦だった。

「ヘイ、ジュノ。一体みんなは何をそんな大騒ぎしているんだ？」

「俺のミスのせいで患者の手術が実施不可能とわかり、おまけにそのことを納得していただけるように説明するのが困難だからです」と世良はむっとして答える。

天城は高笑いを続けながら、言う。

「手術中止を納得させられないのなら、手術してしまえばいいだろ」

「でも、バイパス術に使える代替血管がないんです」

天城はぴたりと笑うのを止めて、世良を見つめた。

「ジュノ、まさか本気でそんな風に思っているのか？」

考え込んだ世良は、次の瞬間、はっと天城を見、黒崎助教授を見る。天城が高笑いを始めた時点で気づいていたらしい黒崎助教授は、苦虫を嚙みつぶしたような顔だ。

「ジュノ、私のダイレクト・アナストモーシスなら支障ないだろ？」

天城の言う通りだ。それなら肋骨《ろっこつ》裏側の内胸動脈を使うので、大腿部の大伏在静脈はまったく問題はない。天城と一年も仕事を共にしてきたのに、どうしてこんな簡単なことに気づかなかったのだろう、と世良は自分の頭を拳で叩きたくなった。

そこへ高階講師が口を挟んだ。

「この手術を引き受けて下さるということは、天城先生は方針転換されたんですね。それなら私も大歓迎です」

「どういう意味ですか、クイーン高階」

その渾名《あだな》こそどういう意味ですかね、と交ぜ返してから改めて天城に言う。

「患者は生保で資産はありません。だから全財産の半分を手術費として徴収する、という天城先生のルールは通用しない。それでも手術を実施するのであれば、基本方針を転換したとしか考えられないですよね」

天城はにやにや笑いながら、首を振る。

「クイーン高階は算数が苦手なんですか。私は手術の申し出を受ける際に全財産の半分をルーレットで賭けさせる。でも財産がゼロなら差し出す額もゼロでしょう？」

「まさか、無料で手術を行なうつもりですか？」

高階は呆然とする。カネを最上位に置いているため天城の医療観を容認できないとする高階としては、反天城の根拠が根底から崩されかねないような意思表明だ。

「佐伯外科の窮状を救うためひと肌脱ごうとしているのに、心外だな」

それは仕方がない、と世良は思う。オイルダラーの王族の全財産の半分をグラン・カジノのルーレットに載せさせた様を、世良は目撃していた。今の天城の言葉は本心に思えない。

「心配しなくても、本当に必要なら、カネは天から降ってくるさ」

天城はぼそりと呟くと、佐伯教授に向き直る。

「ムッシュ佐伯、梶谷年子さんのバイパス術を大伏在静脈グラフト置換術からダイレクト・アナストモーシスに変更し、患者の籍はスリジエセンターへ移したいのですが、よろしいですか？」

佐伯教授は目を細め、天城を見る。そして鼻先でふん、と笑う。

「この流れでは仕方がなかろうな」

「つまりこの件は佐伯外科からスリジエへの正式依頼ということでよろしいですね」

佐伯教授はうなずく。天城は破顔一笑する。

「では患者を引き受けるに当たり、スリジエセンターからいくつか要望があります。まず手術当日まで世良医師をスリジエ直属に戻していただきたい」

高階講師がぴくり、と眉を上げる。

「手術が終わるまで、でいいんですか？　それなら今も大差ないように思えますが」

「ボスがふたりいると部下が混乱します。この手術が終わるまでは、私だけに完全な忠誠を誓ってもらいたい」

「世良君は、それでいいのかな？」と高階は世良に問いかける。

自分のエラーが教室の大騒動の原因になった世良は、うなずくしかない。

天城は淡々と続けた。

「第二に、来週水曜予定のこの手術は四月末の日曜に延期していただきたい」

「東城大では日曜に手術などしないぞ」と黒崎助教授が言い返す。

思わずあっと声を上げた世良に、天城はウインクする。

「ジュノ、わかったか？　これが天命、というものだ」

天城は、教室員の顔を見回し、陽気に言う。

「梶谷さんのオペを、先日ご報告した桜宮外科集談会での公開手術にします」

高階講師も、黒崎助教授も、垣谷も、そして教室員全員が呆然として天城を見た。

「お願いごと、その三」

「まだあるのか」とうんざりした口調の佐伯教授に天城は一礼をする。

「これが最後です。先日の会議の席上、ビショップ黒崎から、垣谷講師の協力は拒否されましたが、改めて垣谷講師に当日の助手をお願いしたい。医療の本懐とは患者の生命を守ることが何より最優先で、こうなっては学会発表は二の次かと」

黒崎助教授はしぶしぶうなずく。もはや拒否権はない。天城がヘソを曲げたら、自分の研究室が災難を蒙《こうむ》るのはわかりきっている。黒崎助教授はうめくように言う。

「申し出は受諾するが容認できないこともある。ワシは坊主ではない。ビショップなどというくだらない渾名で呼んだら今後一切、協力せんぞ」

「わかりました。以後注意しますよ、ビショップ黒崎」

天城はにこやかに言った後で、口を押さえて、しまった、と言う顔を見せる。

がたり、と大きな音を立て、黒崎助教授が立ち上がると怒号のように宣言する。

「以上で症例カンファレンスは終了する。解散」

黒崎助教授は進行係の言葉を待ち切れなかったようだ。高階講師が世良に言う。

「どうやら天城先生は世良君に相当ご執心だ。ゴールデンウィークまでは天城先生に仕え、その後は気持ちをきっぱり入れ替えなさい。そうしないと世良君は、日本の医療には戻れなくなってしまうよ」

それから高階講師は天城に向かって口を開く。

「今回の一件では私にも、ささやかないいことがありました。公衆の面前で専門外の心臓バイパス手術の前立ちをするなどという恥を掻かずに済んだんですから」

「まあ、いずれ私は高階先生と同じ舞台で踊ることになるでしょう。私たちはそういう宿命にあるんですから」と天城は笑顔で応じる。

「できれば御免蒙りたいものですね、そんな宿命は」

高階講師は言い捨てる。天城の顔色を見ながら、世良も後ずさりするように部屋を出ていく。後に残された佐伯教授が、言う。

「どさくさ紛れにしては見事な収束だ。だが、同時にがっかりしたよ。高階、黒崎、そして天城は佐伯外科の三羽烏だが、私の若かりし頃と比べて小粒になった。時の流れは残酷だ」

「ムッシュの時代なら、こうした問題はもっとあっさり解決していた、と？」

佐伯教授は白眉を上げてうなずいた。

「然り。誰かひとりが突出しなくても、当時の真行寺外科の三羽烏である桜宮巌雄、鏡博之、そして私の三人ならそれぞれのやり方で先陣争いをしたに違いない」

天城は肩をすくめ、にいっと笑う。

「昔を懐かしむ老人の言には一応耳を傾けます。それが敬老精神ですから」

佐伯教授は無表情に立ち上がると、天城を残し、部屋を出て行った。

残された天城は、オペラのアリアの一節を口ずさみ、口の端に微笑を浮かべた。

8 公開手術・イン・桜宮

四月二十八日（日曜）

四月最後の日曜日は、連休初日だった。早めに出勤した世良が病棟に顔を出すと、ナースステーションでは病棟の鉄人、心血管グループ同期の青木が仕事を始めていた。そこまではよく見る光景だが、次に顔を出したのが高階講師だったのには驚いた。

今日はご用はなかったのでは、と問うと、高階講師はうなずいた。

「私の出番はありませんが、佐伯外科の一員として参加するのは当然です」

足取り軽く去っていく高階講師の後ろ姿を見遣りながら、青木が言う。

「連休初日にこんなことに駆り出しやがって、と文句を言おうと思ったのに、高階先生にああ言われたら何も言えなくなっちまう。愚痴さえも言わせてもらえないなんて、ほんとツイてないなあ。そうだ、時間があるから一緒に回診しないか。天城先生は、事前回診なんてしないんだろうし」

青木にそう言われて世良はうなずく。

「青木がバックアップしてくれて心強いよ」

「手術が終われば患者は俺が受け持つんだから気にするな」

「それでも、ありがたいよ」

会話を交わしたふたりは、連れ立って患者の部屋に向かった。


世良と青木が部屋に入ると、ベッドの上にちんまり正座していた白髪交じりの梶谷年子さんは合掌し、なんまいだぶ、なんまいだぶ、と念仏を唱える。傍らに薄い色のサングラスをかけ、季節外れのアロハシャツを着た中年男性がパイプ椅子にまたがり、貧乏揺すりをしていた。中年の男性は顔を上げて言う。

「あんたたちがおっ母の先生方かい。オレっちはちょっと言いたいことがあるのよ」

世良はカルテの連絡先に、息子の梶谷孝利《たかとし》と記載されていたのを思い出す。早速おいでなすった、と思いながら、世良は「お伺いします」とうなずいた。

「おっ母が世話になるのはありがたいけどよ、さっき看護婦に聞いたらおっ母の手術を見せ物にするそうじゃないか」

「外科手術の技術を多くの医師に学んでもらうための学術集会の一環です」

「相手がお医者さまだろうがなんだろうがどうでもいい。要は見せ物だろ。だったら息子のオレっちに事前に相談するってのが筋ってもんだ」

「水曜にお電話した時、奥さまのご了承はいただきました」

「アイツが奥さまなんて上品なタマか。それにアイツはおっ母と血がつながっていないから、いくらオッケー出しても通らないって理屈よ」

世良の顔から血の気が引く。まさかここであのカンファの悪夢が再現されるのか。だが仕方がなかった。呼び出しても来院せず、電話は切られる。何度も電話をしているうち、息子の名を覚えてしまった。だから手術の承諾をもらうのが精一杯で、詳しい説明もできなかった。それでも電話で孝利の妻が了承してくれた。その声音の端々に疲労のオーラがまとわりついていた。そんな風になるのも、孝利の様子を見ているとわかる気がした。一連のやりとりで結局、梶谷さんの家庭で問題があるのは息子だけのようだと理解していた。

「それなら、どうすればよろしいのでしょうか」

梶谷孝利は世良の質問に一瞬、拍子抜けした顔になる。それからにやりと笑う。

「よく言った。先生が見せ物だって認めたならこいつは興行ってことだ。ということはギャラが発生するのは世の定めってもんだ」

治療してもらうだけでなく、現金までせしめようというのか。だが公開手術という尋常ならざることに協力をお願いしている弱みもあり、強く言い返せない。

黙り込んだ世良に、勢いづいた孝利がさらに何か言おうとした、その時だった。

扉を開け部屋に入ってきた長身の派手派手しい男性の姿を見て孝利は目を見開く。

公開手術の術者、天城雪彦は世良の肩をぽん、と叩くと、小声で言う。

「この程度のトラブルを処理できないなんて、だらしないぞ、ジュノ」

それから天城は両手を広げ、中年男性に向かって陽気に言う。

「あなたが梶谷年子さんの息子さんですか。初めまして。私が本日の執刀医、天城です。このたびは公開手術へのご協力、ありがとうございます」

華々しい口調に一瞬気圧された孝利は、すぐに自分の優位性を思い出し、言う。

「お、おう、あんたが一等偉い教授先生かい」

「とんでもない。私なんぞ、ちょっと手術が上手《うま》いだけで東城大に雇われた下っ端です。教授だなんて畏れ多くてとてもとても……」

卑下しているのか傲慢なのか理解に苦しむ物言いで、天城は孝利を煙《けむ》に巻く。

「教授先生でなければ、はっきり聞けていい。ずばり、うちのおっ母の手術を見せ物にすると、我が家にはいくら入るんですかね」と言って、孝利は咳払いをする。

天城の眼は冷ややかな輝きを帯びた。だが次の瞬間、両手を広げ陽気に答える。

「なんというストレートなお言葉。これなら話が早い。あなたの正直さに敬意を表し、私も真っ直《まっす》ぐお答えします。今回の公開手術にご協力いただく謝礼として、スリジエセンターからジャスト一億円、お支払いする用意があります」

「い、い、一億だと？」と孝利は目を丸くし、口も同じくらいあんぐりと開けた。隣で世良も青木も呆然と天城を見つめる。天城はしゃあしゃあと続ける。

「一億円では不足ですか？」

ごくりと唾を飲み込んだ孝利は、あわてて首を振る。

「あ、いや、とんでもない。ただ、ちょっとびっくりしたもので」

梶谷孝利は揉《も》み手《で》をするような下卑た表情で、上目遣いに天城に尋ねた。

「で、それは、つまりその、一億円は即金払いでいただけるので？」

とってつけたような丁寧語。世良は苦笑をかみ殺すが、そんな口約束をして大丈夫なのかと不安に思う。天城は世良の不安などどこ吹く風の風情で言う。

「キャッシュは無理ですが、手術が成功し、集金できたらすぐお支払いします」

「ということは未回収の売掛金がおありなんで？」と商売用語があっさり口をついて出たのは、雑貨屋を営んでいた経験があるせいだろう。

「ええ。でも取り立ては、そんなに難しくありませんので」

「いついただけるか、目処《めど》だけでもお知らせいただけるとありがたいんすけどねえ」

「それは梶谷さん次第、です」

「オレっち次第？　一体、どういうこって？」

天城はブレザータイプの白衣のポケットから封筒を取り出し、孝利に手渡す。怪訝な表情で封筒を開けた孝利の顔色が、みるみる青ざめていく。

「な、なんだ、これは」という孝利に、天城はにこやかに答える。

「手術費の請求書です。かなり勉強させていただいています。不審な点がありましたら、請求内容の内訳をご説明しますけど」

「手術代が一億円だと？　ふざけるな」という孝利に、天城は肩をすくめた。

「世界最先端の心臓外科手術を、タダで受けられるなんて思っていたんですか？」

「そ、そ、そんなことはない。手術を受けたら費用を払うのは当然だ」

桜宮市民病院では支払いをばっくれたくせに、という言葉を、世良は飲み込む。

「では手術費はお支払いいただけるんですね？」

「もちろん払いたいさ、けどよ、いくら何でも一億円たあ吹っかけすぎだろ」

孝利は逆ギレしているが、さすがに同情の余地がある。一億円をキャッシュで、と言われて即座に対応できる家庭などそうそうないだろう。

「それは困りましたね。手術前に手元にお金を払うあてがない、となると……」

「まさかカネがないなら手術はできねえ、と言うつもりかい？　いのちとカネ、どっちが大切なんだ？」

「もちろんいのちですよ。いのちはカネでは買えませんから」

世良は、しゃあしゃあと綺麗ごとを並べ立てる天城を呆れ顔で見つめる。

「でも、オレっちは一億円なんて払えないぞ」

天城は目を細め、居直った孝利を眺める。その表情がどうやら笑顔らしいということに気づいた世良は寒気を感じた。

「実は梶谷さんは手元にお持ちなんですよ、一億円。お忘れですか？」

不思議そうな顔で梶谷が天城を見ると、天城は平然と続ける。

「公開手術の謝礼ですよ。それをお支払いいただけば、万事丸く収まります」

天城はご機嫌な様子で両手をぱちんと合わせた。

「あ、いいことを思いつきました。事前に手術費用をご準備いただけないなら、謝礼と手術料を相殺します。そうすれば銀行振り込み手数料が節約できてお得です」

孝利は何かいいたげに口を開くが、言葉にならない。天城がとどめを刺す。

「何かご不満ですか？　今さらお母さんに手術を受けさせない、などという不埒《ふらち》なことは考えていませんよね」

「そ、そ、そんなことないぜ、……です。おっ母をよろしくお願いします」と、孝利は首を振り、とってつけたような丁寧言葉でむっとしながら頭を下げる。

殊勝にそう言った後、本心がこぼれおちる。

「だけど、もしおっ母に何かあったらその時は手術代は払わないし、見せ物手術のギャラもきっちり取り立てるからな」

ドスが利いた声はふつうの人間ならびびりそうだが、天城はさらりと受け流す。

「ビアン・シュール（もちろんです）」

天城は大仰に両手を広げた。その姿に、梶谷年子さんは合掌する。

「ありがたや、ありがたや。なんまいだぶ、なんまいだぶ」

「うっせいぞ、ババア」と孝利は母親に向かって、小声で吐き捨てる。

天城は世良の隣を通り過ぎながら、小声で耳元でささやく。

「セ・フィニ（これでおしまい）。あとは頼んだぞ、ジュノ」

世良がうなずいて顔を上げると、天城の姿は忽然《こつぜん》と消えていた。そこには、ことの成り行きを呆然と見つめていた青木の姿が残されていた。


正午、手術開始二時間前。新病院最上階、病院長室の隣の応接室に手術スタッフを集合させた天城は、テーブルに並べたサンドイッチをスタッフたちに勧める。

「病院長応接室を開放してくれたムッシュ佐伯の心づくしに感謝しましょう」

今回、天城は、事前の打ち合わせ会場に病院長室を指定した。その非常識さを黒崎助教授が非難する中、佐伯病院長は、要請をあっさり受け入れたのだ。

集められたのは一年前、東京国際会議場で行なわれた、日本初の公開手術の時とほぼ同じメンバーだった。

第一助手は垣谷講師。浪速の循環器学会のシンポジストとして発表予定だったが、桜宮外科集談会がクレーマー家族への対応も含め佐伯外科の総力挙げての大手術となり、天城の横車的指名でシンポジストを変更させられ、公開手術の前立ちになった。

第二助手の青木は心血管グループの下っ端で、世良と同期の四年目だ。

麻酔医は病院内で腕はナンバーワンで、将来の教授候補と目される田中《たなか》助手。

臨床工学技士は大学関係者でなく、社内異動に伴いベテランの堀江《ほりえ》に交代した。

オペ看は猫田と花房。人選は手術室の福井婦長の意向に反し、佐伯病院長のゴリ押しとウワサされた。藤原婦長が榊総婦長に泣きついたせいだ、と訳知り顔で言いふらす廊下トンビもいた。花房は外回りを兼任で、外回りの世良の助手でもある。

前回との違いはプレゼンター・高階講師が不在なことだ。また今回は見学者の質問は受けず、説明を一方的に流すのみとすると、天城はメンバーに説明した。桜宮という温厚な土地柄では術中の質疑応答など無用、と判断したのだと言う。

「果たして思い通りにいくでしょうか。前回と比べてはるかにリスクが高いですが」

垣谷の言葉を聞いて、天城は世良に言う。

「第一助手がそれでは困る。ジュノ、患者のリスク・ファクターを総括しろ」

突然振られて驚いた世良だったが、静かに答える。

「患者に痴呆の気があり、術後の管理は難しくなります。ベースに糖尿病があり、血糖コントロールが二ヵ月間できていません。両足の下腿静脈瘤術後なので、いざという時に静脈バイパス術という逃げ道も塞がれています」

サンドイッチを頬張っていた天城は、大あくびをして、投げやりに言う。

「ジュノ、それはリスク・ファクターではない。弱気な外科医の言い訳だ」

天城にびしりと言われ、世良はうつむく。まったくその通りなので一言もない。

「垣谷先生、今、並べたリスク・ファクターは術後管理の問題ばかりで手術の懸念ではない。このオペのリスクは高くない。アナスト（吻合部位）も一ヵ所だけですし」

天城はサンドイッチをひとかけら飲み込むと、続けた。

「かつて我々は公開手術に成功しています。このような成功体験こそ、次のステップに踏み出す際の自信の源になる。諸君は何があってもあわてず、粛々と業務に専念していただきたい」

天城の口から常識的な言葉が出ると違和感に囚《とら》われる。おそらく今、世界中の誰より天城が何を考えているのかを理解しているはずの世良だからこそかもしれないが。

「一時間後、第一手術室に集合。それまでは自由行動とします」

宣言した天城が部屋を出て行く。その後ろ姿には今から公開手術をする重圧など、微塵も感じられない。スタッフも三々五々姿を消し、後には世良と花房が残った。

ふたりきりになると、花房は窓辺に佇む世良に寄り添う。

「大丈夫かしら」という花房の問いかけに、窓辺で遠く光る水平線を眺めていた世良は、振り返る。

「大丈夫かどうかなんて、俺たち下っ端の知ったことじゃないよ。天城先生の領域さ」

「そうですね」

世良はほっそりした指を握りしめ、甘い髪にささやく。

「病院長室でこんな不埒な真似をするなんて、とんでもない看護婦さんだね」

世良は短い口づけを奪う。びっくりしたように目を見開いて口づけを受けた花房は、世良が離れるとうつむいて言う。

「不埒なのは世良先生です」

世良は壁の時計を見て、言う。

「そろそろ行こう。集合時間まで三十分あるけど、ここにいると落ち着かないや」

花房はうなずいた。


桜宮丘陵の頂上にある東城大学医学部付属病院には、向上心ある外科医が陸続と集まり始めていた。天城の進言通り、佐伯教授は別館の大講堂を会場として開放した。そうそこにサクラテレビの協力で中継機器を設置、三面の巨大モニタも設置した。そうした事前準備の様子が漏れ伝わるにつれ、参加者はさらに増え、最終的に三百名を超えそうになり、桜宮市医師会はやむなく参加を制限する羽目になった。大学でも外科系に限らず内科系からマイナー教室まで、多くの人間が見学を希望し、内部の者には手術手技を直接見せることができる第一講義室が割り当てられた。

手術室に行く前に大講堂をのぞいてみようなどと思ったのが世良の失敗だった。病院玄関から少し離れた場所から見ただけで、大変なことになっているのがわかる。大講堂の外に背広姿の人があふれ、一時間前から並んだのに入れないとはどういうことだ、と係員に詰め寄る人もいる。大講堂は三百人収容できる。後ろの空間に詰め込めば四百人は入る。講堂の外にあふれている人はざっと百人はいそうだ。

——少なくとも五百人以上来ている勘定か。

世良は呆然とする。

いつもの外科集談会の参加者は多くて五十人、たいてい三十人程度の会であるから、これは破格のことだ。大講堂から引き返す道すがら、手術室に向かう世良の脳裏からは、後ろをついてくるけなげな花房の存在などもはやすっかり消し飛び、その表情は緊張にこわばっていた。

9
光速の手術

四月二十八日（日曜）

世良が第一手術室に到着すると、患者はすでに入室していた。猫田が穏やかな声で語りかけると、梶谷さんは「ありがたや、ありがたや」と答える。左腕の静脈ラインから麻酔医の田中助手が透明な液体を注射する。かっきり一分後、患者は眠りに落ち、患者に付き添っていた猫田は手洗いのため姿を消す。

日曜日の手術室はしん、と静まり返っている。いつもと雰囲気が違うように感じられたのは、カメラ・クルーが二名いたせいだろう。外部の闖入者《ちんにゅうしゃ》が手術室内部にいたら、福井婦長がヒステリックに怒鳴り散らしただろう。クルーが手術チームの一員のように場に溶け込んでいたのはチームを率いる天城の性格に依《よ》るのかもしれない。たぶん天城は、映像と親和性が高い外科医なのだ。

カメラが待ち受ける中、術衣の天城が登場した。手術室を見遣り、隅の丸椅子に腰を下ろす。両手を胸に当て目を閉じる。その姿が、祈りを捧《ささ》げているように見えた。

だが世良は、天城が無神論者であることを知っている。

ディスポの手袋を着けた世良と花房が患者の体表の消毒を始める。世良が茶色いイソジン綿球で患者の身体をまんべんなくペイントすると、白いヒビテン綿球を持つ花房が茶色のペイントを透明に戻していく。ふたりの呼吸はぴったり合っている。

垣谷と青木が入室する。いつの間にか手術台にスタンバイしていた猫田から青い布を受け取り無言で広げる。青い布をかぶせるとその下に出現するのは人間の身体でなく、手術対象の領域だ。世良は床にしゃがみ氷をごつごつ砕き始める。心臓を氷漬けにするためだ。隣では臨床工学技士の堀江が、人工心肺の動作チェックに余念がない。

「開胸、人工心肺装着まではこちらでやりましょうか？」

準備が整い、垣谷が天城に声を掛けると天城は立ち上がる。

「今回は最初からすべて私が行なう。今日のオペは一時間以内で終わらせるからな」

「い、一時間以内？　それは物理的に不可能です」

「時間を徹底的に削れば可能だ。だから私が開胸からすべてやるんだ。それくらいのスリルがなければ、バカバカしくてやってられないだろ、こんな手術」

天城は術者の特等席に就く。バカバカしいとは、不本意ながら無銭手術を引き受ける羽目になったことを意味するのか、手技的に進歩の余地がないような単純な手術をさせられることに関してなのか。世良が洞察する暇はなかった。

「カメラ、オン」と天城が言うと、煌々《こうこう》と点《とも》った無影灯の灯《あか》りの上にカメラライトの光が上塗りされ、術野が白く輝く。

次の瞬間、閃光《せんこう》のようにメスが煌めき、手術が始まった。

胸骨が桃色の肉の間から現れる。ストライカーを握り鋼鉄の刃で胸骨を切り分ける。使い終えたストライカーを垣谷に右手で渡し、左手で猫田から開創器を受け取り胸骨の裂け目に嵌《は》め込《こ》む。拍動する心膜を露出させた天城はインカムで挨拶する。

「桜宮の外科医のみなさん、術者の天城です。オペ開始時刻は午後二時ジャスト。今、手術開始から五分で心膜を露出しました。この患者の右枝基部の狭窄部位にダイレクト・アナストモーシスを実施するため、内胸動脈グラフト作成に入ります」

速射砲のようにしゃべりながら天城は手を止めず、内胸動脈を露出する。その間に助手の垣谷に血管断端の結紮《けっさつ》を命じる。

「今回は内胸動脈を結紮するんですか？」

垣谷が尋ねる。前回の手術では内胸動脈の断端はまた使う可能性があるということで、反対側の血管に吻合していたからだ。天城はインカムに早口で答える。

「前回は内胸動脈の断端を反対側の内胸動脈に端側吻合しました。それはグラフトとして再使用する可能性を考えたからです。しかし本患者は七十歳なので省略します」

垣谷の質問への回答を解説に変えインカムに吹き込んだ天城は、切り出した動脈グラフトをトリミングしつつ、助手の垣谷と青木に指示を出す。垣谷と青木が自分の役割をこなす間に天城のメッツェンの刃先が、グラフトの血管壁を滑らかに掘り出す。

「人工心肺装着。サテンスキー、オフ。ローター回せ」

天城の命じる声が手術室に響き、人工心肺の単調な回転音が響き始める。

「ビアン。ただ今よりダイレクト・アナストモーシスに入る」

天城のメスが患者の心臓に栄養分と酸素を供給し続けた冠状動脈を切離する。猫田がバイクリル糸を装着した把針器《はしんき》を渡す。天城の指先がひらめき延長線上にある針が弧を描く。手渡される糸を次々に新動脈の断端に縫い付けていく。ひとつの断端に六針。一本の動脈の両端の吻合は十二針。把針器の受け取りに三秒。血管断端のペアン把持に二秒。針を通すのに五秒、結紮に十秒。結紮糸断端の切離に五秒。一ヵ所の吻合に三十秒弱かかるので十二ヵ所の吻合で三百六十秒、つまり六分。三十秒弱の手技からコンマ一秒縮める余地を指先が追求する。手技を凝視している遠隔の講堂の多数の視線も、固唾を呑んでその指先を見つめている。天城が顔を上げた時、指先はすべての結紮を終えていた。結紮を始めて時計の針は四分少々の時しか刻んでいない。なのに目の前には、完全に修復された冠状動脈が現れていた。世良の背筋が粟立《あわだ》つ。

天城は臨床工学技士に人工心肺離脱作業を命じる。電気信号が心臓に送られ、しばらくして心臓が拍動を再開する。

天城は吻合部に目を凝らす。そこだけ時が止まっている。

長い間。やがて天城は顔を上げ、静かに言った。

「術創を縫合する」

開創器を外し、胸骨を針金で締め上げる。皮膚を縫合していくその手技は、冠状動脈の断端縫合とは打って変わってラフだが、眼下に出現する縫合の痕は滑らかだ。

天城は手を止め、ちらりと掛け時計を見上げ、厳かにカメラに宣言する。

「セ・フィニ（終了）。時刻は一時五十五分。オペ時間はジャスト五十五分」

インカムを通じたその宣言は、大講堂の人々にも届いた。世良の耳に大講堂の歓声が聞こえた。それは幻聴でなく、研ぎ澄まされた世良の聴覚が、遠くで鳴り響いた拍手を聞き取ったのだ。世良は目の前の天城の後ろ姿を眩《まぶ》しげに見た。

インカムを外した天城は、血塗《ちまみ》れのディスポの術衣を破り捨て術野を一瞥《いちべつ》する。

「術後管理は特段指示はなし。あとはビショップ黒崎の指示に従うように……。あ、この呼び方は御法度だった」

そう言った天城は、あわてて口を押さえ、垣谷に視線を投げる。

「今の失言はご内密に。黒崎助教授は浪速でシンポジウム出席中だから、この中に裏切り者がいなければ私の身は安泰なはずだ」

おどけた天城の口調に垣谷と青木は素直にうなずき恭順の意を示す。それは術後管理の指示と黒崎助教授への意向についての両方への回答だ。

「スリジエセンターの手術業務はこれで完了。ジュノはもう一仕事ある。ついて来い」

天城は青い術衣姿のまま、サンダルをつっかけて手術室を出て行く。天城の肩にはよれよれの青いナップザックが掛かっている。ファッショナブルな天城にそぐわないものだ。世良は天城の後を追いながら、背後から声を掛ける。

「手術着のまま、どこへ行くんですか」

「愚問だな、ジュノ。どこへ行くかは、ついてくればわかるだろ」

世良は顔を上げ、遠望する。視線の先には、興奮あふれる大講堂が見えた。


大講堂は、興奮の坩堝《るつぼ》と化していた。天城の才能が巻き起こした熱風。心臓の冠状動脈を切離し置換するシンプルな発想、単純であるが故の美しさに、居合わせた外科医は誰もが打ちのめされた。そのタイミングを見計らったように術衣姿の天城が会場に姿を現したので、大講堂は更なる熱狂に包まれた。講堂の入口を塞いでいた外科医の群れが二手にわかれ、天城の前に道が開く。内部の通路という通路に人があふれていた。その人垣も天城の前に自然と道が開き、まっすぐステージに続いていた。

天城はヴィクトリー・ロードを悠々と進む。熱狂は歩みと共に沈静していく。

英雄に従者の世良が小声で尋ねる。

「これから手術の大盤解説でもするおつもりですか？」と聞かれた天城は振り返る。

「ジュノはズレてるな。そんな一銭にもならないことをするわけないだろ？」

ずばり言われて、自分がまぬけなロバに思えてくる。

天城はステージ上に立つと、貴族のように優雅なお辞儀をした。

一瞬の空白。次の瞬間、その音で古い大講堂は倒壊するのではないか、と思えるくらいの拍手が会場を揺るがす。天城は目を閉じ、その拍手を全身で享受している。

演台の上のマイクを取り上げ、あ、あ、とテストをした後、観客に語りかける。

「医療の尖兵として前線を支えている、親愛なる桜宮の外科医のみなさん」

天城の意外な呼びかけに満場は水を打ったように静まり返る。誰もが天城の言葉に耳を傾けていた。天城は客席の一ヵ所に視線を投げかける。世良が視線をトレースすると、腕組みをして憮然《ぶぜん》とした表情の高階講師がいた。微笑した天城は続ける。

「未曾有の好景気に翳りが見え、経済の失速による破綻が見え始めているものの、日本の国力の充実は著しい。だが医療界も天井知らずの好景気は一転し、締め付けが始まっています。この流れが加速すれば、医療は徹底的な打撃を受ける。ですから医療の尖兵たる外科医のみなさんは今、医療の橋頭堡《きょうとうほ》を築き上げる必要がある」

会場の観客は、突拍子がない演説の始まりに戸惑う。何を言おうとしているのだろう。会場全体の疑問に答えるように天城の宣言が鮮烈に解き放たれる。

「理想の医療の体現、それこそが桜宮市に創設されるスリジエセンターです。これに関しては桜宮市役所から近日中に公式発表されますので、しばらくお待ち下さい」

参加者は、スリジエという言葉に馴染《なじ》みがないようで、ひそひそ声があちこちから上がる。天城は再び客席に視線を向ける。高階講師の座席に宣戦布告の余韻を投げかけてから、反対サイドの座席を見る。

「さて、本日の一番の功労者をご紹介します。梶谷さん、どうぞこちらへ」

世良は驚いて天城を見た。だがもっと驚いた表情で固まっていたのは朝、天城に食ってかかった患者の息子、孝利だった。

「え？　あ、いや、別にオレっちはそんな……」

孝利はぐずぐず言いながらも、もそもそ立ち上がる。すかさず天城が言う。

「本日の供覧患者のご子息、梶谷孝利さんです。みなさん、この手術を供覧できたのも患者のご家族のご理解の賜物《たまもの》です。今一度、盛大な拍手を」

孝利はおどおどと、周囲を見回す。天城が両手を広げると、会場は静まった。

「実は今回の手術はボランティアで実施されています。そもそも私の手術は保険で認められておりませんので保険請求ができません。その上梶谷さんご一家は生活保護であり、保険外診療としても実費をいただくことができないのです」

孝利は恥ずかしそうに身を縮める。高階講師の視線が天城を突き刺す。

「今回の手術は創設予定のスリジエセンターで実施していますが、スリジエには一銭も入りません。でもそれは私ひとりが我慢すれば済むことです。憂慮すべきは術後管理を委託した東城大に費用を払えない状況です。このままでは手術が成功しても術後の安全が保障できません。そこで……」

天城は言葉を切り、満員の会場を見回し、よれよれのナップザックを掲げる。

「今から会場のみなさんから寄付を募ります。部下が回りますのでご協力をよろしくお願いします。なお医師のみなさんは高給取りですので硬貨での寄付は遠慮させていただき、紙幣単位の寄付のみとさせていただきます。その方が計算が簡単ですし」

とたんに後方で様子を見ていた一群がわらわらと大講堂から姿を消す。その様を一瞥した天城は唇の端にシニカルな笑みを浮かべ、世良にナップザックを手渡す。

世良は言われるがまま、観客席の通路を歩き始める。たちまち観客が世良に歩み寄り紙幣をナップザックに投げ入れていく。千円札が多かったが、中には一万円札を奮発する者もちらほら見受けられた。たちまち青いナップザックから紙幣があふれる。

その様子を見ながら、天城は更に口上を述べ立てる。

「世は大型連休初日ですが、他愛もないスペクタクル映画の二時間と、私の一時間を切る、ギネス公認かもしれない世界初のバイパス術とどちらがエキサイティングでしょうか。せめてロードショー並の寄付をお願いしたい」

札を手にした人垣が一層ぶ厚くなる。やがて世良がぱんぱんに膨れあがったナップザックを持ってステージに戻る。天城は観客に向かって一礼する。

「ご協力に感謝します。ジュノ、いただいた寄付金がいくらか、数えてくれ」

世良は呆然とする。こんな大観衆の面前で札びらを数えろと言うのか？

だが天城の指示には逆らえない。テーブルの上に紙幣をぶちまけ、一番多い千円札を十枚ずつ、束にし始める。みるみる積み上げられていく札束の山を、観客は固唾を呑んで見守っている。やがて世良が顔を上げ、総額を告げる。

「総額は九十二万五千円、です」

会場からどよめきが漏れた。天城が言う。

「中途半端ですね。あと八万あるとキリがいいので、スリジエセンターから……」

言いかけた天城の声を、客席からの決然とした声が制した。

「いや、私が寄付させていただこう」

最前列に陣取っていた老紳士が立ち上がる。杖《つえ》をつきながら壇上に上ると、手が切れそうな札束を山に加えた。さざ波のような拍手が起こった。

天城は大金を寄付してくれた紳士に礼を述べ、世良に命じる。

「ジュノ、寄付金を五十万円ずつにわけろ。梶谷さん、もう一度こちらへ」

世良が百万円の札束の山をふたつにわけ終えると五千円札が一枚、余った。

ステージに登壇している孝利の目はさっきから机上に乱雑にまとめられた札束に注がれ続けていた。天城は、千円札が大半を占めている総額五十万の札束の山の片方をナップザックに詰め、孝利に歩み寄る。そしてその耳元に口を寄せ、小声で囁いた。

「これで満足していただけるなら差し上げます。約束を破り、この後もクレームを続けるつもりなら、その時は桜宮市の医師全員を敵に回しますよ」

孝利はうなずいて、やはり小声で答える。

「おっ母をタダで手術してもらった上、こんな大金まで頂戴したんだ。オレっちはこれで文句を言うほどがめつくないさ」

天城は笑顔で、客席と梶谷孝利を交互に見ながら、今度は大きな声で言う。

「これは公開手術に協力いただいたことに対する、みなさんからの善意、いわば天からの浄財ですので、このお金でお母さんに術後の治療を受けさせてあげて下さい」

孝利は天城の手から受け取ったナップザックを抱きしめる。よれよれの青いナップザックは、昔から孝利の持ち物であったかのようにぴったり似合った。

孝利は会場に向かってお辞儀をした後、天城に小声で言う。

「神さまみたいな先生だな、あんたは」

天城が道を指し示す。拍手に送られ孝利が姿を消すと、天城は客席に話しかける。

「残り五十万円は休日出勤して下さったスタッフの日当、手術室の器材等の供出等で協力いただいた、東城大学医学部付属病院にお渡しします。代表者として佐伯外科の高階講師に受け取っていただきます。高階先生、どうぞこちらへ」

指名され、高階講師がしぶしぶ舞台に上がる。

「あいにくバッグを用意し忘れたので剝《む》き出《だ》しのままで申し訳ありませんが、後で部下に届けさせますので、ひとまずご笑納ください」

高階講師は無言でうなずく。天城はおどけた表情で、机上の札束から一枚ぽつんと残された五千円札を取り上げた。

「そして本日の手術を実施した私が、親愛なる助手とささやかなディナーを喫するため、みなさんの寄付からこれだけ頂戴したいのですが、よろしいでしょうか」

一段と大きな拍手があふれる。天城は優雅にお辞儀をして紙幣を胸ポケットにしまう。そして最後に多額の寄付をしてくれた老紳士に向かって言う。

「よろしければ会場のみなさんを代表し、ひと言、ご挨拶いただけますでしょうか」

差し出されたマイクを眺めた老紳士は、一瞬逡巡したが、手を伸ばし受け取った。

小さく咳払いをすると、朗々とした声で話し始める。

「桜宮市医師会のみなさん、本日は大型連休初日にもかかわらず、桜宮外科集談会にご参集くださり、誠にありがとうございました。私は桜宮市医師会会長の真行寺です」

世良は目を見開き、紳士の姿を凝視する。

まさか、桜宮市医師会の会長だったとは。

真行寺会長は続ける。

「まず天城先生と東城大のスタッフの方々に、素晴らしい公開手術を供覧していただいたことを心より御礼申し上げます。また本日は浪速で執りおこなわれております循環器学会に御出席されるとのことでご臨席を賜ることはなりませんでしたが、東城大総合外科の佐伯教授に心より感謝いたします。本来ならば最初にご挨拶をさせていただくべきところ、このような変則的な形でのご挨拶になったことを、陳謝いたします」

それから天城に向かい合う。

「先般より話題に上っている新施設、スリジエセンター創設の件に関し、桜宮市医師会は反対姿勢で臨んでおりました。しかし本日、天城先生の素晴らしい技量、患者第一に考えておられる高邁《こうまい》な精神に触れ、感銘を受けました。個人的意見でありますが、今後は桜宮市医師会としましても方針転換し、全面的に協力したいと思います」

真行寺会長は、天城の隣に佇む高階講師を見た。高階講師は黙然と目をつむり、視線を合わそうとはしない。真行寺会長は、視線を会場に戻すと、続ける。

「市当局との用地買収交渉や建設資材調達、地域医療との整合性の樹立など、今後の検討課題は山積しています。ですが桜宮市医師会が全面協力すれば実現は可能だと思います。会場には医師会の先生方も大勢いらっしゃいますが、いかがでしょうか」

拍手が湧き上がる。だが同時にかすかなざわめきを伴っていて、それまでの拍手と色合いはやや異なっていた。天城は両手を広げ、真行寺会長に向かい合う。

「桜宮市医師会会長のご英断は桜宮の、いや、日本全体の医療の夜明けを象徴する宣言として、後世まで語り草になるでしょう」

天城は真行寺会長と握手を交わした。

そんなふたりの姿を、さざめくような拍手が包み込んだのだった。


三十分後。満員だった大講堂の観客席に人影はない。がらんとした会場に残ったのは、舞台上の天城と世良、そして客席に座る高階講師の三人だ。

高階講師が、舞台を見上げて口を開く。

「以前、私は、公開手術はサーカスだと申し上げましたが、訂正したいですね」

天城が目を細めてうっすらと笑う。

「ほう、ようやくクイーン高階にもご理解いただけたかな」

すると高階講師は立ち上がり、天城をにらみつけて言う。

「逆です。こんなもの、サーカスですらない。下品な大道芸です」

天城はとろけるような笑顔で応じる。

「クイーンは私のことがとことん嫌いのようですね」

「今日は、無垢《むく》な聴衆をうまく丸め込みましたが、あなたの本質は、カネで患者の扱いを変える差別主義者です」

高階講師は吐き捨て、天城をまっすぐ見据えた。

「第一ラウンド、私の仕掛けはことごとく無効化されました。だがこれは小手調べ。ここからが本番です」

高階講師は席を立ち、会場を出て行く。その背中に天城のシニカルな声が響く。

「寄付金は明日、ジュノに届けさせるのでお受け取り下さい」

高階講師は振り返らずに答える。

「世良君、私に渡されても困る。明日、佐伯病院長に直接お届けしなさい」

天城の口笛が、がらんとした会場に響いた。

世良は高階講師の背中に向かって思わず言いそうになる。

――これが天城先生なんです。

天城は、積み重なった危惧を一瞬で吹き飛ばしてしまった。

直前まで公開手術に供覧する患者の当てすらなかったのに、いつの間にか目の前に患者が現れた。医局での反発が溢れていたのに、気がつくと医局を守るための手術になっていて、誰もが積極的に協力させられてしまう。手術費用を取れる当てがないと覚悟を決めれば、多くの人が自発的に寄付してくれる。

おまけに行き詰まりを見せていたスリジエセンターの創設も進展した。

桜宮市医師会の真行寺会長が公衆の面前で全面協力を公言した事実は重い。

もちろん抵抗勢力だった桜宮市医師会が天城の軍門に下ったのは天城の手技の力だ。だがそれは同時に、物事に柔軟に対応する、医師会の実利的姿勢の表れでもある。機を見るに敏、変わり身の早さこそ、医師会が長年批判の矢面に立たされつつも、隠然たる力を持ち続けた所以《ゆえん》なのだ。

そしてこれが天城の天運だ。

だが天運というものは、目の前に現れる障害をものともせずに突破し、輝けるゴールへの道だけを、ひたすら見据えている勇者の前にのみ訪れるものなのだ。

天城の前に障害物はない。

たとえ誰かが障害物を設置しても、そしてそれが帝華大の阿修羅と呼ばれた強者の罠《わな》であっても、天城はトラップを大股でひょいとひとまたぎして悠々とゴールテープを切ってしまう。

天城の行く末は盤石に思われた。

だが世良は知らなかった。

実はこの時、天城と高階講師の死闘は始まったばかりでほんの序幕にすぎなかった、ということを。

✿

黒塗りの高級乗用車が海辺のバイパスを疾駆している。

後部座席にふたりの老紳士が座る。杖をついた真行寺龍太郎《りゅうたろう》・桜宮市医師会会長は、隣の三田村理事の言葉に耳を傾けている。

「桜宮巌雄副会長の意向を確かめずに、スリジエセンターを支援すると公表したのは、会長の独断専行、いつもながらの勇み足ですなあ。まったく困ったものです」

真行寺会長は矍鑠《かくしゃく》と首をもたげて、微笑する。

「あれは断じて勇み足ではない。進取の気性、と表現してもらいたい。そういう三田村理事こそ、暴れ馬と呼ばれていたのに、最近はすっかり若年寄になってしまった、ともっぱらの評判だぞ。注意した方がいい」

三田村理事は肩をすくめた。

「若年寄とは光栄な評価です。単に年寄り呼ばわりされても文句の言えない年齢ですからね」

そして真顔になって言う。

「桜宮市医師会としてのスリジエの全面支援、成算はおありなのでしょうか？」

「あるわけないだろう、そんなもの」

真行寺会長の即答に、三田村理事は一瞬、言葉につまる。

「では、どうして……」

「その方が面白いではないか。もし、ヤツが率いる病院が出来たら、と想像するだけでわくわくしてこないかね」

真行寺会長の若やいだ声に、三田村理事は言葉もない。

「後先考えずに無茶な企画に荷担できるのは、老い先短い我々だからこそ、ではないのかな」

三田村理事はため息をつく。

「わかりました。会長の好奇心の針が振り切れてしまったんですね。こうなったらもはや行き着くところまで行くしかなさそうですな。その前に、桜宮巌雄副会長が何とおっしゃるか、確かめないと」

「心配するな。あやつの答えは決まっておる。それが会長・副会長の阿吽《あうん》の呼吸というものだ」

「はいはい、わかりました。今夜は帰れそうにないですね。おふたりが議論を始めると際限ありませんから」

「大丈夫、すぐ終わるさ」

「桜宮院長は土地を供出するという、現実の支出を要請されます。我々のおもしろ半分の判断とは異なり、厳しい判断をされるのではないかと」

窓の外には、波乗りバイパスに沿って、桜宮海岸の砂丘が広がり始める。

その大海原に視線を投げた真行寺会長が言う。

「三田村君、そのふたつの目玉は硝子玉かね。いいかい、天城はあの佐伯が招聘した切り札だ。そして副会長はかつて私の教室で佐伯と名を連ねて三羽烏と呼ばれていた。もともとあの二人は肝胆相照らす仲だ。佐伯の決定を、桜宮巌雄がひっくり返すことなどありえないのだ」

三田村理事は身を縮める。

「そうでした。東城大の系譜でしたね」

真行寺会長は首を傾げて三田村理事を見る。

「彼らは私の最高傑作だ。だから私が彼らの判断を支持するのは当然だ。だが誤解しては困る。これは東城大の将来を考えてのことではなく、桜宮市医師会の利益を見据えた総合判断なのだから」

「でもスリジエセンターが創設されたら、一部の会員の経営は圧迫されますが」

真行寺会長は目を細めて笑う。

「だから三田村君は未《いま》だに理事止まりなのだよ。スリジエを対立項としてしか見ていないからそう見えてしまう。愛を持ってあらゆる事象を抱きしめてみたまえ」

　真行寺会長は車内のテーブルに置かれたさくら餅を取り上げ、口に放り込むと、ゆっくりと咀嚼《そしゃく》する。

　やがてごくりと飲み込んだ後で言う。

「とまあ、こんな風に、スリジエなど医師会が飲み込んでしまえばいいのだよ」

「つまりスリジエセンターを医師会病院として創設せよ、と？」

　真行寺会長はその問いには答えず、窓の外を見遣る。

「見ろ、でんでん虫だ。たぶん桜宮巌雄は我々を今か今かと待ちかねているだろう。ああ見えて意外に気が短いからな、アイツは。新入医局員の頃からそうだったんだ」

　窓の外には夕日に照らされたゴシック建築の極致のような碧翠院桜宮病院の威容が見えてきた。

　病院の入口には、真行寺会長の予見通りに、ふたりを出迎えるために佇んでいる、銀獅子《ぎんじし》の銀髪がきらりと光っていた。

第二部　夏

10 強制送還された男

一九九一年五月七日（火曜）

「新入生には朝八時に集合するように、と伝えてある。最初が肝心だ、舐《な》められないよう、ビシビシ鍛えてやれ」

ゴールデンウィーク明けの五月七日火曜朝七時。その朝、前医局長の垣谷が告げた言葉で世良は、自分が医局長を拝命していたことを改めて思い出した。一ヵ月前、医局長に任命された初回の症例検討カンファでほろ苦いデビューを飾った後、そのことをすっかり忘れていた。公開手術に集中するため期間限定で天城のスリジエセンターに再レンタルされ、医局長業務も免除され、その間、前医局長の垣谷が医局長業務を代行してくれた。出向は黄金週間までの約束だったので、連休明けの今日から高階研究室に復帰し医局長に戻った。そしていきなり新入医局員への初期指導という、責任重大な業務が降りかかり、肩がずしりと重くなる。

垣谷は十年選手で講師、教室内でも手術の第一助手や術者をこなしている。だが外科医四年目でヒラの世良には実績がない。仕事は新人と変わらない下っ端仕事ばかり。果たしてそんな自分に新人を指導できるだろうか。

そんな世良の気持ちを知ってか知らずか、垣谷は世良の肩をぽんぽん、と叩く。

「世良は相変わらずラッキーだ。新入生はこの前の症例検討会の大チョンボを知らないから、今までの失敗をチャラにして、立派な医局長としてやり直せるぞ」

垣谷の思《おも》い遣《や》りある軽口は、その目論見と正反対の影響を世良にもたらした。

七時三十分。世良は同期の青木と北島に声を掛ける。

「悪いけど採血はパスさせてくれ。今朝は新入医局員のガイダンスなんだ」

うなずいた青木の隣で、野心家の北島が皮肉な微笑を浮かべる。

「医局長の命令とあれば喜んで仰せに従い、採血を代行させていただきます」

世良はため息をつくと、ガイダンス用の書類を揃えるため、医局に向かった。


七時五十分。真新しい白衣姿の新入生が集まり出す。今年の新人は総勢七名で例年の半分だ。その上、今年は東城大学内部からの入局者はたった一名だ。こんなことは佐伯外科の歴史上初めてだという。最近の医学生は目端が利き、下働き期間が長い外科、内科、産婦人科というメジャー教室は敬遠し、眼科、耳鼻科、皮膚科といった研修期間が短く開業が容易なマイナー教室への入局が増加する傾向にあった。

そんな中で佐伯外科が健闘していたのは、長年蓄積してきた評判と佐伯教授のカリスマに依るところ大だった。だがここ数年、佐伯外科は分離・独立を奨励するかのように次々に領土を明け渡した。六年前に脳外科、五年前に肺外科、四年前は小児外科が分派、独立した結果、佐伯外科のテリトリーは減じた。だがそうした判断が適切だった証拠に、それらの教室全体の新入医局員の総数は、佐伯外科単独だった時代の二倍近くに増えている。そんな中、佐伯教授の目論見は最終局面を迎え、現在の佐伯外科を心血管外科と腹部外科に二分しようとしている、というウワサが囁かれていた。

それはこれまでの部分分離と意味合いが異なる。実行されたら佐伯外科本体が消失してしまいかねない。それゆえ、佐伯教授もそこまで考えていないのではないかと憶測されていた。だがそんな通説を一気に覆したのが、昨年春の天城雪彦の招聘だ。

これにより心血管外科の受け皿としてはスリジエセンター創設を考えていると思われ、風説を支える根拠となった。そうしたウワサが学生たちの進路選択に微妙な影響を与えた可能性も否定はできない。そんなことを考えながら、世良は一年生が勢揃いしているカンファレンス・ルームに足を踏み入れたのだった。

最初に目に入った新人はひょろりとして青白い顔をしていた。もやしを思わせる風貌の新人の名札には松本《まつもと》とある。隣に高橋《たかはし》、木村《きむら》、山田《やまだ》、鈴木《すずき》、山本《やまもと》というありふれた名字が並ぶ。今年の新入医局員は平々凡々な名字のオンパレードだ。顔立ちもみなのっぺりしていて特徴に乏しい。この中に佐伯外科の未来を背負う人材がいるだろうか、とふと不安になる。時計の針が八時を指しカンファレンス・ルーム内に六名の新人が顔を揃えた。だが垣谷から渡された新人名簿に記載されている氏名は七名。

——アイツはどうした？

世良の視線は、たったひとりの東城大内部からの入局者の姿を求めてさまよう。だがその姿はない。世良は顔を上げ、壁の時計を見る。

八時ジャスト。佐伯外科は時間厳守がモットーだ。

「みなさん、佐伯外科にようこそ。私は医局長の世良です」

自分の肩書きを初めて人前で口にして面映ゆくなる。緊張感溢れる新人の顔立ちをひとりひとり確かめながら言う。

「今日はオリエンテーションがメインで、二人ペアで採血練習、院内施設見学、佐伯教授へのご挨拶で終わりです。本格的な業務開始は明日からになります」

説明を終え、新人が部屋から退出したとき、時計の針は八時十五分を過ぎていた。

初日から遅刻するとは、弁解の余地は無い。

世良は後ろ手で扉をぴしゃりと閉めた。

五階病棟の仕組みをひと通り紹介し終えた世良一行が帰還したのは、小一時間が経過した午前九時過ぎだ。先頭の一年生が扉を開けると一瞬、ぎょっとした様子で立ち止まる。ちらりと世良を見るが意を決し部屋に入る。次の新入生も同じ反応をしながら部屋に入る。最後に世良が扉をのぞき込み、やはりぎくりと立ち止まる。

部屋の中央には長身の男性が佇んでいた。伸び放題の髪を、後ろでゴムで結わえている。世良はカンファレンス・ルームの扉を閉め、長身の闖入者を詰問する。

「君は誰だ？」

もちろん名前は知っている。だが他の新入生の手前、そう尋ねるしかない。

長身の新人は、気をつけの姿勢のまま、虚空を見上げて答えた。

「佐伯外科新入医局員、速水晃一《こういち》です」

「本日の集合時間を知っているな？　何時集合と言われていた？」

「午前八時、です」

「だが君は集合時間には部屋にいなかった。そうだな？」

「その通りです」

気をつけの姿勢だが、自然体だ。髪も髭《ひげ》も伸び放題。後ろでまとめた長髪は濡《ぬ》れ、風呂上がりのように見える。石鹸《せっけん》とシャンプーの香りが漂い、清潔感がある。

「まさか風呂に入っていて遅れたんじゃないだろうな」

速水の眉がぴくり、と上がる。

「その通りですが、そうではありません」

「君と禅問答をするつもりはないんだが」

「自分もそのつもりです」

叱りつけているはずなのに、なぜか気圧される。弱気を封じ込め、きっぱり言う。

「ということは遅刻した言い訳はないんだな」

「ありません」という悪びれない答え方に、世良はむっとしながら、言う。

「初日から遅刻とは情けない。罰として私がいいというまで、そこに立っていなさい」

「了解しました」

世良は他の六名の平凡な名字の新入生たちに告げる。

「他のみなさんには、今から採血の練習をしてもらいます」

新入生はぞろぞろと部屋を出て行く。最後に世良が部屋を出るとき、速水を振り向いたが、速水は気をつけの姿勢のまま、強い視線を虚空に向けていた。

採血練習と、その後の検査の流れを説明し、一年生同士、各自互いに採血させた後で、臨床検査室の血液解析装置で自分の採血データを確認させる。以後、検査予約で苦労させられることになる検査室への表敬訪問を兼ねている。

世良は部屋の隅で採血をし合っている一年生の間を歩き回りながら、言う。

「採血は気合いをこめて一発で成功させること。でないと取りやすい血管が潰れて難易度が高くなる。何よりも怖いのは患者さんの信頼を失ってしまうことだ」

だが精神論で技術は習得できない。結局一年生が全員採血を終えたのは小一時間後だった。世良は各自の採血管を持たせ一階に向かう。

新人一行が検査室から戻ったのは午前十一時過ぎ。ナースステーションに戻る道すがら、世良たち一行は講師の垣谷とエレベーターで一緒になった。

「今年の新人は使い物になりそうか？」と垣谷は小声で世良に尋ねる。

「まだわかりません」

「世良の答えは面白味がない。医局長たるもの、少しは先輩を楽しませる努力をしろ」

「それって医局長の義務なんですか？」

「そうだ」と間髪を入れない即答に呆れる。そう言われて世良はふと思いつく。

「今年の一年の将来性はわかりませんが、約一名、役立たずがいます」

「大したもんだ。すぐに新人の適性を見抜けるとは、俺より医局長の適性があるな」

そんなふたりのやり取りに、エレベーターに同乗している六人の新人は耳をそばだてている。緊張感に満ちたエレベーターは五階に到着した。一年の最後尾を世良と垣谷がついていく。最後に部屋に入った垣谷がぎょっとした様子で立ち止まる。

誰もが同じ反応をするんだな、と世良はこっそり笑う。

「何なんだ、このでくの坊は」

一時間前の記憶の中の速水の輪郭が、今の立ち姿とぴったり重なる。気をつけの姿勢のまま、微動もせずにいたのか。世良は笑顔を吹き消し垣谷講師に伝えた。

「ソイツが役立たず候補の新人です。初日早々、十五分以上も遅刻したんです」

「正確には二十五分、です」

速水がバカ正直に申告する。遅刻時間を下方修正した速水に、垣谷は呆れ顔で言う。

「佐伯外科は遅刻厳禁だ。研修初日そうそう不良品のレッテルを貼られても仕方がない。だが、ひとつ聞こう。そんな派手な遅刻をした理由は何だ？」

速水は直立不動のまま、「言い訳はしません」と答える。

「聞かれたことに答えろ。これは言い訳ではなく、事情説明だ」

速水は一瞬、逡巡したが、すぐに顔を真っ直ぐに上げ、答える。

「風呂に入ってました」

世良はむっとした口調を隠さずに言う。

「さっき〝風呂に入っていたから遅れたのか？〟と尋ねたら、〝その通りだが、そうではない〟と君は答えたよね。あれは嘘だったのか？」

「嘘ではありません。朝風呂には入りましたが、遅れた理由ではありませんから」

世良は憮然とするが、吟味してみれば速水の言葉には一本筋が通っているようにも思える。垣谷が世良の苛立ちを代行するように、厳しい口調で責め立てる。

「だが結果的には朝風呂に入ったから遅刻したんだろう。佐伯外科をナメてるのか」

「ナメていません。敬意を払ったんです」と速水は即答し、すぐに続けた。

「今朝、桜宮に帰り着いたのですが、一週間ほど風呂に入っていなかったので、そのまま病棟に行ってはまずいと思い、病院地下一階の大浴場でひとつ風呂浴び、つい湯船でうとうとしてしまいました。ですから風呂に入っていたことが遅刻の原因ではありません。何しろ徹夜でぶっ通しのクルージングだったもので」

うつむいて小声でつけ加える速水に、垣谷が呆れた声を出す。

「よく病院大浴場のことを知ってたな。最近のヤツは知らないはずだぞ」

「人が知らないところを見つけては、そこでサボるクセのある同期に、学生時代に教えてもらいました」と速水は答える。

「とんでもないヤツだな、そいつは」

「自分もそう思います」

しれっと速水が応じる。垣谷は鼻白みながらも、別の角度から攻撃する。

「そもそも勤務初日に桜宮に戻るわ、一週間風呂に入らないわ、そこらへんが問題だ。どうせ卒業旅行で海外に行ったんだろうが、勤務が始まる日はわかっているんだから、前日には帰国していなければ社会人として失格だ」

速水は微動だにせず、虚空をにらんだまま答える。

「そうしたかったんですが、できなかったのです。帰国の船便を手配してくれたのは先方で、自分には選択権はなかったので」

「卒業旅行だろ？　スケジュール調整くらい自分でやれよ」

垣谷は世良に視線を投げる。その視線は、世良の人物評価に同意している。垣谷の言葉にうなずいて、速水は答える。

「帰りは強制送還でしたので、選択できなかったんです」

「きょ、強制送還？　何を言ってるんだ、お前は？」

垣谷の表情がみるみる険しくなっていく。厳しい口調で尋ねる。

「どういうことか、説明しろ。お前、どこへ行って何をしたんだ？」

速水はさらりと答える。

「行き先は北方領土《ほっぽうりょうど》のひとつ、択捉島《えとろふとう》です。地元民を装いウラジオストクから潜入しました。それが非合法入国とバレて当局に拘束され、卒業旅行の大半は択捉島の留置場で過ごしました」

「お、お、お前ってヤツは」

垣谷の声が掠れる。世良は毒気を抜かれ、呆然と速水の自然体の姿勢を眺める。

垣谷は速水の首根っこをつかむと部屋から引きずり出す。

「コイツの処遇は佐伯教授に直接ご判断を仰ぐ。世良もついて来い」

「でも他の新入医局員のガイダンスが……」

「そんなもの、北島あたりに頼め」

世良は、残された一年生の顔をちらりと見て、言う。

「各自、入院時検査マニュアルを熟読しておくように。すぐ戻るから」

言い残し部屋を出ると、近くで部屋の様子を盗み聞きしていた北島に言う。

「聞いてたな？　悪いけど新人のオリエンテーションを頼む」

北島の返事を待たず、世良は急ぎ足で垣谷の後を追った。


エレベーターの中で垣谷は腕組みをして、速水をにらみつけている。

「お前、本当に東城大の卒業生か？　ベッドサイドでの印象がないんだが」

速水はちらりと世良を見る。仕方なく世良が垣谷に言う。

「垣谷先生が夏休みの時のグループで、指導は俺が行ないました」

「最初の教育が悪すぎたのか」と垣谷が舌打ちをする。

速水はふっと微笑を浮かべるが、すぐにその微笑を吹き消した。エレベーターが停止し、扉が開いた。長い廊下の果てに、病院長室の重厚なドアが見えた。

垣谷がノックすると、入れ、という返事が聞こえた。扉を開けると例によって佐伯外科の上層部が勢揃いしていた。世良はげんなりする。どうして下っ端の自分が、こんな場違いな、上層部の会議に頻繁に顔出しすることになってしまうのか。

正面に白眉の佐伯教授、両隣に心血管グループトップの黒崎助教授と腹部外科のリーダー、高階講師。佐伯教授と向かい合う席にはスリジエセンター総帥の天城雪彦が、足を長々と投げ出し物憂げに座っている。

「騒々しいな。どうした？」

黒崎助教授の言葉に、垣谷が視線で世良を促したので、後ろに佇む速水を指さす。

「この一年生がとんでもないことをしでかしたので、処遇のご相談にあがりました」

黒崎助教授が顔をしかめて、吐き捨てる。

「新米医局長は大袈裟《おおげさ》すぎる。新入生がちょっとしたミスをするたびに、いちいち教授の判断を仰いでいては医局長の役割を果たしておらん」

「それは仕方ないですよ、ジュノは忠実な愛玩犬で軍用犬ではありませんから」

ふたりのやり取りを聞いていた速水は、視線をめぐらせると高階講師の姿を認め、会釈する。高階講師はうなずき返す。

「天城の丁稚《でっち》、その新入生が何をやったのか説明しろ」

黒崎助教授の言葉に応じ、世良は説明を始める。

「ガイダンスに二十五分、遅刻しました。病院の大浴場で朝風呂に入っていたんです」

とたんに天城は大笑いを始め、黒崎助教授は顔をしかめた。高階講師はぽかんとした表情で速水を見上げ、佐伯教授は目を細めた。

「勤務初日から遅刻するなど言語道断だ。だがそんなささいなことをわざわざ教授に言いつけるなど、そっちの方も話にならん」

黒崎助教授の怒りは、世良に向けられた。垣谷があわてて言う。

「ここに伺ったのは私の判断です。この新人はとんでもないヤツなので」

「今日はガイダンスですから、大失敗などやれるわけないでしょう」

高階講師がフォローすると垣谷が世良の頭をこづいて、小声で言う。

「どうしてくれる。世良の説明が悪いから、余計こんがらがってしまったぞ」

世良はげっそりする。ならばどう言えばよかったのか。素っ頓狂な話を説明するにはそれなりの手順が必要だ。垣谷は咳払いをして、言う。

「コイツは昨日まで択捉島で勾留され、今朝方、桜宮に戻ってきたばかりだそうです」

速水がすかさず言う。

「違います。勾留は一昨日まで。昨日から今朝にかけてはひたすら移動してました」

「ソビエトに勾留された？　どういうことか説明しろ」

裏返った声の黒崎助教授の反応は当然だ。コトは東城大の一外科学教室の話では済まず、下手をすれば外交問題に発展しかねない。速水はしゃあしゃあと答える。

「知り合いにロシアン・マフィアと付き合いのある人がいて、ウラジオストクから択捉島へ渡る船便を手配してくれました。それで現地人のふりをして潜入しました」

「お、お前はロシアン・マフィアと知り合いなのか」

速水は首を振り、冷静に答える。

「違います。〝ロシアン・マフィアの知り合い〟と知り合いなんです」

「同じようなものだ。で、お前はロシアン・マフィアと何をして勾留されたんだ？」

品行方正な佐伯外科上層部会議の席でロシアン・マフィアなどという物騒な単語が発せられる機会は絶無だ。耳慣れない単語の出現に、黒崎助教授は動揺していた。

速水は答える。

「日本固有の領土を日本人が訪問できないなんておかしいので、一度、その不条理な土地がどんなものか、この目で見てみたかったんです」

天城が「生粋の国粋主義者、か」と小声で言う。

天城の呟きを無視して、高階講師が尋ねる。

「速水君はロシアン・マフィアの手引きで択捉島に密航したわけだね。ここで重要なのは、なぜ拘束されたのか、その理由だ。何か非合法なことをしたのかな」

「いえ、現地でいきなり強盗に身ぐるみ剝がれてしまいました。棒が手元になかったのが敗因です。それで裸同然で街をうろついていたら拘束されてしまったんです。さすがに自分もおしまいかなと思ったら、一週間ほどで突然、留置場を出ろというお達しがありまして」

高階講師は、剣道部の教え子の負け惜しみに苦笑いしながら、尋ねる。

「なぜ、解放してもらえたんだい？」

「大統領が電撃訪日したので日本人学生ということで特赦になったんです。でもって幸運にも、たまたま極北港行きのフェリーがあって、それに乗せてもらえ、フェリーを乗り継いで越後《えちご》港に着いたのは昨日の夜中です。すぐ市内のバイク屋を叩き起こしオートバイを手に入れ、かっ飛ばして戻りました」

一睡もしてないなら、朝風呂でうつらうつらしてしまったのはわかる。そのくせ立たされ坊主の直立不動で微動だにしない体力と気力は恐るべしと、世良は思う。

「というわけでこの新人が、果たしてわが佐伯外科に適格かどうか、佐伯教授に直接ご判断いただくしかないと思い、こうして伺った次第です」

つまり垣谷は速水の入局前に審査で撥《は》ねた方がいいのではないか、と提案しにきたわけだ。言葉を失った黒崎助教授と、問題の重大さを理解し着地点を模索し始めている高階講師の表情の深刻さとうらはらに、当の本人である速水は、ぽりぽりと鼻の頭を人差し指で掻き、懸命にあくびをかみ殺していた。

入局が危うい状況なのに、自分自身のことには無頓着に見える。

やがて黒崎助教授が厳かに言う。

「勾留、強制送還された時点で違法行為は明らかだから、入局は見送った方がよろしいかと」

佐伯教授への黒崎助教授の進言に続き、高階講師が速水に言う。

「当地で違法行為をしたわけではないから、問題ないのでは、と私は思います。そうだよな、速水君？」

「でも、無断渡航自体が違法行為だと言われました」

救いの蜘蛛《くも》の糸になるはずの言葉を、速水は自分の手であっさり断ち切る。

高階講師は、処置なし、という表情で肩をすくめた。それでも何とか救いの手を差し伸べようと、質問を重ねる。

「ところで速水君はロシア語が出来るの？」

「いえ、出来ません。でも事務官に日本語のうまい人がいて、通訳をしてくれました。おまけに親切な警備兵が、私が医学生だと知ると医務室へ連れて行き、医師にいろいろ手技をみせるようにと指示してくれたんです。ですから留置というよりはソビエトの病院での外科研修みたいでした」

「今さら取り繕ったところで、遅いわ」

黒崎助教授が吐き捨てる。垣谷に続き、速水は黒崎助教授のアレルゲンにもなってしまったようだ。こうなっては手遅れだ。

だが速水が不思議そうな表情で言う。

「自分は事実を申し上げただけです。現地では小手術の手伝いもさせてもらい、医務室の看護婦にはドクトルと呼ばれていました」

飄々とした速水の言葉に、場が一瞬、静まり返る。

静かになった部屋に、笑い声と拍手が響いた。

規格外の外科医・天城だ。

「トレ・ビアン。留置されたのを外科研修代わりと言いくるめようとする、能天気な大馬鹿者が外科医になれるなら、日本も捨てたもんじゃない。佐伯外科を追い出されたらスリジエで歓迎するよ。ちょうど世良先生が出戻ったからスタッフの口は空いているからね」

高階講師が即座に言う。

「まだ、受け入れについては決定しておりません」

そして一連の騒動が始まってから、腕を組み瞑目《めいもく》し続けている佐伯病院長に向かい、高階講師は言う。

「速水君は無鉄砲なだけで、悪意はありません。前途有望な若者の入局を見送る方が、佐伯外科にはデメリットになるかと」

黒崎助教授が即座に言い返す。

「ルールを破る違法行為を平気で行なうようなヤツの入局を認めたら、医局が危機に晒《さら》される。たとえどんなに不条理に見えても、ルールは守られなければならないのだ」

黒崎助教授が高階講師を見つめる。そこへ天城が割って入る。

「ですから公論が真っ二つに割れている佐伯外科ではなく、スリジエでお引き受けしますと申し上げているんですよ、ムッシュ」

天城の言う通り、佐伯外科の公論は真っ二つに割れ、そこに天城という外来勢力が加わったその様は、三国志演義の勢力図のようにも思えたのだった。

11 獅《し》胆《たん》鷹《よう》目《もく》

五月七日（火曜）

佐伯教授は、閉じた目を開け、速水を見た。そして低い声で尋ねる。

「君はなぜ佐伯外科を志望したのかな」

速水はちらりと高階講師を見て、言う。

「剣道部顧問の高階先生がいらしたからです」

「なんだ、クイーン高階のお手つきだったのか」

心底がっかりした声で天城が言う。速水は眉をぴくりと上げ、首を振る。

「確かに自分は剣道で高階先生の薫陶を受けましたが、外科の指導は受けていません。自分が佐伯外科を志望した理由は別にあります」

速水は一瞬、沈黙する。そして続ける。

「佐伯外科を志望した理由、それは、三年前の謎を解きたかったからです」

速水はちらりと世良を見て、続ける。

「三年前、ベッドサイド・ラーニングで佐伯外科に来た時、ある先生が自分たちに、ひとつの謎を投げました。自分はその謎を解けなかった。なので入局を決めたんです」

「何だったんだ、その謎というのは？」と黒崎助教授が尋ねる。

「指導してくれた先生が、佐伯外科に伝わる〝獅胆鷹目〟という言葉を教えてくれました。獅子の胆力で病人に相対し、鷹《たか》の目で病状を診る。でもその言葉に続きがある、と言いながらその先は教えてもらえなかった。なのでその謎を解きたくて、佐伯外科に入局したんです」

黒崎助教授が呆れ顔で言った。

「たったそれだけの理由で進路を決めたのか。バカバカしい。その続きはだな……」

答えを言いかけた黒崎助教授を、佐伯教授が片手を挙げて制止し、速水に尋ねた。

「お前にその言葉を教えてくれた医師の名は覚えているか？」

「渡海、という先生です」

部屋の空気が一瞬、凝固した。

「で、お前はその言葉の続きをずっと考え続けていたのか」

速水はうなずく。佐伯教授は続ける。

「で、お前なりの答えは出たのか？」

速水は一瞬、逡巡した後、きっぱりうなずく。

「ええ。でも正解かどうか、自信はありません」

「言ってみろ。採点してやろう」

佐伯教授直々の口頭試問に一瞬逡巡したが、意を決し言い放つ。

「獅胆鷹目、鬼手仏心《きしゅぶっしん》」

一瞬、場が静まる。やがて大笑いを始めたのは、他ならぬ佐伯教授だった。

「ははは、傑作だ。確かにつじつまは合っているようだ」

隣で高階講師が苦い表情を浮かべる。笑い終えた佐伯教授が、速水に言う。

「本来なら謎掛けをした本人に正解を答えさせてやりたいが、残念ながらそれは叶《かな》わぬ。なので三年間、考え続けた根気に敬意を表し、私から正解を伝えてやろう」

佐伯教授は咳払いをして、厳かに答える。

「獅胆鷹目、行以女手《おこなうにめてをもってす》」

「どういう意味ですか？　自分、古文が苦手で」

「最後の部分は、女性のように優しい手で行ないなさい、ということだ」

「ふうん、何だかつまらない訓辞ですね」と、速水が首を振る。

「バカ者。これは、わが総合外科学教室の先輩方が大切に守り続けてきた言葉だ。それをつまらないとは何を言う」と激高した黒崎助教授を見つめ、速水は言う。

「これなら自分の言葉の方がずっといい。外科医は人の腑《ふ》を裂いて病巣を切り出すのだから、女性の手でなく仏の心を持つ鬼の手の方が外科の奥義に達する近道です」

佐伯教授は目を細める。

「言われてみればお前の言葉の方が、発展途上の外科医にはふさわしいかもしれない。未熟者はまず、鬼の手を経てから、仏である女性の手に還《かえ》っていくわけだ。だが渡海も満足しているだろう。労せずして我が佐伯外科に一矢報いたんだから」

速水は顔を上げ、佐伯教授に食ってかかる。

「自分の言葉は未熟な外科医のものだと？」

佐伯教授が一喝する。

「うぬぼれるな、じゃじゃ馬。お前はまだそこまでにもたどりついておらんわ」

一喝され速水は憮然とする。世良は呆然と速水を見つめた。佐伯教授の爆雷のような叱責を受けてなお反発心を面にするなど、信じられない剛胆さだ。

佐伯教授は腕組みをして目を閉じる。やがて厳かに言う。

「ではこの問題児の処遇に関し、結論を告げよう」

佐伯教授は速水から視線を外し、垣谷と黒崎助教授、高階講師と順々に見つめていく。だがその視線の先に天城の姿はない。黒崎助教授と垣谷講師が唾を飲み込み、高階講師はあきらめ顔で目を閉じる。世良は、息を詰めて速水を見つめる。

当の速水は、とうとう小さなあくびをしてしまう。

そんな中、佐伯教授は厳かに言い放つ。

「じゃじゃ馬は佐伯外科で引き取る。渡海の薫陶を受けたのであればそれも宿命だ」

場に居合わせた人々は黙り込む。天城だけがきょとんとしている。

「さっきから話題になっている渡海って何者なんですか？」

天城の問いかけに誰も答えない。その時ノックの音がした。入れ、という佐伯教授の言葉に応じ、顔を見せたのは北島だった。

「新人オリエンテーションの予定では佐伯教授にお目通りする時間になっていました。どうすればよろしいでしょうか」

険しい表情の佐伯教授は、次の瞬間、穏やかな表情の仮面をかぶり直し、言う。

「一年生全員に入ってもらいなさい」

六名の新人が入ってくる。誰もが直立不動の姿勢を取っている速水をちらりと見て、目を伏せる。世良は、速水の同級生が速水を評した言葉を思い出す。

——アイツは主役にしかなれない男なんです。

佐伯教授は、勢揃いした七人の九一年度新入医局員に向かい、話し始める。

新人たちは外科のカリスマの一言一句を聞き漏らすまいと集中している。

「外科が困難を迎えようとしている逆風の今、佐伯外科に入局した諸君に感謝する。技術ある外科医はいつの時代も必要とされる。自信を持って技術の研鑽《けんさん》に励みなさい。以上で訓辞を終わる。佐伯外科九一年度総勢七名、業務に邁進するように」

しめくくりに入局者七名と言うことで、佐伯教授は速水の入局を認めたことを宣言する。直立不動の速水は、びしり、と礼をする。つられて他の一年生も頭を下げた。

新人七名は北島に率いられ病院長室を退出し、世良と垣谷も続く。

佐伯教授が最後尾の速水を呼び止める。

「おい、じゃじゃ馬、入局を認めるにあたって条件がある。そのむさくるしい髪を切れ。患者を不愉快な気持ちにさせるな」

速水はうなずき、部屋に戻ると周囲を見回し、机の上の鋏《はさみ》を手に取るとざっくりまとめた髪を根元から切った。

「とりあえずこれでお許しを。後は家で切ってきます」

速水は部屋を出て行く寸前で振り返り、涼しい顔で言う。

「この部屋は見晴らしと風通しがいいですね。屋上からダイブして部屋に入れそうだ」

佐伯教授が目を細めて笑う。

「やってもいいが、失敗するなよ。我々に迷惑がかかる」

速水はにっと笑って一礼すると、部屋を出て行った。

黒崎助教授の呆れ声が、速水が姿を消した部屋に空《むな》しく響く。

「教授に叱られていた間、そんなくだらないことを考えていたのか、アイツは」

佐伯外科の上層部の面々は、毒気を抜かれたような顔をしていた。

やがて天城が立ち上がる。

「ムッシュ佐伯。じゃじゃ馬をもてあましたら、いつでもこちらで引き取りますよ」

佐伯教授はうっすら笑顔を返す。天城に続いて黒崎助教授が立ち上がる。

「珍しく私の意見は天城と一致しています。アイツはわが佐伯外科に災いをもたらす。そう遠くない日に、私の判断が正しかったとおわかりになる日が来るでしょう」

黒崎助教授は足音高く、部屋を出て行く。

佐伯教授と高階講師が部屋に残った。

高階講師が顔を上げる。

「彼が以前申し上げた、渡海先生の眷属《けんぞく》です。彼を天城先生に渡してはなりません」

「ならば小天狗、お前が面倒を見るか」

高階講師は首を振る。

「そうしたいのは山々ですが、それは速水君にとって、あまりよろしくない。彼は私に少なからず反感を抱いています。それに私は渡海先生の主義とは反していますし」

「では、どうすればいい？」

佐伯教授は白眉を上げて尋ねた。

「まず佐伯外科の精神を徹底的に叩き込むことでしょう。枠組みを逸脱してしまう速水君の手綱を握れる人物は、ひとりしかいません。というわけで、速水君のお目付役は黒崎助教授にお願いしたいのです」

佐伯教授は目を細めて、声をあげずに笑う。

「小天狗、お前はだんだん私に似てきたようだな。だがどうやらそれしかなさそうだ。いいだろう。ただしそれは小天狗が直接黒崎に頼め」

高階講師はうっすら笑う。

「光栄です、とお答えしないといけないでしょうね。でもそれこそ、教室の主宰者である教授の仕事なのでは？」

「こういうことは企画立案者の説得が一番効果的だ。もちろん、私からの命令だ、と伝えてもらって構わない」

「丸投げなさるんですか」

高階講師は肩をすくめ、舌打ちをすると、佐伯教授はうなずく。

「小天狗もいずれトップに上り詰める日が来るだろうから、この技は覚えておいて損はないぞ。最小努力で最大効率を上げる、無敵の切り札だからな」

「はいはい、そのうちに修得させていただきます」

高階講師は一礼して部屋を出て行った。

一年生七名と世良、垣谷、北島は十三階の病院長室を辞し、五階病棟に戻った。

垣谷と北島のふたりは業務に復帰し、世良は待機していた一年生に言う。

「明日から正式業務が始まります。絶対遅刻はしないように。では、本日は解散」

速水は照れ笑いを浮かべる。一年生たちは足早に部屋を出て行く。

「速水、初日からやってくれたな」

世良が声を掛けると、速水は立ち止まり、振り返る。

「すみません。そんなつもりはなかったんですが」

速水は頭を掻く。仕草は無邪気で憎めない。困ったヤツだ。

「世良先生も四年目で医局長なんて、大出世ですね」と速水が言う。

「雑用係を押しつけられただけさ」

「世良先生、自分はここまできました。あとは先生をぶち抜くだけです」

忘れていなかったか、とほんのりうれしく、同時に苛立たしくなる。

それは堂々たる挑発であり、正式な挑戦状なのだ。

「先導はしてやるが、簡単に抜けると思うなよ。それにお前みたいなヤツを野放しにしたら大変なことになると、偉い先生はみな思ったはずだ。明日からお前には逆風が吹きまくるぞ。覚悟しておけ」

「ラジャー、です」

世良の言葉に速水は、ようやく新人らしい表情を見せ、素直にうなずいた。

翌日。高階講師は黒崎助教授の居室を訪問した。

「珍しいな、お前がワシの部屋を訪ねてくるとは」

黒崎助教授はティーバッグの紅茶を差し出し、高階講師の向かいのソファに座る。

「実はお願いがありまして。といっても大元は佐伯教授からの委託ですが。先生に今年の新人研修の責任者になっていただきたいのです」

黒崎助教授は、香りを楽しむように目を閉じる。紅茶を一口すすると、言う。

「断る」

「なぜですか？」

「それは医局長の仕事だ。今年の医局長はお前の研究室の小坊主だから、お前が責任を持て。小坊主にできそうにないならお前がやれ。それが筋だ」

高階講師は首を振る。

「今年は特別なんです。世良君には少々荷が重いし、私も不適格でして」

黒崎助教授は高階講師を凝視する。そしてぽつんと言う。

「あのじゃじゃ馬、か？」

高階講師はうなずく。

「速水君は規格外です。最初の教導を間違えるととんでもないことになる」

「それならなぜお前がやらない？　ヤツは剣道部の教え子だろう？」

高階講師はため息をつく。

「剣道部の教え子だからこそ、です。教導するには、外科の恐ろしさを叩き込む必要がある。だが速水君は私を畏れていない。ここで私が関与することは彼にとって望ましくないんです」

「それは嘘だな。本音を言え」

黒崎助教授の即答に、高階講師は前屈みの姿勢で凝固する。やがて身体を起こすと、柔軟体操をするように伸びをする。

「うーん、黒崎先生の目はごまかせないか。いや、まるっきりの嘘でもないんですけど、仕方がありません。本音を言いますけど、怒らないでくださいね」

「無用の心配はするな。お前はいつもワシを怒らせているではないか」

ちらりと黒崎助教授を上目遣いで見た高階講師は苦笑する。そして言う。

「速水君の指導を黒崎先生にお願いする理由は、黒崎先生が偉大なる凡人だからです」

黒崎助教授は目を瞠る。高階講師はしゃあしゃあと続ける。

「新人医師は誰もが初めは自分を天才と夢想する。でもほとんどは天才の領域に達せず終わる。そうした凡百の衆生《しゅじょう》を導けるのは偉大なる凡人、黒崎先生しかいません」

黒崎助教授は高階講師を凝視して言う。

「するとお前は天才だから自分は教育係には不向きだと言っているのか」

高階講師は両手を大きく振って否定する。

「とんでもない。私も凡人ですが、黒崎先生と種類が違うんです。とにかく黒崎先生の、凡人としての経験値の高さが、よりいっそう説得力を増すわけで……」

「お前の話は矛盾だらけだ。特別な差配はじゃじゃ馬のためだろう？　お前はアレは凡人でないと認識しているわけだ。するとワシへの依頼の論理は破綻してしまう」

「やれやれ、意味のないところで無駄にシャープなお方だなあ」

高階講師は腕組みをし小声で呟く。そして顔を上げると、言う。

「仕方がない。本音を言いましょう。速水君は天才です。彼がこの先、自由奔放に生き続けると必ず凡人の檻《おり》に突き当たる。鈍感で図々しく厚かましく感受性に乏しい凡人集団の前で、天才は途方に暮れ辟易《へきえき》し、立ち往生させられ、最後はその豊かな才を放擲《ほうてき》する。それはあまりにも、もったいないと思いませんか？」

黒崎助教授の目の奥をのぞき込んだ高階講師は、視線を外し、人差し指を立てる。

「それを予防する方法はただひとつ。早期から偉大なる凡人に、徹底的に凡人の思考法を叩き込んでもらい慣れること。これしかないんです」

黒崎助教授はまじまじと高階講師を見つめ、吐息をつく。

「そこまで言われて、ワシがこの依頼を引き受けると思うのか？」

「え？　断るんですか？　佐伯教授直々の依頼なのに？」

「当たり前だ。ワシにだってプライドはある」と黒崎助教授は力強くうなずく。

「プライド、プライドねえ」

高階講師は腕組みをして考え込む。やがて顔を上げると言う。

「そんな言葉を安っぽくふりかざせば、世界は狭くなります。黒崎先生は良くも悪くも二番手の生き方を全うされている。ですからこの依頼は引き受けるべきです」

「くどい。断るといったら断る」

黒崎助教授の答えはにべもない。高階講師はぽつんと呟く。

「残念ですが、これで佐伯外科の命運は風前の灯火《ともしび》となりました」

黒崎助教授がその呟きを聞きとがめる。

「聞き捨てならん。今のはどういうことだ？」

「黒崎先生に断られたら、教育係はあの方にお願いするしかない、ということです。ああ、でもイヤだなあ」

「誰に頼むつもりだ？」

高階講師はうっすら笑う。

「なんでも廊下トンビの間では、私たちは佐伯外科の三羽烏と言われてるらしいですよ。黒崎先生と私、そして天城先生です」

「ちょっと待て。まさか天城に新人の初期教育を任せるつもりか？」

高階講師はため息をついて答える。

「仕方ないでしょう。私だってイヤですけど、他に人材がいませんから」

「待て。それはまずい。佐伯外科の新人が拝金主義に毒されてしまう」

「でもそれも時代の流れです。考えてみれば凡人のいやらしさに対するワクチンを打つより、天才の純正なエキスを直接注入した方が手っ取り早いかもしれません。とするとこうなってしまうのも運命なのかも」

黒崎助教授はソファにぐったり沈み込み、高階講師に言う。

「どうしてもお前はダメなのか？」

高階講師は静かに言う。

「剣道は平等な精神の世界です。私と速水君はそういう関係です。でも今の速水君に必要なのは社会の序列を教えること。それは私がこれまで速水君に伝えてきたメッセージと真逆で私にはできない。まあ、速水君に対しては、という限定付きですけど」

黒崎助教授は、呻《うめ》く。

「依頼を受ければ、ワシはお前の下だということを認めたことに等しいんだぞ」

「上とか下とかは関係ありません。肩書きは黒崎先生は助教授、私より上ですし」

高階講師は朗らかに笑って、続ける。

「天城先生は未来ある若者たちを強烈に惹《ひ》きつける。でも彼らは天城先生のような天才ではない。そんな彼らを導けるのは黒崎先生のような凡人なのです」

黒崎助教授は顔を上げ、高階講師を睨《にら》んだ。高階講師は飄々と続ける。

「これは黒崎先生の未来も切り開く決断です。常に二番手である黒崎先生だからこそ、教室のトップに立つ資格がある。でも、天城先生が佐伯外科の新人教育の権限を付託されたら、スリジエ創設後に黒崎先生は排除されてしまう」

次々に放たれる高階講師の言葉の矢の一本一本が、黒崎助教授の固い甲羅に小さなヒビ割れを入れていく。高階講師は最後に、とどめのひと言を言い放つ。

「いいんですか？　佐伯外科がキザなラテン野郎に蹂躙《じゅうりん》されてしまいますよ？」

黒崎助教授は頭を抱え、ソファに沈み込む。やがて呻吟《しんぎん》の中から返事をする。

「わかった。引き受けよう」

顔を上げ、言う。

「その代わり、お前のじゃじゃ馬が凡人の我執に壊されても、責任は取らんぞ」

高階講師の頬に、ぞっとするような冷たい微笑が浮かんだ。

「その程度で壊れるようなら、所詮それまで。そんな中途半端な才能なら、むしろ早めに潰してしまった方が世のためです」

高階講師はソファから立ち上がり、黒崎助教授に頭を下げる。

「お引き受けいただきありがとうございます。佐伯教授もお喜びでしょう」

高階講師は大股で部屋を出て行く。背後には凝固した黒崎助教授の彫像が残された。

軽やかな足取りで廊下を歩きながら、高階講師は鼻歌交じりで言う。

「これが丸投げ、か。一度カタにはめてしまえばラクだな。クセになりそうだ」

窓の外では風が光り、その光を乱反射するように、ツバメがひらりと空間を切り取り、窓枠から姿を消した。

✿

速水が総合外科学教室に入局し、ひと月が経った。新人不作という評判の中、ただひとり速水だけは燦然《さんぜん》と光芒《こうぼう》を放っていた。

仕事が早い。ポイントを摑《つか》み、必要な時に必要な場所にいる。事務仕事は雑だが、致命的なミスはない。

実技も他の追随を許さず、手技の確かさはたちまち四年目の世良たちの世代レベルにまで達しているように思われた。

「速水クンは手技の習得が早いけど、何かコツでもあるの？」

ある日の午後、もやしのようにひょろりと頼りない一年生の松本が速水に尋ねているのを、たまたま通りかかった世良は物陰で聞いた。

「特に何もしていないけど」

「ああいう手技って練習せずに、いきなり出来るようになるものかなあ」

速水は松本の言葉の意味がさっぱりわからないという様子で、尋ねる。

「松本はベッドサイド・ラーニングはやらなかったのか？」

怪訝な表情で「もちろん、やったさ」と答える松本に、速水はあっさりと言う。

「その時に、いろいろ見学しただろ」

「そりゃ見たけど……。まさか見ただけで出来るようになったと言うのかい？」

「え？　みんなは違うの？」

速水はびっくりして尋ねる。松本は呆然と速水を見た。速水は自分が常識外れのことを口にしたのだと感じ取り、あわててつけ加える。

「まあ、手っ取り早く言えばそういうことなんだけど。そうだ、択捉島の留置場に併設された医療施設でちょっとだけ実戦の外科手術をさせてもらったこともある」

それまで黙って聞いていた高橋が、ぼそりと口をはさむ。

「北方領土で研修なんてホラもいい加減にしろ。北方領土に渡航できるはずないだろ」

「ここだけの話だけど、ロシアン・マフィアに伝手《つて》のある人に頼んで密航したんだ」

松本や高橋は、もはや完全なジョークと判断したようで、呆れ声で言う。

「じゃあどうやって留置場から出たんだ？」

「この間、大統領が訪日した時の特赦さ。極秘だと口止めされてるけど」

「そんな秘密を、こんなところでぺらぺら喋っていいのかよ」

「こんなところだから、だよ。当局が極秘と言ったのは外務省に対してだもの」

松本と高橋は顔を見合わせて、言う。

「ちょっと手技が上手いと褒めただけで、そこまで大ボラを吹くんだから尊敬するよ」

「どうして信じてもらえないかなあ」

速水が真面目くさって言えば言うほど、話はどんどんホラ話のようになっていく。

そんなちぐはぐなやり取りを物陰で盗み聞きしていた世良は、笑いを懸命にこらえているうち息苦しくなってくる。

そもそも速水が強制送還されたことには箝口令《かんこうれい》が敷かれていたが、そのことは一部の上層部しか知らない。

世良は、その箝口令そのものを速水は知らない、という事実に気づく。肝心の速水本人に対しての口止めをし忘れていたわけだ。これでは箝口令の意味がない。

話をさえぎろうかと思った瞬間、隣で聞いていた一年の鈴木が割り込んできた。

「北方領土では、まさか医師だと名乗ったわけじゃないだろうな」

「もちろん名乗ったさ。国家試験に合格している自信はあったからね。ライセンスさえあれば、世界中どこでも医者だろ？」

「そりゃ法律上では完全にアウトだぜ。これで速水の出張先は極北救命救急センターに決まりだな。東城大のシニア出張のジッツとしては最果ての病院だよ」

「北はイヤだな。寒いのは苦手なんだ」

速水は肩をすくめて続ける。

「とにかく言いたいことはひとつさ。機会を捉えて必死に観察すれば、練習は後でできる。それがポリクリであれ収容所の医務室であれ、外科手技の基礎くらいすぐに身につくさ」

世良はそこで居場所を離れたので新人同士の会話が、最後にどのように幕を閉じたのかは知らない。

だが新人たちが、速水を中心にまとまりつつある雰囲気は感じられた。

——すぐに追い抜きます。

学生レポートのくせに、教官に向けて叩きつけられた挑戦状が再生される。

世良は首筋にひやりとした刃を突きつけられた気分になる。

そんな中、速水は次々と、医局の習得記録を塗り替えていく。

採血・点滴＝三日目。皮膚縫合＝七日目。ＩＶＨ（中心静脈栄養管挿入）＝十四日目。外科手術第二助手手洗い＝二十日目。甲状腺腺腫術者＝三十二日目。

速水は、これまでの教室の最速記録を次々と塗り替えていった。

教えた先輩が習得具合をチェックし、合格のハンコを押すので進行具合は客観的にわかる。特に大学病院での術者経験は通常ならば半年以降なので、速水の速度は異例だった。

これは速水が一年生離れした実力を持っていたからだが、同時にそれだけではなく、ある種のツキを持ち合わせている、ということでもあった。

速水の韋駄天《いだてん》の習得の様子はいつしか、佐伯外科の中でも話題になり始めていた。

世良は速水の足音がすぐ後ろに迫ってきているのを、ひしひしと感じた。

12 紆《う》余《よ》曲《きょく》折《せつ》

六月六日（木曜）

気象庁が梅雨入り宣言して数日後、天城から呼び出しがかかった。しばらく新入医局員・速水の快進撃に気を取られていた世良は、久しぶりの呼び出しに不安を感じながら、赤煉瓦棟に向かう。案の定、天城は今日の空模様のように不機嫌だった。

「上杉会長が日和りやがった。七月に手術をすると通告したら、今日になって公開手術はいやだ、と言い出しやがった」

珍しく下品な口調の天城に、世良は言う。

「一般市民として、気持ちは理解できます」となだめても天城の怒りは収まらない。

「本人は眠っているから、公開しようがしまいが関係ない。おまけに公開手術を反故《ほご》にしたらダイレクト・アナストモーシスはやりませんと脅したら、普通の手術でいいとほざきやがった。大方、維新大《いしんだい》の菅井《すがい》あたりに入れ知恵されたんだろう。それならありきたりの内胸動脈バイパス術にしてやる」

世良はウエスギ・モーターズ会長の元主治医で学界の重鎮の菅井教授のにこやかな表情を思い浮かべる。いつも笑顔の人間は信用できない、と世良は思う。

ありきたりと言ってもそれだって世界最先端の技術だ。他愛もないやり取りで天城の凄さを思い知らされる。天城の激高は抑えきれないと見た世良は、話題を変えた。

「ところで今度はどんな風に公開手術をする予定だったんですか？」

「桜宮市医師会の定例会でやろうと思ったんだ。医師会にはまだ伝えていないが」

「それなら普通の手術でがっぽりお金を頂戴すればいいじゃないですか」

「どういう風の吹き回しだ？　ジュノが下品なカネのことを口にするなんて」

「俺は天城先生みたいに、お金にこだわる医者は苦手ですけど、お金がたっぷりあるのに細かいことをごちゃごちゃ言って値切ろうとするケチな人はもっと苦手でして」

世良が言い訳すると、天城は嬉しそうに手を打って笑う。

「トレ・ビアン。目が覚めたよ。そうか、カネをたっぷりせしめればいいのか」

世良は、うっかりして天城をあらぬ方向で元気づけてしまったのを後悔する。

だが考えてみればそれはあらぬ方向ではなく、天城の性向に沿ったアドバイスだ。

「ジュノの忠告に従い上杉会長の手術は公開せず、内胸動脈置換術にして手術費用をたんまりいただく。メンタル的にもファンタスティックな解決策だよ、ジュノ」

天城は机上のチェスの駒を動かす。盤上には見慣れない駒が置かれている。

世良はその駒を取り上げる。それはもうひとつの騎士（ナイト）だ。

ただし他の駒は紫水晶《アメジスト》と黒曜石なのに、その駒だけはルビーのように赤い。

「これは？」と訊ねても、天城は笑みを浮かべ答えない。その瞬間、世良は理解した。

――これは速水だ。

世良に苦い感情が立ち上る。天城は世良の様子を気にとめず軽やかに立ち上がる。

「方針が決まったところでウエスギ・モーターズへ術前問診に行くか」

窓硝子に雨粒が付着する。天城は取り上げた鍵を投げ捨て、取り替える。

「梅雨時は鬱陶しい。雨ならヴェルデ・モトにしよう」

そう言いながら顔をしかめた。世良は思わず笑いをかみ殺す。

かつてイタリアのルキノ社の社長を手術した時、代価としてせしめた世界的名車、ガウディの特注品。格調高い車種なのに梅雨時に緑のガウディを考えると、なぜかアマガエルの姿が連想される。おそらく天城も同じことを考えていたに違いない。

ガウディがウエスギ・モーターズ本社の広大な敷地《しきち》に到着した昼過ぎ、雨は本降りになった。アポはなかったがスムーズに応接室にたどりつけた。

五分ほど待たされた後に出てきたのは、上杉会長ではなく秘書の久本だった。

「急なアポでしたので、上杉会長のお時間が取れませんでした。申し訳ありません」

窓の外の雨模様を眺めながら、天城は頬を歪めて、笑う。

「構いませんよ。手術も秘書のあなたが代理で受けるんでしょう」

痛烈な皮肉に、一瞬表情を変えた久本だが、すぐ有能な会長秘書の仮面をつけ直す。

「先日お願いした件はどうなったのでしょうか」

「上杉会長の意思は出来る限り尊重することにいたしました。公開手術の適用及びダイレクト・アナストモーシスの適用は、上杉会長のご希望通り、どちらも見送ります」

「それはよかった。ご理解、ありがとうございます」と久本は明るい声で言う。

その瞬間、窓の外に稲光が走り続いて雷鳴がした。天城は低い声で告げた。

「その代わり費用はビタ一文まけません。以前申し上げた通り耳を揃えてきっちり三億円、スリジエ財団に寄付していただきます。よろしいですね」

「会長に今一度確認しますが、おそらく大丈夫かと」

「上杉会長の個人総資産からすれば、三億など端金《はしたがね》ですものね」

久本はうっすら笑い天城を見た。それから尋ねる。

「手術予定日と事前準備についてお知らせ下さい」

「予定日は七月上旬、場所は東城大学付属病院。他の手術との兼ね合いがあるので、手術日程の融通は利きにくいことをご理解ください」

「私立医大は、かなり融通が利きますが」

「維新大なら厚遇してくれるでしょう。ご希望ならば、そちらでどうぞ」

「会長は天城先生の執刀を望んでおられますから、その可能性はありません」

棘を含んだ天城の言葉に久本は弱々しく答える。維新大の菅井教授は上杉会長のかかりつけ医だが、手術不能と放り出され天城にたどりついた経緯があったからだ。

「維新大に術前検査情報の提供をお願いしましたが拒否されたので、手術の二週間前に三日ほど、検査入院していただき血管造影を行ないます」

「あの危険を伴う検査を、もう一度やらなければならないのですか」

困惑した久本の声に、天城は肩をすくめる。

「文句があるならフィルムを出さない維新大に言ってください。本来まず維新大に紹介状を書いてもらうという手続きをせず、内密に手術依頼したせいで菅井教授がへそを曲げたんですから、自業自得ですがね」

久本の顔が歪む。自動車業界トップで経団連会長も務めた上杉会長の唯我独尊っぷりは内外に知れ渡っていた。久本はスケジュール帳に書き込みながら言う。

「事前の検査入院の件は調整します。六月中旬、三日程度ですね」

うなずいた天城は立ち上がり、部屋を出て行こうとして、振り返る。

「上杉会長は、私の手術を受ける際の洗礼、シャンス・サンプルをパスしています。それがどれほどの特権であるかということを、ご理解いただきたい」

久本が怪訝そうな顔をしたので、天城はにやりと笑って続ける。

「つまり、財団への寄付はきちんと遂行して下さいね、ということです」

「善処します」という久本の答えを聞いて、天城と世良は部屋を出て行った。


大粒の雨を避けるようにヴェルデ・モトの車内に駆け込み「これで一件落着ですね」と明るい声で言う世良と裏腹に、天城の声は浮かなかった。

「ジュノ、商売で一番大変な部分が何か、知っているか？」

「契約を締結することでしょう？　だから今日の会見は大成功じゃないですか」

「甘いな。商売で一番大変なのは売掛金の回収だ。モンテカルロのシステムは事前払いで問題はなかったが、今回は上杉会長が手術の後で支払いをごねる可能性がある」

「まさか。だって相手は天下のウエスギ・モーターズの会長ですよ？　いくら何でもそんなセコい真似はしないでしょう」と世良は目を見開く。

「私もそう祈りたいが、カネが絡むと思いもよらぬことが起こるものだ。上杉会長が費用を払うつもりなら今日の会見には万難を排して顔を出したはずだ。自分の身体のことだからね。顔を見せないということは私たちの話を陰で盗み聞きし、対応を模索した可能性がある。くだらない心配をしなければならないあたりが狭隘《きょうあい》な島国・日本の限界だ。そんな日本から、世界を率いるような人物が育つわけがない」

それから天城は世良に笑いかける。

「ひとつ質問したい。ジュノにとって、あるいはジュノが敬愛するクイーン高階は、代金を踏み倒す可能性がある患者を手術することも当然の義務だと考えるのか？」

あまりに直截的《ちょくせつてき》な天城の問いに、世良は答える術をなくして黙り込む。

「上杉会長が気持ちよく三億を払ったらその時は、私を下劣な守銭奴と罵り、最低の外科医だとふれ回っても構わないぞ」

天城は運転席の窓を全開にする。雨粒と天城の捨《す》て台詞《ぜりふ》が世良の頬を打った。


「と、こんな感じです。医師として天城先生の姿勢をどう思われますか」

天城のヴェルデ・モトが小雨を切り裂くように桜宮市街を疾駆していたその頃、ウエスギ・モーターズの会長室では秘書の久本が目の前の男性にそう言った。

「言語道断ですね」

隣の部屋で様子を聞いていた高階講師は、短い言葉で天城を断罪した。

窓の外では雨足が激しさを増している。久本は我が意を得たり、と続ける。

「そもそも維新大の菅井教授と会長の関係は今も良好です。菅井教授がフィルムを出さないのは、天城先生の姿勢に対する抗議で、自分の主義と会長への誠意の板挟みになった菅井教授が帝華大の西崎教授に相談され、高階先生にたどりついたのです」

「……魑魅魍魎のネットワークは、げにすさまじきもの、かな」

久本に聞こえないように小声で呟くと、高階講師は顔を上げる。

「会長は寄付金など出す必要はありません。スリジエセンターは日本に不要な施設です。そんな徒花《あだばな》を桜宮に花開かせてはならない。会長は天城先生の手術を受けて下さい。こちらで全力を挙げて寄付の請求を阻止します」

「心強いお言葉ですね。よろしく頼みます」

高階講師は立ち上がる。胸中をふと、自分の判断は本当に正しいのかという疑念がよぎる。結果的に自分は、嫌悪するエスタブリッシュメントの帝華大の恩師の西崎教授や維新大のフィクサー、菅井教授を利しているだけのようにも思えた。

会長室の扉を閉めながら、高階講師は浮かんだ疑念を頭を振って追い出す。

——医療をカネ主体のシステムに組み替えれば、貧しい人々が困るんだ。

ふと、先日の公開手術での患者家族の感謝の言葉が浮かんだ。

会場からの義援金を手にしたアロハシャツ姿の不良息子は、言った。

——神さまみたいな先生だな、あんたは。

その言葉を追い払い、高階講師は足早に外に出た。雨足が弱まったのを両手を拡《ひろ》げて確認すると、傘もささず鬱蒼《うっそう》とした森に姿を消した。

五日後。付属病院三階の病院長応接室では、定例の医局運営会議が開催されていた。場にはいつものメンバーが揃っていた。佐伯教授、黒崎助教授、高階講師、垣谷講師、天城スリジエセンター総帥、そして書記の世良医局長だ。天城が口を開く。

「ご報告します。上杉会長の手術日が決定しました」

「まさか上杉会長の手術まで見せ物にするつもりではなかろうな」

黒崎助教授が問い詰めると、天城は肩をすくめる。

「その予定でしたが、上杉会長の意向もあり、今回は非公開とします」

「当然だ。毎回、手術を見せ物にされては、医療の本質が壊れてしまう」

「医療ってヤツはそんなヤワではないと思いますがね」

天城の反発を無視し、垣谷講師が事務的に尋ねる。

「手術日、ならびに循環器内科への事前検査の入院日程はどうなっていますか？」

「手術予定日は七月十日の水曜日。東城大学病院の手術室をお借りします。手術室の事前予約は押さえ、アンギオ（血管造影）は六月中旬、スリジエで行ないます」

「それは無理です。東城大ではアンギオは循環器内科の専権事項ですから」

「心臓外科医が手術患者のアンギオをしないのですか？　それじゃあ術前評価は他人《ひと》任《まか》せだ。あまりに無責任だ」と天城は驚いて尋ねる。

黒崎助教授はじろりと睨んだ。

「新病院が立ち上がった時からの取り決めだ。心血管外科グループとしては不本意だが、それがルールとなっているんだから如何《いかん》ともし難い。それに東城大はすべての教室が一心同体、ならば内科で行なわれた検査は我が佐伯外科での検査でもある」

「屁理屈《へりくつ》ですね。先日の梶谷さんのケースでは循環器内科をすっ飛ばしましたから、例外はあるんでしょう？」

「紹介病院の検査データがある場合、循環器内科の検査は省略されることはあります。でもあれはきわめて特殊なケースでした」と垣谷講師が首を振る。

高階講師が咳払いをして、口を挟む。

「院内ルールに従い、循環器内科の江尻教授と検査日程を相談して下さい。すべてはそれからです。天城先生の手術は二例実施されていますが、どちらもイレギュラーな展開です。新入医局員も入局したことですし、彼らの教育の観点からも東城大のシステムに従い手術は実施していただきたいものです」

「私の手術はじゃじゃ馬クンへの影響が大きすぎる、というのが本心でしょう？」

天城はにやりと笑うと、図星を衝《つ》かれた高階講師が気色ばむ。

「これは個人的問題ではなく、病院組織の整合性を取るというシステム上の……」

「ま、そういうことにしておきます。ではまず江尻教授と交渉し、取りあえず七月十日の予定で進めますが、交渉が決裂したら手術日を延期します」

「安請け合いをしているが、江尻教授の性格を知っているのか？　江尻教授という方はワシ以上に、規律に厳しい方だ。その調子では苦労するぞ」

「もちろん存じ上げています。昨年、病院全体運営会議で初めてお目に掛かった際、独断専行するなと叱られました。でも話せばわかっていただける方だと思っています」

黒崎助教授の問いかけに答えると、天城はにやりと笑い立ち上がる。

「では私は直ちに江尻教授との交渉に入るので、またジュノをお借りしたい」

高階講師が書記として議事録を作成している世良に尋ねる。

「病棟業務がなければ天城先生の手伝いをしなさい」

垣谷が、世良がつけていた議事録に手を伸ばし、「書記を代わろう」と言ってくれた。「江尻教授の了承を得たら、直ちに医局運営会議を臨時招集したいのですが」

天城の申し出に、黒崎助教授が口を開く。

「臨時医局運営会議は参加メンバーの誰かが要請すれば開催できる。お前がこき使っている小坊主も医局長で構成メンバーだ。臨時開催したければ小坊主に頼め」

「おや、ジュノはいつの間にか、ちゃっかり出世をしていたんだねえ」

「これも天城先生のおかげです」

天城の皮肉なちゃちゃに世良が即答すると、天城は微笑する。

「では医局長、その線でよろしく」

「先生方も了承されているようですので、大丈夫です」

天城と世良が姿を消すと、沈黙していた佐伯教授が口を開く。

「小天狗、何を企《たくら》んでいるんだ？」

高階講師は顔を上げると、佐伯教授の白眉を見つめる。そしてぽつんと呟く。

「なあに、大したことではありません。佐伯外科の秩序を守ること。それから日本の医療を守ること。私が考えるなんて、せいぜいそのふたつくらいです」

腕組みをして目を閉じた佐伯教授は。重苦しい静寂に包まれて、目を開く。

「小天狗、お前の判断は私の判断だ。思う存分やるがいい。ただし……」

言葉を切って、佐伯教授は高階講師の目の奥をのぞき込む。

「……ただし、秩序にはさまざまな次元がある。私には私の秩序があるが、それは必ずしも小天狗の秩序と一致しない。そのことは胸に刻んでおけ」

「ではお訊ねします。私の秩序と教授の秩序が違った時はどうすればいいですか」

佐伯教授はちらりと黒崎助教授を見てから、うっすらと笑う。

「簡単なことだ。その時は私の秩序と小天狗の秩序が衝突する。それだけさ」

「つまり、全面戦争になるということですか」

さらさらと議事録を書き留めていた垣谷のペン先が停止し、黒崎助教授が唾を飲む。

病院長室の空気が凝固した。すぐに佐伯教授の朗らかな声が響く。

「今さら改めて聞くことでもあるまい。それを全面戦争と呼びたければ好きにすればいい。そうであれば私たちはとっくに全面戦争状態にあるのだからな」

高階講師は、にっと笑って立ち上がる。

「了解しました。では業務に戻りますので、これにて失礼します」

高階講師が部屋から姿を消すと、残った黒崎助教授と垣谷講師に厳かに言い渡す。

「天城が江尻君と期日内に話をつけてきたら、全面的に協力するように」

何か言いたげに口を開き掛けた黒崎助教授は結局、何も言わずにうなずく。

「ＶＩＰ患者の手術が成功すれば東城大の評価ははね上がる。だが失敗したら……」

佐伯教授がそこで言葉を止めた。黒崎助教授と垣谷講師は、顔を見合わせた。


とりあえず世良にアンギオの予約を通常通りに取らせようとして案の定、無下に断られた様子を見届けた天城は、その足で循環器内科学教授室に向かう。

その背中に、世良は尋ねる。

「江尻教授とのアポはあるんですか？」

「同じ大学内部の職員同士、そんな格式張ったことが必要なのか？」

教授に対してあえて〝職員〟という用語を使った天城に、すかさず言い返す。

「アポを取って教授にお目に掛かるのは礼儀です。同じ大学人同士という論理も通用しません。天城先生のスリジエセンターは、東城大とまったく無関係な組織ですから」

天城はノックをしかけた手をおろし、世良に向き直る。

「ジュノにしては理路整然とした指摘だが、そんな些細《ささい》なことにこだわる理由はおよそ推測はつく。江尻教授はつまり、そういうことを気にする人物なんだな？」

世良はうなずく。

「アポなしで飛び込めば、却って事態がこんがらがってしまうんじゃないかと心配してます」

「確かにああいうタイプは、ものごとをややこしくすることで自分の力を誇示したがる。だが今回に限ってはアポなしの方が効果的なんだ。何せ緊急事態だからな」

天城は扉をノックした。どうか江尻教授が不在でありますように、という世良の願いは天に届かず、どうぞ、という甲高い返事が聞こえた。扉を開けると、背広姿の江尻教授は老眼鏡をずりあげながら、書類から顔を上げ、こちらを見ていた。

「アポイントなしに、いきなり副病院長の部屋を訪ねるのが欧米流かね」

言わんこっちゃない、と世良はどぎまぎするが、天城はしゃあしゃあと言う。

「緊急事態です。循環器内科の既得権益が侵されようとしています」

江尻教授は目を見開く。まじまじと天城を見つめていたが、小声で言う。

「入りなさい」

天城はうなずき、ちらりと世良を見てVサインを送る。

江尻教授はソファに座ると、天城と世良にもソファを勧めた。

「既得権益などというあやしげな表現は控えてもらいたい。さようなものはわが循環器内科には存在しません。そんなことを言われたら周囲から誤解されかねません」

そう言いながら江尻教授は、落ち着きのない視線であちこち眺める。後ろめたさ全開の江尻教授に天城が言う。

「循環器内科学教室には既得権益があるというのは思い違いだったんですか。わかりました、ではこれ以上は何も申し上げることはありませんので失礼します」

天城は中腰になる。江尻教授はあわてて両手を挙げる。

「お待ちください。既得権益、という言葉に対する見解に相違があるかもしれません。循環器内科の本分ならば対応せねばなりません。とりあえずお話を伺いましょう」

あわてふためく江尻教授の様子を見て、世良は笑いを噛み殺す。これではどう取り繕っても、江尻教授周辺に既得権益があるようにしか見えない。天城は言う。

「実は術前の心血管造影検査を、佐伯外科で行なうことになりそうなんです」

「それは既得権益の侵害ではなく、単なる約束違反です。アンギオは循環器内科に任せる、というのが新病院完成時の合意事項なのですから」と江尻教授は目を見開く。

「ですが今度の緊急バイパス術の術前アンギオを佐伯外科でやるようでして」

「どうしてそんなことになったんですか」

江尻教授は甲高い声で天城をなじる。

「来月初旬のバイパス術にアンギオをお願いしたら予約できませんでした。するとオペに間に合わない。相手はＶＩＰで、このままでは他院に逃げられてしまう。それを危惧した佐伯教授の鶴の一声で、総合外科でアンギオをやることになったのです」

ここに来る前、天城が世良に予約を取らそうとして断られた実体験に基づく話をはめ込んだので、信憑性《しんぴょうせい》は抜群だ。江尻教授は、うろたえて言う。

「確かにウチのアンギオ予約はいつもいっぱいです。身の程知らずのＶＩＰも思いの外、多いものですしね。ところでそのＶＩＰとはどなたですか」

「ウエスギ・モーターズの上杉会長、というお方です」

紅茶カップに口をつけた江尻教授は、思わず紅茶を噴き出し咳《せ》き込《こ》んだ。

「上杉会長と言えば桜宮では最上級のＶＩＰじゃないですか。なぜそれを最初に言わないんですか」

天城は吹きかけられた紅茶を、白いハンカチーフで丁寧に拭き取り、言う。

「ＶＩＰと名乗る者は身の程知らずが多いという、教授のお言葉に同感したもので」

「直ちに会長の検査予約を入れます。ちなみに会長のご希望はいつでしょうか？」

「来週火曜日が第一希望のようです」

江尻教授は受話器を取り上げ、検査室に直接電話を掛け予約を取った。

「上杉会長には、循環器内科の江尻が全力を挙げ善処いたしますのでご心配なく、とお伝えください」

「了解しました。検査に関する一切は江尻教授にお任せしますので、よろしく」

天城は立ち上がり、優雅に一礼すると、部屋を出て行く。

世良が後を追うと、エレベーターホールで待ち構えていた天城は、にっと笑う。

「とまあ、こんな具合だ」

「……恐れいりました」と世良は心服して、ぺこりと頭を下げる。

「それじゃあ早速に本夕、臨時医局運営会議を招集してくれ。時刻は十七時だ」

「今日の夕方ですか？」

エレベーターホールの壁時計の時刻は三時。午後五時招集はやれないこともない。

「善は急げ、と言うだろ？　心配するな、単なる結果報告だから」

世良は会議の構成員に連絡を取るため、ナースステーションに向かう。

垣谷は連絡がつかなかったが、佐伯教授、黒崎助教授、高階講師とは連絡がついた。

黒崎助教授は驚き、高階講師は「早すぎる」と呟き、佐伯教授は「わかった」と答えた。無事に連絡を終えた世良はほっとして、天城に報告した。

午後五時。天城が江尻教授の回答を、医局運営会議のメンバーに伝えた。

「というわけで来週火曜に江尻教授の教室でアンギオをしていただきます。これで七月の手術スケジュールは確実です」

「よくこんなゴリ押しを江尻教授が承諾したな。どんな手練手管を使ったんだ？」

黒崎助教授が疑わしげな声で尋ねると、天城はへらりと笑う。

「患者が上杉会長だと言ったら一発でした。持つべきものは名声と地位ですね」

佐伯教授は片手を挙げた。

「よくやった。これで私も大学病院改革に本腰を入れられるというものだ」

「それはおめでとうございます」

天城は佐伯教授の言葉の真意を理解しないまま、社交辞令的に答える。佐伯教授は、苦々しい表情になった黒崎助教授と高階講師を交互に見つめる。

「ほかに何かあれば、聞こう」

黒崎助教授も、高階講師も首を振る。佐伯教授は高階講師に言う。

「それでは小天狗、明日の病院全体運営会議は私と一緒に出席するように」

高階講師は諦めたようにうなずく。ついで世良に向き合う。

「そこの小坊主も一緒に、だ」

私もですか、と思わず問い返すと、佐伯教授はうなずく。

「うろたえるな。小坊主は医局長だから当然だ。自覚を持て」

そう言われては拒絶できない。佐伯教授は白眉を上げ、言う。

「では七月十日を上杉会長の手術日と決定する。天城総帥に全面的に協力するように」

それから、ふと思い出したようにつけ加える。

「忘れるところだった。来週水曜、学部五年の臨床講義を天城総帥にお願いする」

「私に、ひよっこの講義をさせるだなんて、どういう風の吹き回しですか？」

「私の気持ちがわからないか。これで佐伯外科がスリジエセンターの天城総帥を正式に教室の土台の一角に据えるという覚悟を内外に表明することになるんだ」

高階講師が渋面になるのを横目で見ながら、天城はうなずく。

「自由に喋《しゃべ》っていいなら大歓迎です。謹んでお受けします」

「何でも喋っていいわけではない。そんなことにならぬよう、小天狗をお目付役にする。佐伯外科の則《のり》を越えたらストップさせるぞ」

「でしたら私もお願いがあります。医局員を若干名連れて行きたい。ひとりはもちろん、ジュノですが」

「何人でも好きなだけつれていけ。細かい話は医局長に任せる」

佐伯教授の言葉で医局運営会議は終わりを告げた。黒崎助教授、高階講師が部屋を出て行く。続いて天城も佐伯教授に一礼して、部屋を出た。

扉の外では、高階講師が腕組みをして壁にもたれ、天城が出てくるのを待っていた。

「よくもまあ、優柔不断で万事に後ろ向きの江尻教授を短時間で説得できましたね。いくら相手がＶＩＰだからと言って決断が早すぎる。何か裏があるんでしょう？」

「このままではアンギオという独占既得権益を失いますよ、と脅したら一発でした」

「それで納得しました。なるほど。一足違いでしたか」

天城は首をひねり、高階講師の言葉に不思議そうな顔をした。


高階講師は研究室に戻ると電話を掛ける。

「佐伯外科の高階です。今日六時のアポですが、一件落着しましたのでお目に掛からずとも結構です。お手間を取らせました」

高階講師は受話器を置くと、ため息をつく。

「天城・世良コンビが作り出す流れは、想像以上に速い。もう一度最初から戦略を練り直さないとスリジエセンターが完成してしまう」

受話器を再び取り上げるとダイヤルを回し、発信音を聞きながら呟く。

「できればこの手だけは使いたくなかったんだが……」

そして深々とソファに沈み込むと、通話相手の声を待った。

13 佐伯爆弾

六月十二日（水曜）

翌六月十二日水曜。病院三階大会議室に病院全体運営会議のメンバーが勢揃いした。

付属病院の主要メンバーが月に一度顔を合わせるこの会議は、教授会に次いで重要度が高い。一年前、公開手術開催時に招集された会議では、ブレザー姿の天城の胸に飾られた銀の星形勲章が眩しかった。だが今日はその天城は出席していない。

世良は居心地の悪さを感じた。天城のつきそいなら世良の出席も容認されるが世良だけが出席するのは、佐伯外科の医局長といえども身の程知らずに思われた。

上席には病院長の佐伯教授が座り、左側に江尻副病院長がいる。右側は緒方《おがた》事務長で以前の公開手術の際に事務仕事でこき使われ、今もぶつぶつ不平を言っていた。他に常連メンバー三人のうち犬猿の仲の曾野《その》放射線技師長と遠藤《えんどう》薬局長は仲良く欠席。この二人はどちらかが出席すると、出し抜かれないよう必ずもう片方も出席する。つまり揃って出席か、共に欠席するかで、一部ではふたりは仲良しと誤解されている。

榊総看護婦長は姦《かしま》しい人々と距離を置き、ゆったりした空気をまとっている。病院の基本方針を決める重要な会議にしては出席者が少なく思われる。しかも六人の常連メンバーのうち二組が犬猿の仲ではぎすぎすした空気になりそうだが、その摩擦を幇間《ほうかん》的な言辞を弄する緒方事務長と上品な佇《たたず》まいの榊総婦長が中和していた。

だが今回は佐伯外科からオブザーバーが二名参加していた。佐伯教授の懐刀、高階講師と、東城大のならず者、スリジエセンター総帥天城の一の子分・世良だ。

江尻教授から見れば、佐伯外科に包囲網を敷かれているように見えるのか、そわそわ落ち着かない。さらに天城から受けた警告が脳裏に去来し、高階講師のアポがドタキャンされたことなどが相まって江尻教授の疑心暗鬼は最高潮に達していた。

議題が滞りなく終了し閉会を宣言する段になり、佐伯病院長が白眉を上げた。

「大学病院の運営方針に関し、ひとつご提案があるのですが」

江尻副病院長は、来たな、と警戒し、緒方事務長と榊総婦長が顔を見合わせる。

「おかげさまで病院長に就任し二年が経ちました。この秋には次期病院長選挙が公示されますが、私は再出馬するつもりです」

会議室はざわめく。対抗馬として出馬が確実視される江尻副病院長が青ざめている。

まさか公示の四ヵ月も前に、このような公式の場で、しかも自分の目の前で堂々と出馬宣言されるとは夢にも思っていなかったのだろう。

「公式の席上で生臭い病院長選挙の出馬宣言をなさるのはいかがなものかと」

江尻教授が咳払いをして言うと、佐伯病院長は笑顔になる。

「おお、江尻副病院長は病院長選ではライバルでしたな。少々無神経でした。でもご心配なく。この出馬宣言は現職である私に有利とは言い切れませんので」

「事前に宣言すればするほど現職有利になるのは選挙戦の常識です。その上、佐伯病院長の実績は素晴らしく、反感の声など一切聞こえてきません」

江尻教授のおべんちゃらは真実だった。佐伯体制は内外の評価が高く、二年前の選挙の時は誹謗《ひぼう》中傷が駆け巡ったが、この一年でそうしたものは完全に払拭された。

「私の提案する大学病院改革は根本的な問題を提起し、議論を巻き起こし、反感も買います。改革にかかれば次期も継続する宣言になるのは当然で、今表明しないと廊下トンビ共がやかましい。そのエネルギーも改革に振り向けたいと考えての出馬宣言であり、他意はありません」

佐伯教授の物言いは聞きようによっては、江尻教授など歯牙にもかけていないと言っているのに等しい、と世良は思う。そんな不埒なことを考えているのがバレたのか、突然に江尻教授から視線を向けられた世良は顔を伏せる。

「佐伯病院長のご提案の中身をお聞きしなければ、コメントのしようもありません。まずお話を伺いましょう」

佐伯病院長は咳払いをして、胸中で温め続けた経綸《けいりん》を語り始める。それは後年、佐伯ドクトリンとして東城大史上、名演説として語り継がれることになるがこの時、その場に居合わせた人は誰ひとり、そんなことになるとは想像もしていなかった。

「大学病院機構改革の第一歩として臨床医学部門と基礎医学教室を統合します。まず、生理学と呼吸器科を合併します。加えて呼吸器内科と肺外科のように、内科と外科が関係する場合は垣根を取り払い臓器単位に組み替え、内科で診断し外科で治療する、臓器別の総合診断治療科という普遍的な体系の新ユニットを構築します」

「それは現在の制度の解体です。思いつきの暴挙を教授会が納得するはずありません」

江尻教授が机を拳で叩く。猛然とした抗議に佐伯教授は腕を組み、天井を見上げる。糠《ぬか》に釘のような無反応ぶりに苛立ちを隠し切れず、江尻教授は質問を重ねる。

「まずはお聞かせ願いたい。たとえば私の循環器内科はどうなるんですか」

佐伯教授は江尻教授と目を合わさないようにして答える。

「生理学との合併を考えていただきます」

「外科との統合はどうなるのですか？」

それがポイントだ。外科における循環器部門は佐伯外科だ。つまりその問いは、この改革において佐伯外科はどうなるのかという、急所を衝いた問いでもあった。

佐伯教授はあっさりと答えた。

「もちろん、行ないます」

「ということは佐伯外科は、わが循環器内科の下につくんですね」

江尻教授が突きつけた刃の切っ先は鋭い。だがその刃筋はひらりと躱《かわ》されてしまう。

「最終像は確定していません。総合外科は心血管外科と腹部外科の複合体ですので」

「こうした大学病院の大改革を断行するのであれば、〝隗《かい》より始めよ〟で、まずご自分の教室の始末をつけてから、提案していただきたいものです」

「ご心配なく。佐伯外科の改編は、大学病院改革と同時に実施します。何しろ教室の統廃合など、ほんの小手調べですから」と佐伯病院長は目を細めて笑う。

江尻教授は細い目をめいっぱい大きく見開き、掠れ声で言う。

「今のが小手調べ？　では臨床・教育改革の本筋はどうするおつもりですか？」

「新人研修については一元化を目指しています」

「言っていることが、さっぱりわからないのですが。それはたぶん、私だけでなく、この会議に参加されているみなさん同感だと思いますが」

江尻教授の言葉に、周囲の人々が一斉にうなずく。その中には佐伯外科の部下である高階講師や世良も含まれている。佐伯教授は深々と吐息をつくと、言った。

「すべての新人研修医は二年間、創設される救急センターで研修させ、病院長の統括下で一元化します。つまり初期研修は巨大な救急センターで一括実施し、新人医師を鍛え上げた後で各教室に配分するというイメージです」

「冗談じゃない。佐伯先生の改革は、大学病院の解体にもなりかねない蛮行です」

気色ばんだ江尻副病院長の抗議を、佐伯病院長は笑顔であっさり肯定する。

「だがこうでもしないと日本の医療の再生は覚束ない。医療は高度に細分化され技術は進歩したが、杓子定規《しゃくしじょうぎ》な縄張り主義も跋扈《ばっこ》した。専門外だからとちょっとした切り傷も診られない内科医が大勢います。そのことで不利益を蒙るのは患者です。そんな歪みを是正するため、医療の本道に帰ろうというのが、この改革の主旨です」

佐伯教授の言葉はあまりに唐突だった。江尻教授は当然すぎる問いかけをする。

「医療の本道とは、なんでしょうか」

佐伯教授は白眉を上げる。そして朗々と言い放つ。

「患者に手をさしのべること、それだけです。今の医師は専門外だとか時間外だと言い困難から目を背ける。その是正のため救急医療をベースに初期研修を行ない医師として必須の技術習得を終えて医療業務を開始させる。これにより東城大の初期研修を受けた医師は誰でも救急対応の素地を涵養《かんよう》された医師として現場に赴くことになる」

格調高い宣言に、一同声を失った。やがて江尻教授が絞り出すように言う。

「とんでもない蛇が出てきたものです。天城先生を招聘した時から、そのようなことをお考えだったのですか？」

佐伯病院長はうっすらと笑うが、問いには答えない。江尻教授は佐伯教授の業火にあぶり出されたかの如《ごと》く質問を重ねる。

「理念は高邁ですが実行できますかね。そもそも脳外科の一分派として看板を上げたばかりの救命救急部が、すべての研修医の教育に対応するなど絵空事です」

「救急の初期研修は、わが総合外科が全面的にバックアップしますのでご心配なく」

妥当な批判に、佐伯病院長はさらりと応じた。江尻教授は、首を振る。

「結局それが本音ですか。自分の教室に新人をすべて集めることで、権力を掌握したいんですね。すべての研修医を一括管理すれば、東城大は思うがままでしょうから」

「初期研修を一括し最初の二年で外科手技の基本を徹底的に叩き込んだ後に専門を選ばせる。各教室も即戦力の若手医師が入局するのですから願ったり叶ったりでしょう」

江尻教授はそれ以上は言い返せず、わなわなと唇を震わせるばかりだ。佐伯教授は白眉を上げ、その姿を見遣る。

「確かにこれは蛮行かもしれません。でも蛮行は新世界から見れば革命の萌芽《ほうが》です。もちろんこんな大改革が一朝一夕に達成できると思っていません。手始めにふたつの試みを遂行したい。救急センターの土台作りとして手術室と外科病棟の看護部門の統合を次回の教授会の緊急動議として提案します」

「そんな無茶なこと、教授たちの賛同が得られるはずがないでしょう」

江尻教授が消え入りそうな声で言うと、佐伯教授はうっすらと笑って続ける。

「二本柱のもう一本は病院運営の権限を病院長に集中させることです。手始めに各教室が抱える特別室を一括管理します。病院長再選後、本格的に着手します」

「冗談じゃない。それは完全な内政干渉です」

江尻教授が声を荒らげたとたん、榊総婦長が顔を上げる。

「特別室は前病院長とのお約束で、完全消滅させたと記憶しております」

江尻副病院長は顔をしかめる。それは教授クラスしか把握していない闇の領域の話で、温厚な榊総婦長が特別室に否定的であることは周知の事実だ。現場の婦長は特別室が名を変えて残っていることを知っていたが、問題提起する者はいなかった。

幸か不幸か、榊総婦長は現場の最前線から離れて数年経つので、そうした実態と接さずにいた。その穏やかな風貌からは想像できないくらい、頑強な原理主義者である榊総婦長に特別室の存在が伝わってしまったことで、今後の院内政治に波紋が生じることは必定となった。

追い詰められた江尻教授は、建前を口にせざるを得ない。

「もちろんそのような特別室など、我が循環器内科学教室には存在しておりませんし、これから先も決して存在することはないでしょう」

「では存在しないものを病院長の一括管理とすることは、問題ないですね」

佐伯病院長の皮肉な物言いに、江尻教授は真っ赤になるが、何も言い返せない。

「そうしますとせっかく消滅させた悪弊を復活させることになりますわね」

榊総婦長がすかさず言うと、佐伯病院長は首を振る。

「確かに特権階級に対する利益供与は好ましくないが、私立医大では積極的に導入され病院収益が向上しています。ところで循環器内科に先日、アンギオ検査で特別な取り計らいをいただいたVIPは特別室待遇を希望していますが、このままではそのニーズに応えられませんね」

「であれば今回だけは特別に……」

渡りに船、と口を開いた江尻教授の言葉を、佐伯教授は片手を上げてさえぎる。

「江尻教授の主義を枉《ま》げさせてまで特別待遇をお願いするのもしのびない。その上、今回のVIPはスリジエセンターで手術予定のため、テストケースとして病院長一括管理特別室の第一号患者としてはまさにうってつけでしょう」

「そのやり方はすべての患者は平等だ、という東城大の基本理念に抵触します」

アンギオ実施の雑用だけ押しつけられ、実入りを取り上げられそうになった江尻教授は足掻《あが》く。だが佐伯病院長はあっさり江尻教授の思惑の上を行く。

「おっしゃる通り、特別室を総合外科学教室に設置したのでは権限があまりに片寄りすぎます。ですから病院全体を俯瞰《ふかん》し、もっとも適切な場所に設置します。現在、病室稼働率がもっとも低い病院最上階、神経内科学教室の東端の空室ふたつを潰し特別室とし、天国に一番近い部屋、『ドア・トゥ・ヘブン』と命名します」

誰もが黙り込む。これで江尻教授のクレームは完全封殺されてしまった。

「それは決定事項でしょうか」

静寂に包まれた場を破ったのは榊総婦長の声だ。佐伯病院長が答える。

「VIPである上杉会長の入院予定は迫っていますので、今回に限っては決定事項とすることで、神経内科の右田《みぎた》教授の内諾もいただいています」

江尻教授は、高階講師と世良医局長のオブザーバーコンビを交互に見ながら尋ねる。

「先日、天城先生が私のところにアポなしで来たのも、その後で高階先生がアポをドタキャンしたのも、すべては佐伯病院長の意向を達成するためだったのでしょうか」

江尻教授の震える声に、高階講師は即答する。

「誤解です。と言ってもこの状況では信じていただけないでしょうが」

「当たり前でしょう。私も、そんなたわ言を真に受けるほどお人好《ひとよ》しではない」

高階講師の隣の席で、世良はひたすら首を振る。だがその様子が目に入っていない様子で、激した江尻教授は続ける。

「大学病院全体に影響を及ぼすかような大改革を、こんなささやかな会で発表するなどそもそもおかしい。これは教授会で説明するのが本義でしょう」

「次回の教授会で行ないますが、この病院全体運営会議での討議こそが本義です。これは臨床医学の問題というよりも、大学機構ならびに教育の問題ですから」

「佐伯病院長は大切なことを忘れておられる。病院長選挙の投票権は教授にある。他の教授の権限を縮小する方針を打ち出し、敵に回して勝てると思っているんですか？」

江尻教授が声を震わせて訊ねると、佐伯教授は答える。

「勝てる、とは思っていませんが、勝たねばならない、と思っています」

榊総婦長が手を挙げる。

「ひとつだけ確認させていただきたいことがございます。今の佐伯病院長のお話は、これまで非公然だった特別室を、大学病院として公式に打ち出そうとしているという理解でよろしいでしょうか」

佐伯病院長は、しばらく榊総婦長を見つめる。

だがやがて、おもむろにうなずいた。

榊総婦長は静かに言う。

「わかりました。できれば手術部と総合外科の看護部を統合するというご相談を受けた時に、そうしたお話も伺えればよかったです。そうすればいろいろ様相も変わったでしょう。でもこうなってしまっては仕方がありません。看護部の対応は考えさせていただきます」

一瞬、ひんやりとした空気が場を覆った。

佐伯病院長は、白眉を上げてうなずく。

江尻教授は、がたりと椅子を鳴らして立ち上がる。

「こんな横暴な病院長に東城大の舵取《かじと》りを任せるわけにはいかない。この場で私も出馬宣言する」と言い放ち、そのまま、足音も荒く部屋を退出してしまった。

他には誰も何も言おうとしないのを確認し、佐伯教授は厳かに閉会を宣言した。

残った出席者は一斉に立ち上がると、そそくさと部屋を出て行く。誰もが一刻も早く、今得たばかりの特上の院内情報を解析するために急ぎ足になっていた。

部屋には佐伯教授の腹心・高階講師と、逆賊天城総帥の代理人・世良が残った。

「まさか、ここまで過激なことをお考えだったとは」

そう言った高階講師が絶句する。佐伯教授が尋ねる。

「小天狗、お前ならこの改革の最終目標地点をどのように設定する？」

高階講師は腕を組んで考え込む。そして言う。

「病院長のみが高みに君臨し、他のすべての者を平等に落とし込むフラットな組織、あたりでしょうか」

佐伯教授は高階講師を凝視していたが、やがて大笑いを始めた。

「どうすればそんな無茶が可能になるのかな？」

「限りなくそれに近い組織に改変することは、今の実情でも可能です。その第一歩が救急センターと大学病院との有機的な協調運用です。病院長直轄の救急センターで全患者を初診し専門科に振り分ければ、従来の医局の枠組みも温存できる。でも、いざ実施しようとすれば困難を極めるでしょうね」

「ほう、なぜだ？」

「このシステムが完成した暁にはただひとり、病院長のみが高みに立ち、他のすべての人間はその風下に立たされるからです。すると新人と旧来の教授連がまったく同じ地位になってしまう。そんなことをあの無能で誇りだけは高い教授連が容認すると思いますか？」

佐伯教授は楽しそうに笑顔を浮かべ、うなずく。高階講師は続ける。

「だが救急センター創設は、その後に展開すべき専門医制度創設と同時に進行しないと画餅《がべい》になってしまう。つまりドラスティックな組織改革をしながら、同時に従来のシステムのブラッシュアップをしなければならず、それはブレーキを踏みながらアクセルをふかすようなものですので、命じられた組織は途方に暮れ、活動停止状態に陥りかねません」

佐伯教授は高階講師の顔を見つめて、言う。

「見事な講釈だが、その解釈には小天狗の意志が見えないな。小天狗、お前はこの改革をやりたいのか、やりたくないのか、どっちだ？」

高階講師は首を振りながらうつむく。

「この改革は困難を極める分、豊穣《ほうじょう》な果実を佐伯外科にもたらすでしょう。手術室とＩＣＵを一手に収めれば、すべての診断科は佐伯外科の影響下に入ることになる。それはいみじくも江尻教授が言い当てたように、佐伯独裁体制が確立する、ということです」

「御託は聞き飽きた。要は小天狗、お前はこうした改革に足を踏み入れる覚悟があるのかどうか、を聞いているんだが」

高階講師はうっすら笑う。

「覚悟？　そんなものはありません。ご用命が下れば、死にものぐるいで忠勤に励むだけのことです。私には、東城大に君臨しようなどという野心はございません」

佐伯教授は白眉を寄せ、高階講師を凝視した。

やがてその視線を高階講師から世良に移す。

「小天狗の気持ちはわかった。では小坊主、天城に伝えろ。救急センターを創設し総合外科学教室に内包させ、併設するＩＣＵに初期研修を一括委託する。その気があるなら天城に救急センターと初期研修システムを統治させてやる、とな。そう伝えればきっと飛びついてくるだろうよ」

世良はごくりと唾を飲む。

高階講師は佐伯教授の白眉を凝視し、絞り出すように言う。

「それは東城大を天城先生に売り渡すようなものです」

佐伯病院長は、静かに首を振る。

「そうではない。これは最初の一手にすぎない。これから各自が知力を尽くせば、最後がどうなるか、私にも想像がつかない。ただし……」

そこで言葉を切り、佐伯教授は高階講師と世良医局長を交互に見ながら言う。

「……ただし、この流れに身を委ねていれば、いずれ東城大は日本中から注視される存在感を持つだろう。そしてそれは、将来崩壊に至るであろう、日本の医療の再生の礎となるはずだ。とはいえこうしたことを達成するには返り血を浴びることは必定。であれば自らの意志で踏み込んでくる覚悟のある者でなければ、この大役を任せるわけにいかないのだ」

佐伯病院長は、死刑宣告をするかのように高階講師に告げると、咳払いをする。

そしてゆっくりした足取りで部屋を出て行った。

残された高階講師と世良のふたりは、黙り込む。

青ざめた顔をした高階講師が言う。

「世良君、研究室の責任者として命令する。今の佐伯教授の伝言を天城先生に伝えてはならない。そしてこれから天城先生へのオーダーは、逐一私に報告するように」

世良は目を見開く。

「そんなことをして、いいんですか？」

「スリジエセンターが出来たら、東城大の秩序はがたがたになり、ゆくゆく東城大は崩壊してしまう。だとしたら、私たちはそれを防衛する義務がある。そうは思わないか、世良君？」

高階講師の強い眼光に、世良は戸惑う。

だが今は黙ってうなずくより他はなかった。

14 ドア・トゥ・ヘブン

六月十八日（火曜）

午前十時。病院の表玄関に白衣姿の医師が十数名、整列しているところへ、黒塗りの高級車が滑り込んできた。ウエスギ・モーターズが誇る最高級車〈エターナル〉だ。

中央に白衣の下に背広とネクタイを着た江尻副病院長が臨席している。医局員総出の出迎えには女医の姿もちらほら見える。整然とした行列の端に、別系統の三人の医師が居心地が悪そうに佇んでいる。病院長直轄特別室、ドア・トゥ・ヘブンを委託された神経内科学教室の右田教授と有働《うどう》助教授、そして手術を実施するスリジエセンター天城総帥の名代にして総合外科学教室医局長・世良雅志《まさし》だ。

車が止まると助手席から降りた会長秘書の久本が、素早く後部座席の扉を開く。

こつん、と銀の杖の音が響き、ウエスギ・モーターズを一代で自動車業界トップに押し上げた創業者、桜宮の生ける伝説、上杉歳一《としかず》会長が悠然と姿を現した。

江尻教授が直角にお辞儀をし、医局員が倣う。その様子を東城大に通院している患

者や家族が眺めている。江尻教授と部下たちはたっぷり二十秒は頭を下げ続けてから
ようやく頭を上げ、上杉会長の手を取る。

「検査担当の江尻です。三日間、お寛《くつろ》ぎいただけるよう配慮をさせていただきます」

上杉会長は鷹揚にうなずくと、周囲を見回した。

「江尻教授自らお出迎えくださるとは恐縮です。このたびはありがとうございます。

ところで手術をなさる天城先生のお姿が見えないようですが」

「今回は検査入院でお目に掛かる必要はないとのことで、代理の者が来ております」

上杉会長は目を細め、世良を見た。その風圧に足下がぐらつく。

江尻教授が目配せすると、医局員が車椅子を差し出した。

「おみ足のお加減が優れないと伺っておりましたので」

一瞬、むっとした表情を浮かべた上杉会長は、すぐ穏やかな表情になって言う。

「杖は必要ですが、足は丈夫でしてな。何でしたら階段でも構いませんよ」

「特別室は最上階で、若手でも途中で息切れしてしまう場所なんです」

「最近の若者がひ弱だというのは、本当なのですな」

水戸黄門《みとこうもん》のような笑い声を上げた上杉会長の後をぞろぞろと白衣姿の医師が従う。

ホールで医局員がエレベーターを一基待機させていた。上杉会長と秘書の久本に続き
江尻教授と右田教授、有働助教授、そして有象無象の医局員が乗り込む。

満員ランプが点灯する。気の毒そうな顔と意地悪な表情が混じった群像を、世良は見送った。エレベーターは次々に目の前を通過していく。世良は覚悟を決めホール裏手の非常階段に向かう。螺旋《らせん》階段を駆け上がるが総合外科がある五階で息切れする。一年間の大学病院勤務は世良の基礎体力を削ってしまった。五階から上は掛け声を上げながら上り、ようやく十三階の神経内科病棟、別名極楽病棟にたどりつく。非常階段の扉を開けるとお年寄りの患者とばったり顔を合わせる。

「まあまあ、これはこれは。ご苦労さま」

浮世離れした挨拶と共になぜかバナナを一本渡された。ポケットにそのバナナを収め、肩で息をしながら一礼し、つきあたりの特別室を目指す。場所はすぐわかった。部屋の前に大勢の白衣姿の医師が所在なげにたむろしていたからだ。

世良は人垣を分け入り部屋に入る。ベッドサイドには会長秘書の久本、循環器内科の江尻教授、神経内科の右田教授と有働助教授の四人しかいなかった。世良は気後れしながらも、天城の名代だから、と自分に言い聞かせ、片隅に佇む。

上杉会長はベッド上で、上半身を起こし窓の外を眺めていた。

「部屋から見る桜宮の遠望は絶景ですな。おお、あそこが我がウエスギ・モーターズの敷地だ。反対方向に碧翠院の奇っ怪な建物も見える」

「この部屋は今回、上杉会長が入院なさるので急遽《きゅうきょ》、特別にしつらえさせました」

汗だくで息を切らし部屋に入ってきた世良をちらりと見て、上杉会長は微笑する。

「若者の体力の低下は酷いですな。こんなスタッフに大切な心臓をお任せできるかな」

上杉会長の皮肉に、部屋に追従笑いが満ちる。江尻教授が得意満面で世良に言う。

「せっかく駆け上ってきていただいて申し訳ないが、これから上杉会長の診察を行なうので、席を外していただこうか」

世良は咳き込みながらうなずく。同様に退席を命じられた神経内科の右田教授と有働助教授が気の毒そうに世良を見る。世良が扉のところで振り返って言う。

「検査予定の日時と検査結果をいただけるのがいつか、教えてください」

「そんな些末なことは、あとで医局長に問い合わせたまえ」

むっとした調子の江尻教授の答えに言い返せず、とぼとぼと部屋を出て行く。上杉会長の検査日程や結果報告について、世良は何一つ情報を得られなかった。

これではガキの使いだ、という天城の罵詈《ばり》雑言を想像してげんなりしてしまう。

診察しようとした江尻教授を制し、上杉会長は会長秘書の久本に言う。

「おい、あれを」

秘書の久本が大きな角封筒を差し出す。中を改めた江尻教授は驚いた顔になる。

「これは……上杉会長の血管造影のフィルムですか？」

秘書の久本がうなずくと、江尻教授は首を傾げる。

「どうしてこれがここに？　維新大の血管造影は提供いただけなかったので、ここで血管造影をすることになったはずですが」

「菅井教授は天城先生のやり方が承伏できなかっただけで、そのお気持ちは痛いほどわかりました。でも検査入院が決まり、また痛い思いをするのは耐え難いと申し上げたら、江尻教授には含むところはないということでフィルムをくださったのです」

上杉会長がそう言うと、久本がその言葉を補足する。

「このフィルムがあれば、今回の検査は不要ではありませんか？」

江尻教授は左右をきょろきょろし、視線と同じくらい落ち着きない口調で言う。

「もちろんこのフィルムがあれば再検査は必要ありません。上杉会長のお身体を考えればそれがベストですが、そうしますと私が貢献できなくなるのが残念で……」

すると上杉会長は洒脱な口調で言った。

「特別室で寛がせていただけば養生になりますし、江尻教授に差配していただけるなど望外の喜びです。検査はこちらでやったことにしていただいて結構です」

顎で久本を指すと、久本は内ポケットから封筒を取り出し、江尻教授に差し出す。

江尻教授は分厚い封筒の中身を確認すると恐縮した表情で突き返そうとする。

「あ、いや、こんなことをされては困ります」

「これはわがまま代ということで。そうでないと心苦しくて」

押し問答の末、「天下の上杉が、一度出したものを引っ込めたのでは沽券《こけん》に関わる」と押し切られ、しぶしぶという様子で江尻教授は封筒をポケットにしまいこむ。

「上杉会長の養生は、この江尻が全身全霊を挙げて対応させていただきます」

上杉会長は満足げにうなずく。秘書の久本が言う。

「では早速いくつかお願いがあります。まず、このキーフィルムは手術直前まで天城先生に見せないでいただきたいのです」

「それでは手術のリスクになりかねませんが」と江尻教授は指摘する。

「その点は大丈夫です。菅井先生が、天城先生ほどの技術があれば直前にキーフィルムだけご覧になれば対応は可能だ、とおっしゃっていましたから」

「でも、どうしてそんなことをお望みなのですか？」

久本は上杉会長がうなずいたのを確認すると、おもむろに言った。

「上杉会長は天城先生の法外な要求に気分を害されておりまして、天城先生のペースに巻き込まれたくないと思っていらっしゃるのです」

「何か失礼なことを申し上げたのですか、あのはぐれ者は？」

「天城先生はここでも異端児なのですね。実は今回の手術に関しとんでもない要求をふたつ、つきつけたのです。ひとつは会長の手術を公開手術にしたいというのです」

久本の言葉に、江尻教授は憤慨する。

「失礼にもほどがある。今から二ヵ月前、彼は桜宮市医師会協賛の外科集談会で公開手術をしておりますが、その時は生保の患者で、手術を見せ物にした挙げ句、見学者からカンパを募り手術費を捻出したそうで、良識ある先生方から総スカンを食らいました。まさか同じ事を上杉会長にもやろうとしたなんて、とんでもない話です」

「実はその時の公開手術は最初、上杉会長に持ちかけられたんです。スケジュールが合わずお断りしたのですが、今の話を伺うと、どうやら正しい判断だったようですね」

「それは何よりでした。ところでもうひとつのとんでもない要求とは何ですか」

顔をしかめた上杉会長の様子を見ながら、久本は怒りを込めた口調で言う。

「スリジエ財団に法外な寄付をするようにと要求してきたのです」

「法外、といいますと、失礼ですが、おいくらですか？」

「三億円です」

江尻教授は言葉を失う。それから絞り出すように言う。

「患者にそのような高額な寄付を強要するなど、外部に漏れたら東城大は破滅です。この件はどうかご内密に」

「しかし天城先生は、佐伯病院長の承諾を得ていると言っていました。ですからこれは東城大の総意なのではないか、という疑念があるのですが」

江尻教授は声を潜めて言う。

「先ほどの言葉は不正確でした。天城は異端児ですが、彼を佐伯病院長が支持しているのです。佐伯病院長は東城大をがたがたにしかねない危険な改革を目論んでいます。先日、公式の場で宣言したので今、大学はすったもんだの大騒ぎなのです」

久本が上杉会長に目配せをする。江尻教授はその様子に気づかず、話を続ける。

「私は佐伯政権を打倒すべく病院長選に出馬することにし、過半数近い教授から好感触のお返事を得ております。ここで会長のご支援を賜れれば盤石なのですが……」

上杉会長が厳かに言う。

「拝金主義の医療が跋扈しては社会のためになりませんな。今回の入院を機にウエスギ・モーターズは全社を挙げ、江尻教授を支援させていただきましょう」

「ありがとうございます。上杉会長のご英断で、桜宮の医療は救われました」

「その言葉は、江尻先生が病院長選に勝ち抜いた際に、改めてお聞かせ願いましょう」

秘書の久本が言うと、上杉会長はうなずいて、付け加える。

「ついてはわがままをもうひとつ。この部屋は居心地がよいので、たった二泊では少々心残りです。追加でもう一泊、ゆっくりさせていただきたいのだが」

「お安い御用です。検査予定が明後日に延期されたことにしましょう。検査を行なう必要がないので、スケジュールは思いのままですから」

三人が笑い声を上げた時、ノックの音が響いた。江尻教授が不機嫌な声を出す。

「誰だ？　診察中だぞ」

開いた扉から顔を出したのは話題の主、天城雪彦だった。三人は息を呑む。入口に立ちはだかった江尻教授の背後で、久本がフィルムの封筒を鞄《かばん》にしまう。

天城は江尻教授の痩身を押しのけ、上杉会長の枕元に歩み寄る。

「お久しぶりですね、上杉会長。ご多忙でなかなかお目通りが叶わず、手術依頼を受けてから初めての面会ですが、相変わらずお元気そうで何よりです」

「天城先生、アポも取らずに押しかけるなんて無礼にもほどがありますよ」

振り向きざまに天城は江尻教授をにらみつける。

「無礼はどちらですか。執刀医の訪問が許されない検査入院なんてあり得ない。それに私も好きこのんで訪問したわけではない。名代に検査日程や情報提供の期日も教えずガキの使い以下の扱いをしたので、私自身が直接伺ったのです」

天城の勢いに気圧され、江尻教授はしぶしぶ言う。

「天城先生は言い出したら引きませんからね。で、何を知りたいのですか？」

「さしあたって検査日程とフィルムを拝受できるのがいつか、というあたりですね」

「後ほど改めて連絡します」

「時間が惜しい。もったいぶらず、今教えていただきたい」

江尻教授は上杉会長をちらりと見てから、言う。

「外科医という蛮族はせっかちですね。アンギオの予定は明後日、午後一時からです。ただしフィルムを外科にお渡しするのはこちらのカンファレンスの終了後です。今のところ次回のカンファレンスの日程は決まっておりません」

「カンファレンス前にフィルムだけいただけませんか」

「そんなことをしたら診断をしない無責任な写真が一人歩きをしてしまう。わが循環器内科では、そのような無調法はしないことになっております」

「ならば検査を見学させていただきたい」と言われ、江尻教授の顔が引きつる。

「わが循環器内科学教室の作法として、検査中は見学はお断りしております」

「検査を見学できないですって？　閉鎖的で非常識なシステムですね」

天城は、ち、と舌打ちをする。江尻教授は皮肉な笑顔で答える。

「それがうちのスタンダードなのです。何でしたら黒崎助教授にお確かめください」

「非合理的なシステムで雁字搦《がんじがら》めにしていい医療の邪魔をする。バカバカしい。こうなったら佐伯病院長の大学病院改革が一刻も早く実現することを祈りますよ」

江尻教授の眉が、ぴくり、と上がる。天城は上杉会長に向かい合うと、言う。

「検査は江尻教授にお任せしますが、今日は上杉会長に確認を取りに参りました」

「また無理難題を言うつもりかな」

「手術をお引き受けした時に交わした約束のうち、ひとつ目の公開手術に対応するという約束は反故にされ、ふたつめの財団への寄付も未確定状態です。そんな上杉会長に無理難題と言われる筋合いはないと思うのですが」

「見解の相違だな」という上杉会長の言葉を耳にして、天城はからりと笑う。

「お願いしたいのはそれと関係のないことで、医学生を教えていただきたいのです」

「公開手術はお断りしたはずですが」と応じた久本に、天城は笑顔で言う。

「黒いはらわたを公開したくないというお気持ちは理解してます。今回は手術患者の心情を医学生に語ってほしいのです。ウエスギ・モーターズ会長じきじきに語っていただければ印象深いでしょうし、上杉会長の素顔を知ってもらうことは御社にとっても有意義です。彼らはこれから先、御社の上客になる可能性も高いわけですから」

「ですが会長のお気持ちは……」と言いかけた久本を、上杉会長が手を挙げて制した。

「授業はいつだ？」

「明日の午後です」と言われ、上杉会長は腕組みをして考え込む。

「ずいぶん、急だな。で、私は何をすればいいんだ？」

「私が会長の疾患と術式を授業します。終わったら会長に質問しますので、忌憚《きたん》ないお気持ちをお答え下さい。医学生にバイパス術の概要を理解させるための授業ですので会長にもわかりやすいはずです。それと医学生から質問があるかもしれません」

上杉会長は鷹揚にうなずいた。

「未来の医師のためと聞かされてはお引き受けせざるを得ない。明日何時からだ？」

「三コマ目で午後一時開始です。十分前にお迎えにあがります」

天城は上杉会長の同意を再確認すると、江尻教授には目もくれず姿を消した。

残された江尻教授に、久本が言う。

「これで天城先生がとんでもない要求をしていることが証明されましたね？」

「あんなヤツが大学病院を仕切るようなことになれば、桜宮、ひいては日本の医療が瓦解します。絶対に阻止しますのでご支援、よろしくお願いします」

江尻教授は深々とお辞儀をすると部屋を出て行った。

秘書の久本とふたりきりになると、上杉会長は愛想よい仮面を打ち捨てる。

「何とも頼りない教授さまだが、あれで大丈夫なのか？」

「ご心配なく。もう一つ手を打ってあります。そちらが本命です」

窓の外、遠く広がる桜宮湾の輝きに、上杉会長は目を細める。

「どれ、明日は、未来の顧客をたぶらかしてくるか」

「こんな時にも売り上げ第一とは、会長のビジネスに対する熱意に頭が下がります」

久本の言葉に、上杉会長は満足げにうなずいた。

15 生意気な医学生

六月十九日（水曜）

六月十九日午後一時。

すり鉢状の階段教室、第一講義室の底に、ブレザー型の白衣姿の天城が佇んでいた。胸には銀の糸で刺繍されたエンブレムがきらりと光る。

学生の出席は半数。午後一番の講義なので、出席率は高い。最前列に座る世良の隣に背広姿の上杉会長の姿があり、傍らに秘書の久本が寄り添う。反対側にお目付役の高階講師が腕組みをして座る。講義室の一番後ろには、長身の白衣姿の研修医が控えている。じゃじゃ馬と呼ばれる規格外の新人外科医、速水だった。

授業の手伝い要員として、天城が直接指名したのだ。世良の脳裏に、天城の居室に置かれたチェスの局面が浮かぶ。アメジストの駒に追加されたルビーの赤い騎士。

やはりあれは速水だったのだと確信し、胸中に苦い感情がわき上がる。

始業を告げるチャイムが鳴る。天城が最後部に直立不動で佇む速水に言う。

「じゃじゃ馬クン、扉を閉めてくれ。遅刻者は私の授業を受ける資格はない」

速水は、扉の内鍵を閉めた。天城は教壇に立つと周囲を見回した。

「諸君はラッキーだ。今日、私は講義をするが、私は再来年創設されるスリジエセンター総帥という地位にあるので、来年は講義はしない。ところで君たちの中で私の名を知っている者はいるか？」という問いに、指名された女子学生が言う。

「去年、サクラテレビのインタビューを拝見しました」と聞いた天城はうなずく。

「胸部外科学会シンポジウムでの公開手術後の取材だな。結構だ。では授業を始める。本日は『心臓バイパス術』について。どんな術式か、知っている者は挙手を」

数名の手が挙がり、天城は学生を指名した。そして一文で術式の要旨を述べろと条件を加えた。学生はどぎまぎしながら簡明に述べた。

「詰まった冠状動脈の血流を復旧するため、別の通り道のバイパスを作る術式です」

「エクセレント。一文という制限内では完璧な回答だ。では次。バイパス術にはどんな種類があるか。隣の君」

「大腿の静脈を使うバイパス、とか？」と指された女子学生は、小声で答える。

語尾を上げて疑問文風に答えるのは自信のない証拠だろう。

「それは正解のひとつだ。他には？」

女子学生は消え入りそうな声で「わかりません」と言うと、うつむいてしまう。

天城は慰めるように言う。

「惜しい。日本の心臓外科は古い術式しかやれないから、国内のテストなら満点だ。だが世界のトレンドは静脈グラフトから動脈置換へ移行している。動脈のバイパス素材に動脈を使うのは自然だ。静脈は血管壁が薄く、動脈圧がかかるとすぐに詰まってしまう。先年米国で行なわれた大規模なコホート研究では、静脈バイパスの八〇パーセントが五年以内に完全閉塞するという結果が出ている」

異常な高率に講義室がどよめく。上杉会長の顔を見ながら、天城はつけくわえる。

「悲しむべき事に日本には静脈バイパス術以外の術式を実施できる施設がない。日本トップクラスの帝華大も維新大も、静脈置換バイパス術しかできない。だが諸君が医師になる頃には桜宮は心臓外科手術では世界最先端の地域になっているだろう。バイパス手術の完成形、ダイレクト・アナストモーシス（直接吻合術）という術式を実施できる施設、スリジエ・ハートセンターが創設されるからだ。ではここで、世界でも、ここ桜宮でしか実施されないこの術式について講義しよう」

天城は黒板に向かって素早く絵を描く。

「バイパス術では狭窄した血管は放置し、隣に迂回路《うかいろ》を作る。迂回路の素材は従来使われた静脈と、確立されつつある動脈の二種がある。ここで第三の新しいコンセプトのバイパス術が樹立された。それが私が開発したダイレクト・アナストモーシスだ。

詰まった血管部分を切除し正常血管と置換する。迂回路ではなく崩れた道の造設を一からやり直す術式だ」

学生たちは天城の滔々とした弁論に、圧倒され引き込まれていく。

「誰でも思いつきそうな単純な原理だが、誰もやらなかったのはなぜか。それは途轍《とてつ》もなく高い技術が要求されるからだ。世界中でこの術式を行なえるのは私ひとり、だから桜宮はバイパス術において世界最高峰の都市になる」

天城の華麗な言葉に、学生たちの顔は上気する。上杉会長に「本当か？」と小声で尋ねられ、世良はうなずく。天城はそんな上杉会長をちらりと見て、言う。

「ところで今日の講義では、近日中に手術予定の患者さんが、諸君のために手術前の患者の心情を語ってくれる。学生諸君、盛大な拍手を」

一斉に拍手がわき上がると、上杉会長にマイクを渡し、天城が問いかける。

「では始めます。この手術を受けようとした決め手は何でしたか？」

上杉会長はじろりと天城を見て、答える。

「こちらにおられる天城先生が素晴らしい技術をお持ちとお聞きしたからだ」

「実に正直で、気持ちのいい回答ですね。手術を受ける前のお気持ちはいかがですか」

上杉会長は一瞬、息を呑む。やがて呑んだ息を吐き出すように、静かに答える。

「そりゃあ、不安で恐ろしいよ」

「では、どうすればその不安が解消されるとお考えですか？」

天城が畳み掛けるように質問すると、上杉会長は即答する。

「手術をして下さる先生を全面的に信頼する。それだけだ」

「模範解答ですね。学生さんから質問はありますか？」

挙手した男子学生が起立する。

「日本では正式には認められていない術式を受けようと決心したのはなぜですか」

「その手術でしか私の心臓は治せないと宣告されたからだ。好きこのんでこんな危険な手術を受けたいとは思わない」

「なぜ医学生の授業に出て下さったのですか」

「日本の医療の未来のためだ」

「ということはあなたがこの手術を受ける決断をした中には、手術の症例数を増やすという点で、日本の医療に貢献したいという気持ちもあったわけですね」

「そんなことは考えもしなかったが、そう指摘されたら、そういう部分もあるのかもしれない、と思えてきたよ」と答えた上杉会長は質問者を見た。

「ユニークな質問をする学生さんだな。君の名は？」

「彦根《ひこね》です。彦根新吾《しんご》といいます」

銀縁眼鏡の細身の学生は、そう名乗ると着席した。天城が咳払いをする。

「いいインタビューだった。実はこの方は桜宮、いや日本が誇る自動車業界のトップ、ウエスギ・モーターズの上杉会長です。諸君、今一度拍手を」

拍手と共に驚きの声が上がる。

「上杉会長の、桜宮の医療への貢献は大きい。手術が成功したら、スリジエ創設基金に三億円のご寄付をいただけるというお約束もしてくださっているんです」

どよめきの中、上杉会長は困惑した表情で振り返る。高階講師が口を開く。

「今のは個人問題と病院内部事情に関することでカリキュラムから逸脱しています」

「おお、クイーンのドクター・ストップか。仕方ない」

天城が矛を収めようとしたその時だった。教室から声が響いた。

「だとしたら追加質問があります」

先ほど質問した彦根だ。彦根は天城に一礼をすると、質問を始める。

「巨額な寄付は、治療費の一環として寄付してくださるおつもりですか?」

上杉会長は目を細めて、彦根を凝視して答えない。彦根は続ける。

「そうだとしたら、許されることではないと思います。そうなればこの手術の公定価格がその額を元に設定されかねません。すると一般市民には手の届かない治療になります。医療は万民に平等に提供される、最低限の安全保障であるべきです」

彦根は天城の目を見ながら言い切った。天城は批判した彦根を見て言った。

「こんな青臭い学生が生き残っていたとは驚いた。学生運動の挫折でこの種族は絶滅したと思っていたよ。ところで君は何科を志望するつもりかな？」

「まだ決めていません。五年生ですから」

「でも希望くらいあるだろう？　それだけはっきりした意見を持っているんだから」

彦根は考え込む。そして思い切ったように言う。

「できれば厚生省に入り、医療行政に携わりたいと思っています」

「まあそんなところだろう。で、医療行政的な観点から見ても、こうした寄付行為は許されないとお考えかな、彦根行政官は？」

天城のからかいをかわし、彦根はうなずく。

「そうです。ただでさえ医療費が国家財政を圧迫し、医療費亡国論なる論文も広く知られ、支持されている現代ですから、どこかで負担の縮小方向に転換すべきです」

「面白い。かつては反体制活動をした医学生が、今や体制擁護派とはね」

それから最前列の高階講師を見て、言う。

「ここからはカリキュラムから逸脱するが、見逃してくれないか、クイーン高階？」

高階講師はうなずく。

「学生からの自発的な疑問に答えるだけですので仕方ないでしょう。目をつむります」

高階講師の返事を聞いた天城は、彦根を見ながら言う。

「では遠慮なく。彦根君と言ったね。君は今、医療はカネがかかりすぎるから抑制し、過剰な費用をかけるべきでないと主張している。そうだね？」

「ええ、医療費増大のせいで国力が傾いたら元も子もないですから」

「その考え方は出発点が間違っている。ならばなぜ日本でそこまで医療に国費をかけるようになったか、考えたことはあるかい？」

彦根が首を振る。天城は天井を見上げ、静かに語り出す。

「社会とはゆっくり大きく揺れる、巨大な振り子だ。そのように森羅万象はうつろう。太平洋戦争が終わり半世紀、医療の振り子は極点に振れた。国民皆保険という手厚い医療が実現したのは、医療こそ当時の市民にとって一番切実な願いだったからだ」

彦根は引き込まれるように天城を凝視している。

「空襲で街を破壊され、敗戦で矜持《きょうじ》がずたずたにされた時、人々が真っ先に望んだもの、市民が一番大切に思い、誰もが手に入れたいと願ったもの、それが医療だ。その最優先の希望を達成するため、膨大な医療費投入という政策がなされたわけだ」

世良は、そんな天城の言葉をまったく違う色合いで受け取っていた。

グラン・カジノでシャンパンを舐めながら、夜な夜な高額な賭けに打ち興じたハイ・ローラーが、胸の奥では終戦直後の瓦礫《がれき》の山と、復興手段としての医療に思いを馳《は》せていたなどとは、夢にも思わなかった。

自分は一体これまで、天城の何を見ていたのだろう、と愕然《がくぜん》とする。

天城は続ける。

「日本は奇跡の復興を遂げ、世界一豊かな国になった。だがそのため初心を忘れた。国家にとって何より大切なもの、医療を第一義に考えるという理念だ。それはひとりひとりの市民を大切にするということに通じる。敗戦という高い代償を払い、ようやくたどりついた真理を、日本人はあっという間に忘れ去ってしまった。その予兆こそが医療費亡国論という薄っぺらい論文の出現だったわけだ」

「でもその論文は国家の維持に必須だったから支持されているのでしょう?」

「あれは近視眼的な官僚が進むべき方向を見極めずに打ち出した、世紀の愚策だよ。いずれあの論文が日本の医療を崩壊させてしまうことになるだろう」

「もしその論文が的外れなら、社会から支持されないから影響もないのでは?」

彦根の問いに、天城は首を振る。

「官僚たちにとって世の支持などどうでもいいことだ。官僚の唯一とも言うべき美点は倦《う》まず疲れず、常に決められた方向に進み続けること、それだけだ。そうした愚鈍な単純さは恐ろしい。その官僚が医療費削減方向に舵を切った。これから彼らは、ことあるごとに目標達成できる事案を見つけ出してはその方向に物事を進めるだろう。何も考えず、口にできるものなら何でも巣穴に持ち帰る貪欲な黒蟻《くろあり》のように、ね。そしてひ弱な市民には、もはやその不見識を押し戻す力はない。いや、待て、ひょっとして未曾有の悲劇が医療現場に起これぱその時は……」

　言いかけて言葉を切った天城は、遠い目をして、ここではないどこかに心を遊ばせているようだ。

「いや、やめておこう。仮説は所詮仮説にすぎない。ただ大きな振り子は振り切れ、逆行を始めた。間もなく幸福な医療の時代は終わりを告げる。やがてこの国の医療は、取り返しがつかないような、ミゼラブルな状況になるだろう」

「それでも僕は、医療行政の叡智《えいち》と未来を信じたいです」

　彦根の言葉に、天城はシニカルな笑顔を浮かべる。

「盲信とは無知で無垢な心が織りなす麗しい感情だ。だが私の忠告もこころの片隅に置いておくといい。医療行政に携わるなら五年、現場の医療に塗れろ。でないと実体のない虚妄の蟻塚《ありづか》の中で理想と未来を見失い、窒息してしまうぞ」

　天城の言葉は彦根の胸に響いたようだ。しばらく黙っていたが、ぽつんと尋ねた。

「医療現場に入るとしたら、おすすめはどこですか」

「外科だな。もし医療行政の道に進みたいという野心があるなら、研修先は帝華大だ。そこに座っている高階講師は帝華大出身だから、入局するなら紹介してくれるだろう。こういう縁もひとつのツキだから大切にするといい」と天城は即答した。

高階講師は彦根にうなずいてみせる。その時、チャイムが鳴り始めた。

天城は夢から覚めたような表情になる。

「ひとつ訂正がある。こちらの上杉会長に適用する術式は、私のオリジナル術式であるダイレクト・アナストモーシスではなく、世界標準になりつつある内胸動脈バイパス術だ。だから先ほどの彦根君の心配は杞憂《きゆう》だ。そのことを最初に言えばよかったな」

天城の淡々とした釈明に、上杉会長の顔がかすかに歪んだ。おそらく自分の選択をひそかに悔やんでいるに違いない。その表情を見て、天城の頬に微苦笑が浮かぶ。

「これで本日の講義は終わる。バイパス術に関しては詳しく話せなかったが、そんなものは教科書を読めば国家試験は受かる。それよりもずっと大切なことを話せた。今日のような講義は二度とないだろう。出席した諸君は幸運だったのだよ」

天城はチャイムの余韻に耳を澄ましながら、続けた。

「いいか、医療費亡国論に徹底抗戦しろ。医療費削減が錦の御旗として掲げられる社会では、勝てない時代が続くが、心の松明を絶やすな。そうすればいつか必ず、振り子は逆走し始める」

天城は遺言のように言い残し、部屋を出て行った。残された学生のざわめきはなかなか収まらない。上杉会長が世良に言う。

「なかなか面白い演説だった。天城先生はロマンチストだな」

世良は何と答えていいかわからず押し黙る。上杉会長に高階講師が寄り添う。

「後は私が病室にお連れするから、世良君は後片付けを頼む」

高階講師は上杉会長と秘書と三人で部屋を出て行く。最後列で直立不動の姿勢で目礼した速水に、通りすがりに高階講師が声を掛ける。

「天城先生の講義はどうだった？」

「感動しました。でも胡散《うさん》くさい感じもします」

高階講師は、満足げにうなずく。

「グッド。それなら大丈夫だ。どうやら危険なウイルスへの感染は避けられたようだ」

ゆっくりした足取りの上杉会長に、高階講師が寄り添う。エレベーターホールの前には、今まで授業を受けていた学生たちがたむろしていたが、上杉会長の姿を見ると、黙礼をして扉の前を開けた。エレベーターの扉が閉まると、上杉会長は言う。

「さきほどは学生の前で寄付の言質《げんち》を取られてしまった。お目付役なのにストップのタイミングが遅すぎたな。君に任せて本当に大丈夫なのかね」

「ご心配なく。あのような口約束は一発でひっくり返しますので」

「ここまで来たら俎板《まないた》の鯉《こい》だから、お任せする以上は、しっかり頼みますよ」

高階講師はうなずく。エレベーターの扉が開くと病棟最上階、極楽病棟だ。長い廊下の果てに新設されたばかりの特別室、ドア・トゥ・ヘブンの扉が見えた。

天城が第一講義室を後にし、エレベーター内で上杉会長と高階講師の密談が行なわれていたちょうどその頃。

付属病院最上階・病院長室では、黒崎助教授が佐伯病院長に抗議していた。

「病院全体運営会議の席で、佐伯先生は聞き捨てならないことを公表した、とお聞きしまして」

「私が病院長選挙に再出馬するのは、そんなに問題かな」

「そうではなく、その際公言された大学病院改革、特に救急センター構想です」

佐伯病院長は窓の外をぼんやり眺める。それからややあって、ぽん、と手を打つ。

「おお、確かに言った。だが、黒崎の気に障るようなことを言ったかな」

「茶化さないでください」

黒崎助教授はむっとした表情で、続ける。

「救急センターを創設し研修医を一括して初期研修させる、という先生の構想には大賛成です。問題は誰にやらせるか、という点です」

「あの時は確か天城に一括委託しようか、と言った覚えがあるが」

黒崎助教授は目を見開き、佐伯教授を一喝する。

「何ということを。天城は東城大とは無関係な人間です。技術は優れていますが性根は根無し草のろくでなし。そんなヤツに大切な新人の初期研修を任せるなんて自殺行為です」

「言われてみれば黒崎の言う通りかもしれんなあ」

あっさり認めた佐伯教授に、黒崎助教授は拍子抜けしてしまう。

「一度口にしてしまったら取り返しがつかないものですが、公表された佐伯爆弾があまりにも突拍子もないことのオンパレードだったせいで、廊下トンビ連中はうろたえてしまい、一番肝心なところを見過ごしてくれたのは不幸中の幸いでした」

「ほう、あの時の私の発言は、佐伯爆弾と呼ばれているのか。ふうむ、なるほど」

黒崎助教授は、しまったという表情をするが、佐伯教授は突っ込まず、問いかける。

「で、私にどうしろと言うんだ？　救急センター構想を撤回しろ、とでも？」

佐伯教授の問いに、黒崎助教授は咳払いをして言う。

「救急センター構想とＩＣＵ併設という経綸は素晴らしく、初期研修統一ビジョンも撤回の必要はありません。ただ担当者については撤回していただきたいのです」

「撤回してもいいが、それならいったい誰にすればいい？」

黒崎助教授は一瞬口ごもる。だが決然と顔を上げ、佐伯教授をまっすぐ見据えた。

「大学病院のＩＣＵに最も親和性が高いのは、我が心血管グループです。ほぼ毎日、誰かしら患者が滞在し、ＩＣＵに頻繁に出入りします。ですので救急センターならびにＩＣＵ創設は、どうか、この黒崎にお任せいただきますよう、伏してお願い申し上げます」

佐伯病院長は白眉の下で目を細め、黒崎助教授を見つめる。

「私は別に構わないが。黒崎よ、果たしてお前にそんな器用なことができるのか？」

黒崎助教授はむっとした表情を隠さず、言い返した。

「できるのか、というのはいささか不本意なお言葉です。どうして、お前がしっかり責任を持ってやれ、と命令していただけないのでしょうか」

「それはな、人には向き、不向きというものがあってだな……」

佐伯病院長はため息混じりに言う。

黒崎助教授はぐい、と身を乗り出した。

「たとえ不向きでも、新人教育という東城大の生命線を異邦人に任せるなどもってのほか。そんなことになるくらいならば不肖黒崎、あらゆる艱難辛苦《かんなんしんく》を乗り越えて、決死の覚悟で務めさせていただく所存です」

佐伯教授は、懸命に食い下がる黒崎助教授を見て肩をすくめた。

「相変わらず大袈裟なヤツだな。わかったわかった。それじゃあ黒崎に任せる」

ほっと胸をなで下ろした黒崎に、佐伯教授は微笑を浮かべて言う。

「それにしても黒崎よ、その大仰な言葉遣い、何とかならんのかな」

「申し訳ありません。根が不調法なもので」

佐伯教授は立ち上がり、窓の外、大海原に視線を投げる。

「私は、お前こそが佐伯外科の正嫡だと思っている。だがそれは平時のこと。これから桜宮を大嵐が襲う。その時に果たしてお前の愚直さで嵐を乗り切れるだろうか」

振り返り、言った。

「いや、今のはひとり言だ。乗り切れ、と命令すればいいんだったな」

黒崎助教授がうなずく。

「不肖黒崎、粉骨砕身、死にものぐるいで務めさせていただきますので、どうかお見限りなきように」

「だから、そういう物言いがなあ……」

言いかけて佐伯教授は止める。口調をがらりと変え、言う。

「お前の気持ちはよくわかった。だが当面は次回の天城のバイパス術に教室員が一丸となり取り組んでほしい。万が一手術が失敗すれば、佐伯外科が蒙るダメージは計り知れず、私は大学を改革する求心力を失ってしまうだろう。だから諸々《もろもろ》の小競り合いは手術が済んでから、だ」

「承知しました。今回は個人感情は棚上げし、心血管外科グループの総力を挙げて天城総帥のバックアップに専念します」

深々とお辞儀をして、部屋を退去した黒崎助教授の残像に目を凝らし、佐伯教授は呟く。

「世の中は、思うようにいかないものだな。技術が優れる者には忠義のこころなく、忠誠心の塊のような男の手には技術の神は宿らないのだから」

この時、同じ階にある総婦長室には総合外科病棟の藤原婦長が呼び出されていた。

榊総婦長は紅茶の香りを楽しんでからひと口含み目を閉じると、静かに言った。

「佐伯病院長はパンドラの箱を開けてしまったわ。これまで各教室で隠然と行なわれていた特別室の運用を、病院長が一括して行なうと、病院全体運営会議の席上で宣言しちゃったのよ」

藤原婦長はごくりと唾を飲む。

「患者の平等と利益のためによくないと榊総婦長は常日頃から主張されてましたよね」

「そうなの。これまでは事を荒立てず目をつむってきたけど、ああやって正面切って言われてしまったら、看護婦二百名を率いるトップとしてもけじめをつけないと、ね」

藤原婦長の目を見ずに、ぽつんと言う。

「経済的な不公平を正当化するなんて、医療現場では許されないわ。だから私は佐伯病院長の大学病院改革を潰したいの。藤原さんの力を貸してちょうだい」

榊総婦長は藤原婦長の手を取った。その手はふくよかでいつまでも握っていたくなるような柔らかさだった。

藤原婦長は曖昧な笑顔を浮かべてうなずいた。

だがそれは正式な回答ではなかった。

即答するには榊総婦長の申し出は、あまりにも大きすぎたのだ。

16 海が見える手術室

七月八日（月曜）

上杉会長のバイパス術は二日後に迫っていた。

七月七日日曜に、前回同様十三階の極楽病棟特別室ドア・トゥ・ヘブンに入院した。これにより佐伯教授は東城大に新たな特別室システムを確立したこととなった。

翌日、月曜午後の症例カンファレンスでは天城がひとり、虚空に吠《ほ》えていた。

「東城大のシステムは腐り切っている。循環器内科がキーフィルムしか寄越さないのでは詳細な検討ができない。黒崎先生はこんな環境で彼らと仕事をしていたのですか」

黒崎助教授はシャウカステン上の、たった一枚しかない冠状動脈血管造影フィルムに目を凝らす。

「仕方ないさ。江尻教授は完璧主義者で納得したフィルムしかよこさない。ワシが見る限り、そのフィルム一枚に狭窄部がきちんと写し出されているように見えるが」

「確かに左枝と右枝の基部に高度の狭窄があることはわかりますが。これ一枚でバイパス術をしろと言われても困ります」

天城はぶつぶつと文句を垂れ流す。黒崎助教授は天城に言い渡す。

「お前には出来ないのか？　ワシたちはいつもこのやり方でやってきたが」

「そりゃあ、やれと言われればやりますけど」と天城はむっとした口調で言い返す。

黒崎助教授は目を細めて、フィルムを見る。

「とは言うものの、いつもの江尻教授のフィルムとは少々雰囲気が違う気もする」

黒崎助教授は黙り込む。佐伯教授が不在なので黒崎助教授が了承すればカンファは終了だ。進行係の世良が声を掛けようとした時、天城の声がした。

「ジュノ、内胸動脈の造影はどうなっている？」

世良はどきりとする。だが同時にほっとしてうなずく。

「内胸動脈造影は循環器内科のルーティンではないので、フィルムがないそうです」

天城は舌打ちをする。

「だから検査に同席したかったんだ。基本術式が大伏在静脈バイパス術しかない施設では、内胸動脈の造影写真は無意味だから撮影しないという理屈はわかるが。大学人の面子《メンツ》のために医学情報の取得ができなくなるなんて、ナンセンスの極みだ」

天城の呪詛《じゅそ》に対し、誰も口を開かない。天城という異星人であると同時に強者でもある人間の唱える正論に、あえて歯向かうバカはいないのだ。

「他に質問がなければ、これで終わります」

世良の宣言で症例検討会議は終わり、部屋に灯りが点る。医局員が三々五々部屋を出て行く中、長身の研修医、速水が天城に歩み寄る。

「天城先生、ご相談があります。この手術、見学させてもらえませんか」

「〈ビアン・シュール〉（もちろん）。内胸動脈バイパス術は私のダイレクト・アナストモーシス以外では世界最先端の技術だから勉強になるだろう」

「上杉会長は公開手術を拒否されたとお聞きしましたが、大丈夫ですか」

「手術スタッフが下働きに入るのに患者の同意を取る必要はない。心配するな」

速水の表情が曇る。

「どうした？　下働きでは不満か？」

「実は後輩の医学生も見学したい、と言っているんです」

「医学生がベッドサイド・ラーニングではなく？　それはなかなか熱心な学生だな。その願いを叶えてあげたいのはやまやまだが、そっちは患者の同意が必要だ。ところでどんな学生なんだ？」

「先日の講義で厚生省の官僚になりたいと言ってた、アイツです。自分とは麻雀《マージャン》仲間ですが、何としても今度の手術は見たいと駄々をこねていまして」

天城は顔を上げる。

「あの彼か。それなら話は別だ。彼と連絡は取れるか？」

「部屋の外に待たせています。それが一番早いかと思いまして」

「〈ビアン〉。では善は急げ、じゃじゃ馬クンも一緒に来い」

「どこへ行くんですか？」

「愚問だ。患者に同意をもらう以外、今の我々に行く場所が他にあるか？」

その言葉を聞いて速水の顔が輝く。傍らでそのやり取りを聞いていた世良は二人が部屋を立ち去るのを見送った。世良に声が掛かることはなかった。


「本当に大丈夫でしょうか」

おどおどと彦根が尋ねる。十三階、極楽病棟の特別室、ドア・トゥ・ヘブンに向かうエレベーターにはスリジエセンター総帥の天城と規格外の研修医・速水、そして銀縁眼鏡の医学生・彦根の三人が乗り込んでいた。天城が彦根の肩を叩く。

「何をびくついている？　色よい返事をもらえなければ徹底的に頼め。気持ちが強ければ固いガードも突破できる。それでもどうしても無理なら、その時は潔く諦めろ。若者ならいじいじ悩むより当たって砕けた方が健全だ」

「それもそうですね」と彦根の表情が緩んだ。

彦根の気持ちが固まった表情になった瞬間、エレベーターは停止し扉が開いた。

「というわけで明後日の手術、この学生に手術を見学させてあげてほしいんです」

上杉会長はベッド上で腕組みをしていた。隣に佇む秘書の久本が話を遮る。

「約束が違います。公開手術を拒否したことは天城先生も了承済みのはずです」

「これは公開手術ではありません。意欲ある医学生の自発的な希望です。この学生は以前、授業で私の考え方に食ってかかってきた、厚生省志望のあの変わり者ですよ」

上杉会長は顔を上げ、しげしげと彦根を見た。そして静かに問いかける。

「そうか、君だったか。ところでどうして私の手術をそこまでして見学したいのかね？　医療行政志望なのに天城先生の最新術式に興味があるのか？」

うなずいた彦根は天城を見て、挑発するように言う。

「本当のことを言ってもいいですか？　僕は天城先生が口先だけの先生か、それとも本物なのか、見極めたいんです」

彦根は天城と上杉会長を交互に見つめながら、続けた。

「今回の手術を見学したいのは天城先生の講義を拝聴したせいです。あれだけ堂々と医療行政を批判する天城先生の手技が実際はどうなのか。手術が稚拙なら口先だけの外科医と考えられ、僕の信念は揺らぎません。でも、もし天城先生が本当に世界最先端の技術を持ち合わせた素晴らしい外科医だったら、その時は……」

口ごもった彦根に先を促すように、上杉会長が尋ねる。

「その時は？」

彦根は顔を上げ、きっぱりと言う。

「その時は、自分の理論を壊し、根底から考え直さなければなりません」

「つまり私の手術見学によって、君の人生が左右されるわけか」

上杉会長は腕組みをして目を閉じて黙り込んでいたが、目を開くと言う。

「面白い。そういうことなら見学を許可しよう」

「ありがとうございます」と天城と彦根が同時に頭を下げる。それまで黙って三人のやり取りを聞いていた速水が口を開く。

「質問があります。会長はなぜ手術を公開しないという決意を翻したんですか？」

上杉会長は、不思議そうな顔になる。天城は速水の肩を叩いて、言う。

「コイツは規格外の研修医でして。佐伯外科の超問題児です」

「ふうむ、類は友を呼ぶ、というわけだな」

上杉会長は呟くと、顔を上げて速水を見た。

「私は変心などしない。公開手術などという見せ物は今も御免だ。だがこの学生の申し出は物見遊山ではない。要望に応えればひとりの医学生が進歩するかもしれない。それは日本の医療のためになると思ったから許可しただけだ」

速水の隣で、天城が言う。

「でしたら会長は思い違いをしていらっしゃる。公開手術を見学に来る外科医には物見遊山の者などいません。みな隙あらば私の技術を盗み取ろうという貪欲な連中ばかりで、そんな連中に情報を包み隠さず呈示すれば日本の医療は間違いなく前進します。会長の本心がおっしゃった通りなら、公開手術は受けていただきたかったですね」

上杉会長は吐息をついて、天城を見上げる。

「君はつくづく相手を不快にさせる達人だな」

「私は原理主義者です。私の願いは患者の幸せと日本の医療の進歩、それだけです」

「だが守銭奴でもある」と上杉会長は皮肉めいた、歪んだ笑顔を浮かべる。

天城は、上杉会長の言葉にへばりつく重苦しい情念を無視して、軽やかに答える。

「私に私利私欲はありません。せいぜいモンテカルロのグラン・カジノでシャンパンを舐めていられれば満足する程度の、欲のない男ですから」

「それでさえ日本人にとっては途方もない贅沢《ぜいたく》だが」

「人は誰でも、ひとつだけなら悪癖は許容されるんです」

どうあっても口では勝てない、と悟った上杉会長は矛先を変え、彦根を見た。

「手術を見学させてやろうと思ったが、気が変わった。ひとつ宿題を出そう。君の目から見て天城君が要求した寄付額が妥当かどうか、忌憚ない意見を聞きたい。実際の寄付の決定は君の意見を参考にする。この条件を受けるか？」

「そんな大役、医学生の僕にはとても……」と彦根はごくりと唾を飲み込む。

上杉会長は、どんよりとした笑顔を彦根に向けた。

「それくらいができないのなら、見学許可は取り消そう。その程度の覚悟もないヤツに、私の手術を見られたくない」

その言葉は瘴気《しょうき》のように彦根の神経に浸潤していく。彦根はうなずく。

「わかりました。ではお受けします。でも僕は医学生ですから妥当な判断かどうかは保証しかねます」

「承知の上だ。私は批判的な医学生が天城君に対しどんな青臭い判断を下すか、知りたいだけだ。合わせ鏡のように、見えない何かを映し出してくれるかもしれない、という期待はあるが。そうそう、一番大事な条件を忘れていた。オペの最中に私の腹が真っ黒だということがわかっても、そのことは絶対に口外しないように」

上杉会長はいたずらっ子のように目を細めて笑う。彦根の代わりに天城が答える。

「医療従事者には患者の秘密に関し守秘義務が課せられていますので大丈夫です」

「それを聞いて安心した」と上杉会長はにっと笑う。

彦根は頭を下げる。それから三人は部屋を出て行こうとする。

その時、扉のところで天城が振り返った。

「そうそう、私も大切なことを言い忘れていました。行き違いや誤解もありましたが、明後日は最高のパフォーマンスをお見せします。といっても術中、会長は眠っておられるので、直接はお見せできませんが」

「それを蛇足という。私は自分の心臓を天城君にいじらせることを許可した。それは君の技術を信用したからだ。だが心の中まで覗き見ることは許していない。君に対する信頼など、その程度のものだ」

「充分です。おっしゃる通り、蛇足でした」

軽やかな音と共に扉が閉まる。上杉会長は窓の外、桜宮湾の銀色の輝きを眺めた。

「会長はいいことを言った。君は今日、授業では学べない大切なことを学んだな。何かやろうとすれば評価と責任がついて回る。私もうっかり、君にタダで手術見学をさせて甘ったれ坊やを作ってしまうところだった」

扉が開く。五階、総合外科学教室のフロアだ。

天城は一歩、外に出ながら、エレベーターの中にとどまる彦根に言う。

「私からも宿題を出す。バイパス術の現状の問題点を把握しておけ。そうすれば明後日の手術の意義をより深く理解できる。これは義務ではなく、君のための処方箋だ」

エレベーターの扉が、うなずく彦根の姿をシャットアウトした。ホールに立った天城の隣で長身の速水が深々と礼をすると、ナースステーションに戻っていく。

その様子を、通りかかった世良が立ち止まり、眺めていた。


翌々日、七月十日水曜日、午前八時半。第一手術室はいつもより混雑していた。

入室した上杉会長は循環器麻酔の第一人者、田中助手の手で全身麻酔を掛けられた。糖尿病の持病がある超高齢の上杉会長の麻酔はリスクが高く、麻酔時間は短い方がいい。全身麻酔導入と同時に外回りの世良と花房が消毒に取りかかる。

直後、手洗いを終えた天城が入室した。術者の座につくと助手たちの到着を待たずに器械出しの看護婦に目配せし前胸部切開を開始した。様式美を無視した開始の仕方を外回りの世良が呆然と見遣る。無駄な時間を極限まで削《そ》ぎ落《お》としたスタイルだ。

ひとりで手術を開始してしまった天城を、少し遅れて手術室に現れた垣谷と青木が見てあわてて術野に参加する。垣谷が押し殺した声でストライカーをオーダーする。

剝き出しの胸骨を銀色の刃が切断していく。濁った金属音に、壁際で見学している彦根の顔が歪む。側で速水がしゃがんで氷砕きに精を出す。薄い心膜に包まれた心臓が露出され、蛹《よう》化《か》寸前の芋虫のようにびくびく拍動している。

心膜を切り開くと、視野いっぱいに解き放たれた心臓本体が、羽化する蝶《ちょう》が身もだえるように激しく動いている。

心臓に指先を触れた天城が口を開く。

「アンギオ通り、右枝、左枝とも基部で高度狭窄している。内胸動脈バイパス術の適用だ。垣谷先生、心停止させて人工心肺に載せてくれ」

垣谷の指示で青木が、速水から砕いた氷を受け取り、ざらりと心膜に流し込む。断末魔の芋虫のようにのたうちまわっていた心臓の動きが次第に緩慢になり、完全に停止した。昆虫学者のように様子を観察していた天城は、術野から動きが消失したのを確かめ、視線をバイパスの素材に向けた。その時、大声が手術室に響いた。

「なんだこれは。内胸動脈の硬化は冠状動脈以上に強いぞ」

スタッフと見学者の視線が天城の指先に集中する。天城は尖った目で、周囲を睥睨《へいげい》し、手にしたペアンを器械出しの看護婦の台に投げ捨てる。

緊張した面持ちで速水と彦根が術野をのぞき込む。

「これではバイパスの素材として使えない。だからあれほど、アンギオを見学させろと言ったのに……」

「大伏在静脈のグラフトを作りましょうか」という垣谷の提案に、天城が首を振る。

「大腿部の消毒もしてないし、今さら新たな体位も取れないから、無理だ」

「オペは中止ですか？」

垣谷の震え声に、手術室は重苦しい沈黙に覆われた。世良が見回すと、すがりつくような視線が術野の中心、天城に集まっていた。その視線に応えるように、丹念に内胸動脈を触診していた天城が顔を上げる。

「中止はしない。触診では部分的に弾力性が残っている部分があるから、短いグラフトを切り出せば二ヵ所に直接吻合術（ダイレクト・アナストモーシス）を適用できる」

「同時に二ヵ所、直接吻合した経験はあるんですか？」

垣谷が尋ねると、天城は「ないよ」とあっさり首を振る。

「二ヵ所の同時直接吻合は未知の領域だ。だが撤退できない以上、進むしかない」

天城は天を仰ぐ。そこに無影灯が燦然と輝いている。

一瞬天城は目を閉じる。その表情は、何かに祈っている姿にも見えた。

垣谷が口を開こうとした、その口を塞ぐように天城の言葉が響く。

「スティヒ・メス」

器械出しの看護婦が銀刃を手渡し、手術は未知の領域に足を踏み入れた。

それからしばらく、天城が器具を要請する声だけが響いた。時に顔を上げ、外回りの看護婦の花房に汗をぬぐわせる。

いつも涼しい顔で手術をこなしてきた天城が、初めて見せる苦悶《くもん》の表情だった。

手術室に秒針が時を刻む音だけが響く。やがて天城は顔を上げ、前立ちの垣谷に、切り出したグラフトを見せた。四センチ弱のものが二本だ。

「これ以上は採取不能だ。一発勝負を二回連続、失敗は許されない。サポートを頼む」

緊張した面持ちで垣谷はうなずく。天城の指先が一瞬、震える。だがその後の動きに迷いはない。さくり、と冠状動脈に切離を入れる。指先はしなやかに動き続ける。

細密な血管吻合をよどみなく続ける。世良も速水も、そして彦根さえもその手技の華麗さに釘付《くぎづ》けになる。おおざっぱに縫い合わせているようでいながら、締め上げるときっちり縫合されているのが外部の人間にもわかる。

出血量三百、という麻酔医の田中の声に顔を上げた天城が、からん、と膿盆《のうぼん》に把針器を投げ捨てた。それは前人未踏のダイレクト・アナストモーシスの二ヵ所同時手術が成功を収めた歴史的瞬間だった。

だがすべてが終わった瞬間、天城の右肩ががくりと下がったのを、世良は見た。


人工心肺離脱と切開部位の縫合を助手に任せ術野から離脱すると、天城は部屋の片隅にうずくまる。花房が濡れタオルを差し出すと、天城は視線で礼を言い、乱暴に顔をぬぐう。そして再びうずくまり、微動だにしない。やがて、自分を凝視している彦根と速水の視線に気がつくと、天城は自分の胸を親指で指す。

「わかったか？　外科医は医療の王だ」

速水はうなずく。すると天城は弱々しく笑う。

「そして手術は常に、死神の散歩道と隣り合わせだ」

速水は硬い表情になり、今度はうなずかない。

天城は視線を転じ、彦根に尋ねる。

「会長に、ここで起こったことをありのまま伝えるか？」

彦根は考え込む。やがて静かに首を振る。

「会長には、素晴らしい手術だったとだけ伝えます。事実ですから」

「真実を伝えないのか？」と問われ、一瞬ためらった彦根は、力強くうなずく。

「真実を知ることが患者の幸せにならないのなら、知らなくてもいい真実を引き受けるのもまた、医者の役割だと思います」

「ではもうひとつの宿題、三億円の寄付金が高いかどうかについては、どう答える？」

その問いは予想していたのか、彦根はすらすら答える。

「答えは二つあります。もしも僕が術者の立場なら、三億円などという法外な寄付は請求しません」

「まあ、常識的な解答だな」

冷ややかに言う天城の言葉の語尾に、彦根は重ねて言う。

「ですが僕が上杉会長なら、絶対に寄付します。自分が受けた恩恵を、他の人とわかちあいたいからです」

天城は微笑する。

「世渡り上手だな。だが、それでは三億円が宙に浮いてしまうぞ」

「でも、それが今の僕の精一杯の答えなんです。さっきはああ答えましたが、実は僕の解答は、そのどちらでもありません。上杉会長の宿題はバックレようと思います」

「それはお前のモラルには反しないのか？」

天城が目を見開くと、彦根は銀縁眼鏡の奥でうっすらと笑う。

「どう答えても、僕の答えが上杉会長のお気に召すとは思えませんので」

「敵前逃亡、か」

彦根は半覚醒状態の上杉会長を見下ろしながら、言う。

「勇気ある撤退、と呼んで下さい。今はまだ、僕にはこの偉大なる妖怪には、とても太刀打ちできません」

彦根は眼下で麻酔で眠り続けている上杉会長の顔を見つめていたが、深々とお辞儀をして、手術室を出て行こうとした。だが思い出したように、患者が横たわるベッドに戻ると、その耳元で大声で言う。

「貴重な手術を見学する機会を与えていただき、ありがとうございました」

彦根が姿を消すと、続いて麻酔医が、上杉会長の耳元に大声で語りかける。

「上杉さん、わかりますか？　手術は終わりましたよ」

問いかけにうめき声が答える。麻酔から覚めかけ、抜管が済んだばかりの上杉会長の口元が微かにほころんだのを、世良は見た。

天城はふたたび膝を抱えてうずくまる。覚醒処置がてきぱきと行なわれ、垣谷と青木が患者に付き添ってＩＣＵに向かう時も、天城は動こうとしなかった。

片付けを終えた器械出しの看護婦が姿を消す。手伝っていた花房看護婦も、後ろ髪を引かれる風情で一緒に部屋を出て行った。

煌々と灯りが点る手術室には、うずくまる天城と寄り添う世良、少し離れたところに直立不動の姿勢で佇む速水の三人が残された。

「今日は実に不様な手術だった」と天城が、自分に語りかけるように言う。

「そんなことありません。天城先生のオペは、いつもスタイリッシュです」

「慰めはいらないよ、ジュノ。内胸動脈が使えないとわかった瞬間、膝が震えた。私は未熟だ」

「でも見事やり遂げたじゃないですか。しかもこれまで未経験の直接吻合術同時二ヵ所実施だなんて、ほんとにすごかったです」

「無事に終わったが最低の手術だ。事前に自分で内胸動脈を確認しなかった慢心。失敗の原因はそこに尽きる。ジュノ、私は驕《おご》っていたのだ」

「あれは、東城大のシステムがそうなっていたんですから、仕方なかったんです」

世良が懸命に慰めるが、天城は悔恨の言葉を吐き散らす。

「その言葉に妥協した時点で、この手術の失敗は決まっていた。本当なら石にかじりついてでも、自分で内胸動脈を確認すべきだった。最後の最後で医学生の敵前逃亡に救われるとは我ながら情けない」

「手術は結果がすべてです。私は彦根君の判断を支持します」

「ジュノが許してくれても、天は許してくれないさ。私にはわかる。滅びの日は近い」

「人ひとりを殺しかけた程度で泣き言を言うなんて天城先生らしくありません。今、ここに私に外科の本道を教えてくれた先生がいたら、天城先生は〝へなちょこ野郎〟と笑い飛ばされてしまうでしょう」

天城は顔を上げる。「誰だ、ソイツは？」

「オペ室の悪魔、佐伯外科の純血種、渡海征司郎《せいしろう》先生です」

直立不動の姿勢で、傍らで話を聞いていた速水の眉がぴくり、と上がる。

「以前その名をどこかで聞いたな。オペ室の悪魔、渡海……」

天城の呟きに、手術室の時が止まり、過去と現在が世良の中で交錯する。

天城は立ち上がると、大きく伸びをして言った。

「この部屋からは海が見えないな」

「手術室から海が見えないなんて、当たり前です」

世良が不思議そうな顔で言うと、笑顔を取り戻した天城は、両手を広げて、壁に向かって言う。

「ジュノ、世界は広いんだ。モンテカルロ・ハートセンターの手術室からは、コート・ダジュールの紺碧《こんぺき》の海岸が見えるんだぞ。海に面した壁面に大きな窓があって、そこからは大海原の上の空を自由気儘《きまま》に飛びまわる白いカモメが群れているんだ」

目を細めた天城は、見えないカモメを探し求めている表情をする。

モンテカルロで天城の手術を見学した時、モニタ越しにではそんなことはわからなかった。時折術野から顔を上げた天城の瞳に映っていたのが紺碧の水平線だったとは。

天城が見ている風景と世良が眺める世界は、決定的に違う。

その時、世良は悟った。

――俺の手は天城先生の領域には、永遠に届かないだろう。

「そうだ、ジュノ、スリジエセンターには海が見える手術室を作ろうか。オペ室から太平洋が見えるんだ。見てみたいだろう？」

世良は涙をこらえながらうなずく。なぜかその光景は、永遠に見ることができないのではないか、という予見が胸をよぎったからだ。

天城はちらりと速水を見て、言う。

「お前はどうだ、私の手術室の一員になるか？」

速水は直立不動のまま、立ちすくむ。答えはなかった。

一瞬寂しげな表情になった天城だが、世良を振り返り、言う。

「気分直しに海を見に行くぞ、ジュノ」

天城は大股で速水の隣をすり抜ける。その肩をぽんと叩く。

「渡海のことをどこで聞いたか、今思い出したよ。まさかお前が、あのムッシュがただひとり認めた悪魔の系譜を継ぐ眷属だとはな」

速水がぼそりと尋ねる。

「天城先生はどうして俺に、弱みをみせたんですか」

隠そうと思えばいくらでも弱音は隠せたはずなのに、という疑念が含まれたその問いに対し、天城は笑う。

「君のためだよ、じゃじゃ馬クン。天翔る外科医は、地に墜《お》ちる瞬間の恐怖にいつも怯《おび》えている。高く飛べば飛ぶほど、その恐怖は一層強くなる。だがその事実を知っているだけで、いつか救われる日がくるかもしれない」

そして笑顔を吹き消して、きっぱりと言う。

「だが指導はここまで。明日からは、二度とこんな醜態は見せない」

颯爽《さっそう》と姿を消した天城に、速水は何も答えられず、佇むばかりだった。

快晴の空の下、マリツィア号を疾駆させている天城は、とぎれとぎれにお気に入りのシャンソン、ラ・メールを口ずさむ。

後部座席に座る世良は、天城の行き先は聞かなくてもわかっていた。

今の天城が向かう場所はひとつしかない。スリジエセンターの建設予定地、桜宮岬。桜宮市医師会の真行寺会長から、地権者である碧翠院桜宮病院の桜宮巌雄院長が用地買収に同意したと連絡があったのは、二ヵ月前に実施された公開手術の翌日だ。

上杉会長の手術が成功し三億の寄付を手中に収めた天城は、桜宮岬に世界的建築家として名を馳せるマリツィアの斬新なデザインの病院が建設される日が、遠くない未来だと確信していた。今夜か、あるいは明日の夜に、天城は国際郵便でマリツィアに、手術室から海が見えるように設計変更のオーダーを送りつけるのだろう。

桜宮岬でふたりは、大海原に向かって並んで海風に吹かれている。だが、手術室から見える海、という浮世離れした光景が、どうしても世良には想像できない。

天城と世良は、桜宮湾のきらめきを見つめていた。一緒に佇みながら、考えていることがこれほど掛け離れているなんて、と世良は思った。

だが、世良が感じていたのは真実の半分だった。

この時ほど、ふたりの気持ちが寄り添っていたこともなかったのだから。

五日後。

ウエスギ・モーターズの上杉会長は病院職員総出の見送りの中、退院した。

見送りの演出は循環器内科学教室の江尻教授の手によるものだったことは言うまでもない。残念ながら佐伯外科は手術日で、ほとんどの人間が手術に入っていたので、見送りにきたのはデューティを免除された世良だけだった。

病院総出の見送りに、佐伯外科とスリジエセンターから誰も出ないのはさすがにまずいと考えた垣谷の差配によるものだ。世良が行けばふたつの義理を果たせる、というのが人選理由だ。

会長専用車の到着を待つ間、江尻教授のおべんちゃらにげんなりした様子の上杉会長がふと、片隅で所在なさげに佇んでいる世良の姿を認めて手招きをする。

「世良先生、先日の医学生が、まだ宿題を提出しに来ないんだが」

世良は身をかがめ、上杉会長の耳元で囁く。

「彼は会長の胆力に肝を冷やし、敵前逃亡しました」

上杉会長は、楽しそうに微笑した。

「ほう、ただの跳ね返りかと思っていたが、案外自分の姿が見えているんだな」

黒塗りの高級車が滑り込んできた。上杉会長は世良に言う。

「諸々の精算は月末にお願いしたい、と天城総帥に伝えてほしい。それまでいろいろなことが起こるだろうから、それらを含めて総合的にご検討いただきたい、とな」

意味ありげな言葉を残し、上杉会長を乗せた車は東城大学医学部付属病院から姿を消した。

病気療養中と報じられていた上杉会長が職務に復帰したという、小さな動向記事が新聞の経済面の片隅に掲載されたのは、それから数日後のことだった。

17 旧友襲来

七月二十二日（月曜）

天城の躓《つまず》きは、貧相な小男の訪問から始まった。

上杉会長が退院した一週間後の午前十一時、その男は付属病院五階のナースステーションに現れた。三十代半ば。袖がすり切れた背広にくたくたのネクタイ。くたびれ方が尋常でなく、ネクタイがループタイみたいに見える。紺色の扇子を気忙《きぜわ》しくパタパタと動かしながら、病棟が一番忙しい時間にずけずけと足を踏み入れると、通りすがりの看護婦を捕まえて尋ねた。

「天城雪彦先生ちうお方は、こちらにおられまっか？」

看護婦は上から下まで男を見て、時間外の見舞客と判断したのか、つれなく言う。

「ご家族の面会は午後二時以降です。こちらの受付簿にお名前を……」

小男は看護婦に名刺を突きつける。その勢いに気圧され名刺を受け取った看護婦は、ぼんやりと肩書きを読み上げる。

「厚生省？」

「そうでんねん。あんた方の統括官庁から出張ってきたんでっからもうちょっと丁寧に対応していただきたいでんな。もう一度伺いまっせ。天城先生はどちらでんねん？」

ダミ声に看護婦は動揺し周囲を見回す。そこに運良く、ただし通りかかった本人には運の悪いことに世良が現れた。

「世良先生、この方がご用事があるそうで」

「患者のご家族ですか？　面会でしたら午後二時以降に……」

看護婦と同じ言葉を言いかけた世良の手に名刺を押しつけ、看護婦はそそくさと姿を消す。世良は名刺を取り上げて読み上げる。

「厚生省、健康政策局医事課課長、坂田寛平《さかたかんぺい》さん、ですか」

顔を上げると小男はずい、と近寄り、吐息が顔にかかりそうになる。

「その名刺、できたてほやほやでんねん。先月昇進したばかりで、お渡しするのはあんさんが初めてや。あ、違う、第一号はさっきの看護婦はんか。でもその名刺を又渡ししたから、やっぱりあんさんが第一号でんな。厚生省の課長の名刺を第一号で受け取れるお医者はんは、世界広しといえどもそうたくさんはおらへんで」

畳んだ扇子の先でパシッと指された世良は、のけぞって顔を逸らしながら尋ねる。

「で、その厚生省の課長さんがこの病棟に何の御用でしょう？」

「でっからね、天城先生にお目に掛かりたいとさっきから言うとりまんのや」

でっからね、などと言われても途中から引き継いだ世良にわかるはずがない。だが看護婦が世良に押しつけたのは適切だった。強運な人だ、と世良は感心する。世良は天城に命じられて病棟で準備したデータを揃え、まさに天城の部屋に向かおうとしていたところだった。

「天城先生のお部屋までご一緒します。天城先生にお目に掛かるところでしたので」

赤煉瓦棟までの道のりをぜいぜい言いながらついてきた坂田は、ひんやりした昔の建物に入ると扇子を全開であおぎながら大粒の汗をぬぐう。

「ほんま、外科の先生は元気でんな。知り合いに外科医がおるんでっけど、コイツが性格悪い上にタフでんねん。持つべきものは友、特に医者と弁護士だなんて言うんは、アレ、嘘でんな。たとえ医者でもあんなヤツ、友達にしとうないでんな」

「こちらの部屋です」

坂田の長広舌を遮るように世良が言う。新病院から赤煉瓦棟までの道すがらの五分間、のべつまくなしに喋り続けていたので、世良の忍耐は限界線を越えていたのだ。

扉を開けると、天城が長々とソファに寝そべっていた。だが今日はいつもと雰囲気が違っていた。天城の側に銀縁眼鏡の青年が背筋を伸ばして座っていたからだ。

上杉会長の手術見学に参加した、医学生論客の彦根新吾だ。

「何だ、ジュノ。その、後ろのちんちくりんなおっさんは」と天城は怪訝な顔になる。

「初めまして、実はワテはでんね……」と自己紹介から始まる怒濤《どとう》のマシンガン・トークを開陳しようとする坂田の機先を制して、世良が言う。

「厚生省からのお客さんです。お話を始めると長くなりますので、先約を済ませてしまった方がよろしいかと」

天城はしげしげと坂田を見つめていたが、うなずく。

「ジュノがそう言うのなら、こちらを済ませよう。申し訳ないがしばしお待ちを」

坂田は口を両手で塞ぎ、こくこくとうなずく。押さえていないと、言葉の奔流を制御できなくなってしまうとでも言いたげだ。

天城は世良から受け取ったカルテを、彦根に示す。

「佐伯外科で実施された静脈バイパス術の前後のクレアチニン値を先ほど二例呈示したが、これが今回の手術時の変動だ」

「本当ですね。明らかに直接吻合法は侵襲が少なそうです」

「コンセプトも合理的、術後の侵襲も低い。患者にとっていいことずくめの手術だ」

「で、その斬新な術式の導入を阻むのが学会上層部の頑《かたく》なな思い込みなんですね」

「それは違う。彼らもこの術式を導入したいんだが、技術が伴わないだけだ」

ふたりの会話に低いダミ声が加わる。

「そんな既存勢力の現状を、医療行政の長たる厚生省が後押ししていて、新しい治療法の導入の阻害要因になっている、と言いたげでんな」

突然、会話に割って入ってきた坂田を、天城はぎょっとして見上げる。

「この方はどなたかな、ジュノ」

再び扇子であおぎ始めた坂田を見ながら、世良は肩をすくめる。

「ですから厚生省の……」

これでは坂田と同じ精神構造だ、と自己嫌悪に陥りそうになった瞬間、大声が響く。

「ちょっと待った。ご紹介いただかなくとも、自分で名乗れまっせ」

あたふたした坂田は名刺を取り出そうとして、名刺入れをひっくり返してしまう。

「えろうすんまへん。何しろみなはん親の敵みたいに名刺ばかり押しつけようとしはるんですわ。でも役所に帰ればこんなもん、名刺大貧民カードになるだけなんでっけど。あ、でもこれは厚生省のマル秘の極秘事項でっから内緒でっせ」

散らばった名刺の中から、自分の名刺を探し出すと、裏返す。

「通しナンバー4か。ほんとはナンバー2だから、順番が狂ってまうけど、贅沢は言っておられへんな。というわけで、ワテはこういう者です」

恭しく名刺を両手で捧げ渡す。天城は目を細め、名刺の字面を音読する。

「厚生省健康政策局医事課の課長さんですか。その若さで課長さんとは遣り手ですね」

すると坂田は身体をずい、と乗り出して言う。

「この名刺の真価をご理解いただけるとは、うれしさ余ってでんぐりがえりたい気分でんな。だいたい世の人は偉いのは事務次官だ、局長だ言いまっけど、本当に偉いのは実務の中心のワテら課長クラスでっせ。局長やら次官やらは、ワテらがこしらえた書類にぺったんぺったんハンコを押す、ザ・ハンコ押しマシーンでっから」

なぜに〝ザ〟などというムダな定冠詞に不必要なアクセントを置いて強調するのだろう、と世良は居心地の悪さを覚える。だが坂田は前のめりに喋り込む。天城は飛び散る唾をハンカチでぬぐいながら、片手を上げて坂田の暴走を制止した。

「日本の若手官僚が優秀だというウワサは、モンテカルロでも聞きましたよ」

「でもって年取るにつれてだんだん無能になる、ちうのも噂《うわさ》になってるんでっかね。外国に真実がだだ漏れなんてほんま、そいつは困ったちゃんりんしゃんの飛んでイスタンブールでんなあ」

その歌手の曲を引用するなら『モンテカルロで乾杯』だろうというつっこみも、口に出す前に封殺されそうだ。そもそもそんな実情を周囲に垂れ流しまくったのはアンタ自身だろ、と言いたくなるのをこらえる。すっかり坂田の毒気に当てられた彦根は、「では、僕はこれで」と言って立ち上がろうとした。

天城はそんな彦根を制止する。

「しばらく我慢して、もうちょっとここにいるといい。君は厚生省志望なんだから、先輩というか、生体標本を間近で観察させてもらういい機会だろう」

坂田課長は目を見開いて、両手を広げる。

「へ？　この利発そうな銀縁眼鏡のお坊《ぼ》っちゃまは厚生省志望でっか。そりゃめでたい。医療行政の未来は明るいでんな。でもあんさんみたいにシャープなぼんぼんは、たいてい二年かそこらで高い鼻をばきばき叩き折られ、長い足をずるずる引っ張られ、でかい頭をぐりぐり押さえつけられ、ノイローゼになるのがオチでんな。まずは医療現場で何年か過ごし、ブチ切れて厚生省を飛び出してもお医者はんとして生きていける技術を身につけてからおこしやす」

天城と彦根は顔を見合わせ、同時に噴き出す。

「私と同じアドバイスとは奇遇だ。どうやらこの人は裏表がなさそうだ。さて、ではそんなお偉いさんがこんな田舎の国立病院にお見えになった本当の理由をお聞かせ願いましょうか。まあ、このタイミングなら、ひとつしか考えられないが」

「ほう、おわかりでっか？」

「先日、東城大で実施された世界最先端の術式、直接吻合法に対する査問でしょう？」

「ズキューン。ご名答」

坂田は人差し指でピストルを作ると、天城を指で狙撃し、〝ご名答〟という言葉を何回も繰り返しながらフェイドアウトして、エコー効果を演出する。

　ああ、うざい。

「おわかりなら話は早い。今回の手術は医療法に抵触する恐れがありまんね。一方で日本経済界の至宝、上杉会長の命を救ったんでっから、ここはひとつ違法行為はお目こぼしし、今回の手術はつけかえ請求も黙認という出血大サービスしまっせ」

「つけかえ請求って何なんですか？」と世良が尋ねると、坂田は両手を振って言う。

「そうおおっぴらに真正面切って聞かれるとほんまは困るんでっけど、しゃあないな。ある病気に保険で認められない術式で対応した時、保険請求できる術式で対応したと書類申請すれば費用を認める、という掟破りの裏技ドリフト走法でんがな」

「それって違法じゃないんですか？」と彦根が銀縁眼鏡を光らせる。

「違法も違法、ど真ん中のど違法でアウトでっせ。でも社会は法の網にかからない世界の方が広いんでっせ。そんな杓子定規してたら世の中、大変でっせ。こういうのは社会通念、大人の世界ちうもんで。ま、青臭い学生はんには理解できないですやろ」

「でも、先例はないんでしょう？」

「いくらでもありまんがな。最近ではＣＴがあちゃこちゃ導入され、病院に運び込まれた遺体をＣＴして、死因を調べる検査が大手を振ってまかり通っておりまんな」

「それは違法なんですか？」

「法律で決められていない検査は違法でんがな。でも検査が必要なのはわかっとるで、生きてる間に撮影したことにして遺体のCT検査に保険から費用を出しとるんでっせ。これぞつけかえ請求の実例でんな」

「杓子定規の頂点みたいな厚生省にあなたのような役人がいて、そんなあなたがわざわざ桜宮まで出張ってきて、頼んでもいない出血大サービスをしようとしてくれる。この状況はどう解釈すればいいのかな」と天城は腕を組んで考え込む。

「そうか、なるほど。経費は払うし、告発もしない。代わりに上杉会長の寄付の件はチャラにしろ、ということですかね？」

坂田は扇子をばたつかせながら、世良と彦根を交互に見て言う。

「みなはん、聞きましたか？　ワテはそんな申し出、自分からはひと言も言ってまへんね？　今のは天城先生の自発的発言でっしゃろ？　ね？　みなはん、いざとなったら証人になってくれまんな？」

世良と彦根は途方に暮れ、天城と坂田を交互に見つめる。坂田は続ける。

「とにかく今、ウチは何かと風当たりが強くて、ちょっと何か言おうものなら、過干渉だ、権限の不当行使だと糾弾されてまうので、びくびくでんねん。今回の件もワテから言ったら、過剰指導やと言われかねませんねん。ほんま、惨《むご》い話でっせ」

坂田は突然、感極まったかのように、うっと胸を詰まらせ、しわくちゃのハンカチを取り出し目頭を押さえる。その様子を見て、天城は苦笑する。

「どちらにしても厚生省は、その方向に我々を誘導したいんでしょう？」

坂田はこぼれ落ちた涙をぬぐいながら、こくり、とうなずいた後で、あわてて首をぶんぶん横に振る。

「仮に、寄付要請の撤回を断ったら、どうなりますかね」

天城の問いかけに、坂田は涙と汗を一緒にぬぐいながら答える。

「ワテは、仮に、という言葉が、鳥肌が立つほど苦手ですのん。仮に、と言った瞬間に、もうパニック寸前になるくらいなんでっから」

そして坂田は、ぐい、と天城に顔を寄せ、小声で言う。

「それでも仮に、ま、あくまでも〝仮に〟でっけど、そんなことになったらたぶん、ワテの力ではもうどうしようもなくなってしまいまっせ。医療法に則《のっと》れば、どっちが違法行為で真っ黒なのかは誰の目にも明らかでっからね」

坂田は一瞬、隠し持った刃を口の端に煌めかせる。だがすぐお調子者の口調に戻る。

「でもこんなことで東海の名門、東城大の佐伯外科が破綻してしまうなんてこと、ワテにはとても耐えられないんで。というわけで全権委任大使を引き受け、はるばる西下したワケで。どうかワテの心遣いを無にしないでほしいでんな。でないとワテも鬼の上司からくどくど延々と……」

再びしゃくり上げ始めた坂田をみながら、天城は腕組みをする。

やがて顔を上げると、あっさり答える。

「わかりました。上杉会長の寄付の件は白紙に戻しましょう」

え、と世良と彦根は驚いて顔を見合わせる。そこに坂田も同じ釜の飯を食べた仲間みたいな顔をして加わる。それから大慌てで、元の韜晦の巣穴に駆け戻る。

「さすが電光石火のご判断。よ、大統領。モンテカルロのエトワール。ひゅうひゅう」

にやにや笑ってやりすごそうとしていた天城は、最後に一部の知り合いしか知らない通り名で呼ばれ、顔色が変わる。だがすぐ穏やかな表情を取り戻して言った。

「こちらこそ、帝華大の阿修羅によろしく」

「はいな」

そう答えた後、饒舌《じょうぜつ》だった坂田がぴたりと口を閉ざす。見ると坂田は両手で口を塞いでいた。両手で口を押さえたまま、ぎょろぎょろと周囲の様子を眺めていたが、時すでに遅し。諦めたような表情で口から手を離すと、からからと笑う。

「ご存じだったんでっか。全然知らへんような顔して、あんさんも人が悪いで」

天城は笑顔で答える。

「いえ、カマを掛けただけです。こんな片田舎に中央の官僚を引っ張れるのは、帝華大系列しかありえない。すると答えはひとつでしょう」

「このワテとしたことが、あんさんにハメられたんでっか」

呟いた坂田は顔を上げると、曖昧な笑顔を浮かべている天城に言った。

「それにしてもゴンの読みも外れっぱなしでんな。相当脅して最後は泣き落としも絡めないと天城はんの気持ちは変わらへんと読んでたんでっせ」

「誰ですか、ゴンって？」

「知らないんでっか？　高階の名前は権太《ごんた》と言うんでっけど、昔から自分の名前が大嫌いで、からかうと興奮して手がつけられなくなるんでっせ」

そこまで一気に喋ると、坂田課長は自分の口を両手で押さえる。

「あかん。また余計なこと、喋ってもうた。ゴンに叱られてまう」

天城はじっと坂田を見つめていたが、やがて高笑いを始める。

「ほな、用は済みましたんで、これで失礼します」

坂田はぺこりと頭を下げ立ち上がると、机の上のチェスの盤面を眺める。

「ちなみにその赤い騎士はどっち陣営なんでっか？」

「さあ、そいつが謎でね」

坂田はしばらく盤面を眺めていたが、ひとつの駒を取り上げ斜めに走らせる。

黒い僧正、ビショップだ。一手で出現した新たな局面に、天城は目を丸くする。

坂田は低いダミ声で言う。

「切れ者のあんさんにとって、頭が丸い坊さんはノーマークでっしゃろ。でも赤い騎士と連動すれば、致命傷になりまっせ」

天城は黙り込む。用が済めば長居は無用とばかりに坂田はそそくさと部屋を出た。

部屋は奇妙な沈黙に包まれた。やがて彦根が言う。

「ありがとうございました。厚生官僚がどんな人種か、よくわかりました」

「いや、さすがにあれはスタンダードではないだろう」

天城が苦笑すると、すかさず世良が言う。

「天城先生は、あのお喋《しゃべ》り役人から、よくあそこまで情報を引き出せましたね」

自分は道案内しただけで、一方的に圧迫されてしまったのに、と世良は感心する。

「それくらいでなければリベラル・シティ、モンテカルロでは生き残れないさ。日本は過保護だから、青年がそんな状況に触れる機会すらない。それは不幸なことだ」

真摯な視線で天城を凝視し続ける彦根に、天城は続ける。

「不確定な世の中を渡っていくために大切な能力は三つある。誰よりも遠くを見通せる目、微かな危険も嗅ぎ当てる鋭い嗅覚。そして三番目はツキだ。だがその三つよりもはるかに大切なこと、それがカネを持っている、ということだ」

「医療と経済と行政の関係に関し、理解を間違えていました。一から練り直します」

彦根は立ち上がるとお辞儀をし、天城は応じるようにうなずく。

「あわてることはない。君はまだ医学生だ」

部屋を出て行く彦根の後ろ姿を見送ると、天城はソファにもたれかかる。

「これでまたスリジエ並木の実現が一歩、遠ざかったな。私の頭の中には海が見える手術室がありありと浮かんでいるのに、なぜかそこにたどりつけないんだ」

世良を見上げ、弱々しい笑顔になった天城は遠い目をした。

「ジュノ、私はこの街に、さくら並木を植えることができるのだろうか？」

「もちろんです。当たり前じゃないですか」

反射的に答えながら、世良は自分の言葉を確信していないことに気づく。

「ところで、どうして例の寄付をあっさり撤回したんですか？　少しはゴネてみてもよかったのに」

天城は目を閉じて、静かに語る。

「今回の手術が成功したのは私の力ではなく天佑《てんゆう》だ。だから費用は頂戴できないのさ」

天城の頑ななまでのストイックさに、世良は感銘を受けた。それでも現実は、世界最高峰の手術を成功させ、健康体を取り戻させたわけだから、途中の過程がどうであれ、上杉会長には費用を支払わせてもおかしくないのではないか、と思う。

天城のそうした清潔な厳格さこそが、スリジエセンター創設において最大の障壁になるような、そんな気もした。

午後二時。

病棟業務が集中する時間帯の食堂はがらがらだ。新病院の地下食堂で大盛りラーメンをすする坂田の前には、腕組みをした高階講師が座っている。

「ここのラーメン、味はまずまずやが、実においしい、いや、惜しい。塩味が耳かき一杯、足りないで」

坂田は、高階講師に言う。

「このコメント、食堂の職員に伝えてや。ええか、塩は勇気や。ぎりぎり攻め込んで初めて桃源郷が見えてくるものなのや。それはつまり薄味好きの関西人は臆病者ちうことやがな。それにしても、中途半端に味がいいというのは致命的やな」

「自分の出身地をけなしたら、ろくな死に方をしないぞ」

「かまへん。事実やもの」

ずずず、と音を立てスープを飲み干した坂田は、どんぶりをどん、とテーブルに置いた。

「さて、ゴンの依頼は果たしたが、なんか後味悪いで」

「その呼び方はやめろ、と言っただろ」

「ま、長い付き合いや。こまいことは大目に見いや。けど天城はんは大したタマや。脅してもなだめてもすかしても、びくともせえへんかったで」

高階講師が身を乗り出してくる。

「そこだよ。それなのになぜ、こうもあっさり坂田の説得に応じたんだ？」

「何でそこでツッコむんや？　ケリがつけばいいやろ？」

「それは違う。天城先生との戦いはこれからが本番だから情報は多い方がいい。まして調子外れの坂田の目から見た情報なら、私が気づかなかった何かを見破る可能性がある」

「おい、こら、ゴン、今のはワテを褒めとんのか、貶《けな》しとんのか、そこらへんのとこをはっきりせいや」

「両方に決まってるだろ」

「ち。相変わらずムカつくやっちゃ」

高階講師の笑顔に、坂田は顔をしかめ、小声で呟く。

「ま、ワテが説得したいうより、天城はんがもともと決めてたとこにワテが飛んで火に入る夏の虫をしたんやないか、みたいな感じやったで」

高階講師がひとり、呟く。

「つまりもともと寄付の件は諦めていた、ということか」

「有り体に言えばそういうこっちゃ」

「何かあったのかな。そういえば上杉会長の手術の時、小トラブルがあったということは、ちらりと耳にしたが」

「小トラブル、ねえ。でも上杉会長は今はぴんぴんしてはるから、問題はなかったんやないかな。さて、じゃあ今度はワテの番や。今回の件は、黙っていれば頬っかむりできたのに、なんでわざわざ表沙汰にしようとしたんや？　ひとつ間違えば東城大は潰れてたで」

「放置したらどのみち、東城大は天城先生の手によって潰されることになってしまうからだよ」

「それや。電話でもそんなこと言うとったが、今回の手術は特別やから、そんな危険はないんとちゃうか？」

「それがそうでもないんだよ、坂田。スリジエセンターが出来るだけなら危機感など抱きはしない。でも天城先生の後ろ盾に白眉の国手、佐伯病院長が控えていることが問題なんだ」

「佐伯の御大がいよいよ動くんか。いったい何をやらかそういうんや、あの白ヤギ爺《じい》さんは」

「ドラスティックな大学病院改革、その達成のため医療行政への根本介入といったところかな」

「こらこら。最初はいいとして、後ろのヤツは聞き捨てならん。きっちり説明せんかい、こら」

「相変わらず省庁権益が絡むと急にガラが悪くなるな、お前は」

「当たり前や。官僚はそれだけが生き甲斐《いがい》なんやからな」

「当座、後半部分は気にしないでもいい。大学病院改革が成功した次のステップだからな。その大学病院改革自体がそもそも難産だし」

「備えあれば憂いなし、や。大学病院改革部分についてだけ、ちゃちゃっと手際よくとっとと話さんか」

「わかったわかった。そう急かすなよ」

高階講師はテーブルの上に置いてあったお茶で喉を湿した。

それから静かに語り出す。

「佐伯構想のキモは、大学病院の組織図を病院長だけ飛び抜けた存在にして、残りはフラット化しようという話だ」

「システムを迅速かつ効率的にするには正しい方法論やろうけど、粛清する相手は一癖も二癖もある老舗大学の教授連中やろ。実現は不可能やん」

「論点整理が早いな。まあ、普通はそう考える。だがここに天城先生のスリジエ構想が加わると、様相はがらりと変わる。坂田、大学教授の力の源泉を知ってるか?」

「医局員に対する人事権、教室費の分配権、の二本立てやろ」

「ご名答。さすが将来の事務次官候補と言われるだけはある」

軽いお世辞に、坂田はにやけてしまうのを抑えられない。高階講師は続けた。

「実は佐伯教授はそのふたつの権限を教授連から取り上げようとしている。その第一歩が特別室の病院長直轄一括運営で、教授連の懐を潤していた患者の付け届けを完全掌握する。次は初期研修の一元化で、すべての研修医を救急センターで初期研修させる、というものだ。これをやられると、各教室から新入医局員が姿を消し、その後の人員配分も病院長が絶大な権限を掌握できる。つまり医局員の人事権が教授連中から病院長に移動してしまうのさ」

「ほええ、そいつはえげつないもんやな。初期研修の一元化、並びに医局からの分離ねえ。ワテは今、大学病院改革懇親会ちう会議をやっとるのや。退屈な会議やけど、面白そうやから、それ、提言に織り込んでみよか」

高階講師の表情が変わる。

「やめろ。そんなことをしたら医局制度が本当に破壊されてしまう。そうなったら日本の医療は破滅するぞ」

高階講師の深刻そうな口調に坂田は意外そうに尋ねる。

「ドラスティックな改革派のゴンが、なんでそんなびびるんや？　ふんぞり返って威張っている教授連中が破滅するだけやろ？」

覆《おお》い被《かぶ》さるように言う坂田に、高階講師は首を振る。

「それは違う。そんなことをしたら困るのは地域住民だ。初期研修を一元化すれば、研修先は有名病院に集中する。すると僻地《へきち》の医師が足りなくなる」

「今もそうやろ？」

「今はまだ、大学病院の医局が医師の適正配置において、ひと役果たしている。お前たち厚生官僚が目の敵にしている医局制度のおかげで、僻地にも一定数の医師の配分がされているんだ」

「わかった。それなら今の話はご破算や。こんな話は懇親会では絶対に喋らへんから安心せえ」

「お前は、悪気はないけど口が軽いからなあ」

「長い付き合いのワテがここまで言っているのに、そんなことを言うんか、ゴンよ」

「長い付き合いだからこそだよ、坂田。そこまで胸を張るんなら絶対に口にしないと、今ここで誓えるか？」

坂田は口を両手で押さえ、うつむいてしまう。高階講師はお茶を飲み干す。

「まあ、そんなことはどうでもいいさ。佐伯教授は一歩も引かないだろうから、いずれこの情報は佐伯爆弾発言としてあちこちに綿毛みたいに撒き散らされてしまうだろうからな。だが、もしもその種が芽吹くようなことになったら大変なことになるぞ。今、桜宮にスリジエセンターなる新しい医療施設が出来たら、後は一瀉千里《いっしゃせんり》だ。その時にはもう誰にもその奔流は止められなくなってしまう」

「つまりゴンは、天城はんを徹底的に叩き潰したいわけやな」

高階講師は目を見開いた。

そしてうなずきも首振りもせずに、坂田を凝視した。

そんな高階講師の視線を振り払うように、坂田は大きくのびをして立ち上がる。

「そんな鬱陶しい目でワテを見るんやない。お前、こっちきて、なんや変わったで。帝華大の阿修羅と呼ばれていた頃なら、天城はんとタッグ組んでスリジエ創設に尽力していたんやないか？」

「そうかも知れない。だがお前の言う通り、私は立場が変わったんだ」

「ゴンが変わるんは勝手やけど、ワテとの約束を忘れたら許さへんで。お互い偉くなったら、日本の医療を根っこから変えたる、といった誓いを忘れんなや」

「お前との約束は、片時も忘れたことはないよ、坂田」

坂田は伝票を高階講師の前に差し出しながら言う。

「交通費代わりにここのラーメンはお前のオゴリや。何かあったら遠慮なく連絡せえ。ヒマやったらできるだけのこと、したるわ」

てくてくと食堂を出て行く坂田の後ろ姿を見送った高階講師は、目を閉じる。

その背後から女性の声が響いた。

「あんな危険な話を、こんな場所で白昼堂々となさるなんて、ずいぶん大胆だこと」

振り返ると、白衣姿の看護婦が腕を組んで仁王立ちしていた。

「これはこれは。千客万来ですね」

高階講師は口の端を緩めてそう言うと、藤原婦長に目の前の席を勧めた。

18 秘密同盟

七月二十二日（月曜）

背後から声を掛けた女性に席を勧めた高階講師は、微笑しながら尋ねる。

「藤原婦長、いつからそこにいらしたんですか？　全然気がつきませんでした」

「私ってば、影が薄いってよく言われるのよ」

中年の藤原婦長は妙に若々しい所作で言うと、高階講師はすかさず言い返す。

「よく言いますよ。地雷原と呼ばれる危険人物のクセに」

藤原婦長は、にいっと笑って高階講師の前の椅子に座る。

「ところでさっきの話、本気なの？」

「さっきの話、と言いますと？」

「とぼけないで。たった今、へんてこなお友だちとしてた、佐伯教授の病院改革に反対している、という話よ。とぼけるなら、あちこちで言いふらしちゃうわよ」

高階講師は肩をすくめる。

「どうぞどうぞ。それは本音だし私自身あちこちで公言してますし、私が御大・佐伯教授の忠実な番犬ではないということは、廊下トンビの間ではもはや常識です」

「じゃあ、本気なのね」

午後の病院食堂は人影もまばらだ。それでも藤原婦長は、念を入れるように左右を見回し、改めて誰もいないことを確認すると、ずい、と身体を乗り出した。

「ねえ、それなら、私と組まない？」

高階講師は驚いたように藤原婦長を見つめた。そして尋ねる。

「それは天城先生のスリジエ潰しについて、ですか？　それとも佐伯病院長の大学病院の改革を妨害するという方でしょうか」

「その両方よ」

高階講師はしばらく考えこんでいたが、やがてぽつりと言う。

「共闘はいいですが、条件があります。藤原婦長は危険な方ですから、絶対裏切ることがないように、誰にも言えないような弱みを教えてもらえないと安心できません」

「条件、ねえ。それならあたし、先生の大切な秘密を撒き散らさないと約束する」

「さっき喋ったことなんか、言いふらされてもまったく痛くも痒《かゆ》くもない話で……」

「そんなつまらないことじゃないの。私、さっきの話を全部聞いちゃったのよ」

高階講師は、坂田との会話で致命的な秘密を口をすべらせたかどうか探した。

だが、ぴんとこない。強気の口調でそう言うと藤原婦長はにまりと笑う。

「じゃあいいのね。明日から外科病棟で高階先生を、ゴン、とお呼びしても」

「それは……あなたはなんて汚い人なんだ」

絶句した高階講師は、呻くように言う。

「初めてお目に掛かった時からずっと、そういう風に思っていたんでしょ？」

藤原婦長は顔を上げる。そして高階講師に叩きつけるように言う。

「こんなやりとりは時間のムダ。急がないと大変なことになる。天城先生と佐伯先生がタッグを組んで、本気で大学病院の改革に乗り出したりしたら東城大はおしまいよ。医療の世界もカネ次第だなんてあさましい拝金主義を許したら、あんたのお気に入りの坊やがまっくろクロスケに真っ黒に染められてしまうわよ。それでもいいの？ほら、黙ってないで何とか言いなさいよ、この、うすらゴンスケ」

藤原婦長の真摯な抗議が胸を打つ。高階講師は小気味のいい啖呵《たんか》がもたらす胸の痛みを嚙みしめていたが、やがてきっぱり顔を上げて、藤原婦長を凝視した。

「絶対権力者の教授に弓を引くんだから、バレたら一蓮托生《いちれんたくしょう》ですよ」

「わかってるわ、そんなこと」

高階講師は揺るぎのない表情から、ふい、と視線を逸らし、深々と吐息をつく。

「わかりました。では盟を結びましょう」

「ああ、よかった」と藤原婦長は崩れ落ちるようにして机に突っ伏した。

「どうしました？」

藤原婦長はうつ伏せのまま、くぐもった声で言う。

「いくら高階先生がリベラルな先生でも、身分違いの看護婦から言いたい放題された ら、気分を害していきなり手のひらを返されてしまうかもしれない。そう思ったら生きた心地はしなかったわ」

「それなのにあんな啖呵を切れるんですか。つくづく無鉄砲な女性《ひと》だな」

呆れ顔で首を振り、高階講師は感動に胸を震わせる。そんなことに思いも馳せずに、安心のため一方的に担保を取ろうとした自分の意気地なさが情けなかった。

「私が絶対に藤原婦長を裏切らないという証拠に、これまで誰にも打ち明けたことがない、私の秘密をお教えしましょう」

机に突っ伏していた藤原婦長は、がば、と顔を上げる。

「何それ、面白そう」

今泣いたカラスがもう笑ったと思いながら、その豹変《ひょうへん》ぶりに少々軽率な申し出をしてしまったかな、と一瞬後悔する。だが、今さら後には引けない。

「一度しか言いませんのでよく聞いてください」

藤原婦長はうなずき、ごくりと唾を飲みこむ。高階講師は小声で言う。

「実は、私はゴキブリが大の苦手なんです」

藤原婦長は目を見開いて素っ頓狂な声を出した。

「ゴキブリぃ？　今時の女の子みたいな可愛娘《かわいこ》ぶりっこしても信じないわよ」

「だからこそ、本当っぽいでしょう？」

「ゴキブリ、ゴキブリねえ」

藤原婦長は、腕組みをして口の中で幾度か呟く。そしてぽん、と手を打つと言った。

「そっか、だから高階先生は天城先生のことがお嫌いなのね。確かにクロスケは見た目、ゴキブリみたいだもんね」

すると高階講師はいきなりテーブルを叩く。

「私は天城先生を嫌ってはいない。ポリシーが合わないだけだ。それに天城先生がゴキブリに似てるなんて、ゴキブリを舐めすぎだ。天城先生とゴキブリの共通点は黒ずくめということくらいで、あんなスマートなゴキブリなら私だって大歓迎だ。アレはもっとてかてかで、つやつや、ぎとぎとして厚かましくて……」

擬態語やマイナスイメージの形容詞を列挙する高階講師の顔を見つめていた藤原婦長は、その息つぎの時にぽつんと言う。

「昔、なんかあったの？」

高階は急停止ボタンを押された特急列車のように絶句する。

まじまじと藤原婦長の顔を見つめていたが、やがてぼそりと言う。

「まあ、それなりに、ね」

藤原婦長はうれしそうに両手をこすり合わせながら言う。

「それなら思い切って言っちゃいなさいよ。でないとそのトラウマはこの先一生、先生を苦しめ続けることになるわ」

高階講師はうつむいて「心理カウンセラー気取りかよ」と呟く。

しばらく言いよどんでいたが、やがて意を決したように顔を上げる。

「ゴキブリってヤツはね、飛ぶんです」

「は？」

「だから、ゴキブリはずんぐりむっくりのクセに、飛ぶんです。幼稚園の時、窓からゴキブリが飛んできて、着地した途端、何を勘違いしたのか、いきなり私の足を這《は》い上《あ》がってきて首筋から顔まで……以来、ゴキブリという単語を耳にするだけで、ほら、この始末です」

高階講師は腕を見せる。皮膚が膨隆《ぼうりゅう》している。

藤原婦長は、肩をすくめて苦笑いをする。

「蕁麻疹《じんましん》かあ。そこまでゴキブリが苦手とはね。わかった。私、これから先、高階先生の言うことは無条件に信じることにするわ」

「助かります。あと、その呼び方も……」

「わかってますって。ゴン、だなんて、できるだけ人前で言わないようにするわ」

「できるだけ？」

高階講師は一瞬、不安そうな表情で藤原婦長を見上げた。だが、すぐに諦めたように、弱々しくうなずいた。それは高階講師と藤原婦長という、東城大史上での最強タッグが成立した瞬間だった。

そこに駆け込んできたのは世良の同期、高階研究室の番頭役の北島だった。

「高階先生、佐伯教授がお呼びです。直ちに病院長室に来るようにとのことでした」

「わかった、すぐ行く」

高階講師は、優秀な外科医のマスクをつけ直すと、勢いよく立ち上がる。

「では、よろしくお願いしますね、高階先生」

北島に気づかれないようウインクして、藤原婦長は高階講師の後ろ姿を見送った。

そしてその姿が見えなくなるまで見送ると、ゆっくり立ち上がった。

急いで駆けつけたため、乱れた息を整えてからノックする。病院長室の扉を開けると、佐伯病院長と黒崎助教授がソファに向かい合って座っていた。

「おお、呼び立ててすまなかった。早速だがそれを見てくれ。それは今秋、東京国際会議場での開催が決定している国際心臓外科学会の詳細だ。今回は光栄にも大会会長を仰せつかり、黒崎を中心にここ一年、準備に励んでもらっている」

佐伯教授は、机の上に散乱している書類の中から、二枚を高階講師に手渡した。

高階講師は、黒崎助教授に頭を下げる。

「国際大会主催の準備は本当に大変ですね。お勤め、ご苦労さまです」

学会主催の準備委員長の業務は製薬会社や関連企業からの協賛金を得るということが主要部分を占める。学会準備は順風満帆なようだ、と書類をざっと見て理解する。

佐伯教授が唐突に、思いもよらないことを告げた。

「小天狗、お前にこの国際大会の準備委員長を黒崎から引き継いでもらいたい」

「はあ？」

思いもかけない申し出に、高階講師は絶句する。唖然としながら、ソファに座って寛いでいる二人を交互に見つめていたが、しばらくしてようやく疑問を口にする。

「この切羽詰まった時期にどうしたんです？　協賛がおもわしくないのですか？」

「いや、そのあたりは黒崎がきっちりやってくれて、ほぼ終わっている」

協賛金集めはこの時期には終わっていないと、学会開催自体があやうくなる。

「それならなぜ？」

いくら待っても佐伯教授からの追加説明がないので、別の角度から尋ねてみた。

「大会の目玉はやはり天城先生の公開手術になるようですね」

大会最終日、メイン会場の花形講演の部分に天城の名前がある。

佐伯教授はうなずく。

「まあ、それは仕方ないだろう。何しろ昨年の胸部外科学会で実施した公開手術の反響が大きくてな。是非見たいというリクエストが相次いだんだ。今や天城は、東城大という枠を飛び越して、日本を代表する外科医のスターになったと言えるだろうな」

学術大会を主催する大会会長は普段とは異なる気遣いが要求される。普通の学会なら、教室員に演題を出すよう指示すれば済むが、大会会長は三日間を通じ参加者を満足させるため趣向を凝らしたプログラムを考えなければならない。人脈を駆使し、交渉し、懇願し、恩を売り、貸しを取り立て、ありとあらゆる財産を供出し、大会の円滑な遂行を目指すものだ。

そう考えれば、天城の公開手術が目玉のひとつになるのは、至極当然の成り行きだ。

「であれば、やはり黒崎助教授が大会準備委員長のままでいる方が適切ではないでしょうか。何しろ心臓外科の国際学会なんですから」

言外に、消化器外科部門の自分は不適切ではないか、と匂わせると、佐伯教授はうなずく。

「確かに国際大会遂行だけを考えればその方がいいんだが、実はもうひとつ、教室の未来に関わる重要な企画が持ち上がったので、黒崎にはそちらに専念してもらいたいと思ってな」

佐伯教授はもう一枚の紙を高階講師に手渡した。

「実は四日後の教授会で、わが佐伯外科の主導により、新たな救急部創設を提案することとなった。黒崎はそっちの準備委員長にスライドさせることにしたんだ」

その言葉に、高階講師は違和感を覚える。

それなら国際大会の準備委員長は黒崎のまま、新たな救急部創設準備委員長に自分を充てる方が自然だ。しかも救急部創設は、国際大会の主催と違い、この先ずっと佐伯外科に影響を与え続けることになる。

そう思い至った瞬間、高階講師は、佐伯教授の本心を読み取った。

——御大は後継者は黒崎助教授、と心を決めたんだな。

それは佐伯教授の懐刀として名を馳せてきた高階講師の失墜を意味した。

それにしても、造反の弓を手に取ると決めた直後に、このような呼び出しを受けるとは。これでは外部から見ると、追いつめられて弓を引くという、みっともない形になってしまいそうだ。

高階講師は深々と吐息をついた。

——これも天命か。

物事の方向性が決定した瞬間、あらゆるものが一斉にその方向に向かって動き出す。

今がまさにその時だ、と高階講師は悟った。

高階講師は、救急部創設に関する書類を改めて熟読して、感想を述べる。

「秀逸な構想です。将来、センター化を目指し研修医の一括研修を目論みながらも、名称を救急部と矮小化することでその狙いをカモフラージュしていますし、ICUの積極的運用から救急部の開所へ、という実現段階にも説得力がある。ところで、いつ救急部を創設するのですか？　まさか来年度、とか？」

黒崎助教授をわざわざ国際学会の大会準備委員長から降ろすくらいだから、来年度開始などという無茶な工程表が内包されているのかも知れないと、高階講師は考えた。

だが佐伯教授のシンプルな回答は、そんな思惑を遥《はる》かに凌駕《りょうが》し、高階講師を驚愕《きょうがく》させる。

「そんな悠長なことで間に合うと思っているのか？　救急部創設は火急の要ゆえ、その始動は来月初頭に設定した。そうでもなければ、ここまで大会準備に奔走してくれた黒崎を、この時期にわざわざ委員長から外しはしないさ」

高階講師の声が思わず裏返った。

「来月ですって？　いくら何でもそれは無茶です」

今日は七月二十二日、企画を提案する教授会は二十六日。それで救急部の創設を八月一日に指定するという企画に対しては、こう言うより他はない。

「四日後の教授会で採択、来月冒頭から開始。このスケジュールが無茶か？」

高階講師は啞然としながら、別の角度から危うさを表明する。

「そもそも教授会で同意が取れるんですか？　下準備の依頼はありませんでしたが」

「小天狗、裏工作がお前の専売特許だと思ったら大間違いだ」

佐伯教授は白眉の下で目を細め、うっすらと笑う。

「……まさか」

高階講師の視線は黒崎助教授に注がれた。

「そのまさか、だよ。黒崎が実にきめ細かく説得してくれた。そりゃ説得力もあるさ。長年、佐伯外科を支えてきた手腕は誰もが認めているし、東城大の裏側を知りつくしているから、条件提示も硬軟取り混ぜて思いのまま。その上、そもそもこの工程表を考えたのは黒崎自身だ。確信ある言葉に、教授たちは次々と籠絡されたわけだ」

呆然とした高階講師に、黒崎助教授が厳かに言う。

「高階先生には中途からワシの仕事を押しつけて申し訳ないが、秋の国際大会の準備委員会の委員長をよろしく頼んだぞ」

深々と頭を下げる黒崎助教授を見ながら、高階講師は、ささやかな油断から自分の足元に生じた裂け目が、どんどん広がっていくのをひしひしと感じていた。

七月二十六日金曜。教授会の席上、佐伯教授が提案した救急部創設、及び総合外科がＩＣＵを統合する案が賛成多数で決定された。それに伴いＩＣＵは、総合外科学教室と手術室の二重統治を受けることになった。

反対者は循環器内科の江尻教授とその一派の教授三名だったが、ＩＣＵに関与しない教室ばかりのため説得力はなかった。

心血管外科グループの長、黒崎助教授が当座の部長に就任することが多くの教授連を納得させた。現実にＩＣＵで活動しているのは心血管外科が七、混成部隊の救急部門が三の比率だったので、この結果もむべなるかなと思われた。

現在のＩＣＵの代表者は脳外科講師で、教授会の参加資格がない上、上司の教授と折り合いが悪く、教授会の席上で講師の既得権益を守ろうというシンパは皆無だった。

こうして佐伯教授の提案は、いともあっさりと教授会を通過してしまったのだった。

＊

教授会から戻った佐伯教授は、直ちに医局運営会議の面々を招集した。

垣谷は外勤で欠席したものの、突然の招集に応じた黒崎助教授、高階講師、天城総帥、そして医局長の世良の四名に佐伯教授は教授会の決定を口頭で伝え、翌月の八月一日から救急部を佐伯外科主導で運用すること、責任者は黒崎助教授が対応することを伝えた。

頬を紅潮させた黒崎助教授の隣で、青ざめた高階講師が虚空を睨んでいる。

そこへ天城の陽気な声が響く。

「トレ・ビアン。さすがムッシュ佐伯。一部門の創設という荒技をいとも容易く教授会に飲み込ませてしまいましたね。大したものですがお話を伺う限り、救急部は私のスリジエセンターに併設されるべき組織に思えるのですが」

一瞬、不穏な間が部屋に流れた。なぜ、天城は聞いていないんだ、という表情で佐伯教授は周囲を見回す。

世良がどぎまぎとしてうつむき、その隣で高階講師が渋い表情で腕を組む。

佐伯教授はその一瞬で、自分の伝言が天城に伝えられていなかったということを理解したようだ。だがそのことには一切触れずにシニカルな口調で、天城に問う。

「なぜ、黒崎を任命したと思う？」

天城は首を傾げて、さあ、と答える。佐伯教授は白眉を上げ、からりと答える。

「理由は簡単だ。黒崎が立候補したからだ」

「立候補？　生徒会みたいですね。ところでその役職は公募していたんですか？」

天城の問いかけに、佐伯教授はにまりと笑う。

「それこそ生徒会ではないのだから、公募などしていないさ。黒崎は私がそういう意図を持つと読んで自らオファーしてきた。やる気がある具眼の士を用いれば成功は間違いないだろう」

嘘だ、と世良は口にしそうになる。

救急部創設の構想は、病院全体運営会議の席上、佐伯教授本人が語っていた。オリジナルのアイディアは佐伯教授から発信されているのだ。

「黒崎には今後、新人教育も引き受けてもらうことになる。八月一日以降は一年生の教育係もお願いしたい。これに伴い、現医局長の世良君は、新人教育業務の任を解かれることとなる。黒崎の指導の下、垣谷を医局長に再登板させることになるからな」

世良は無表情にうなずく。

本当は喜ばしいはずだが、この流れの中では、どういう顔をして、どのように振舞えばいいのか、さっぱりわからない。

天城の脳裏には、先日突然押しかけてきて、言いたい放題して帰っていった厚生省の課長・坂田寛平の言葉が浮かんでいた。

——切れ者のあんさんにとって、頭が丸い坊さんはノーマークでっしゃろ。

盤上の赤い騎士が跳躍し、喉元に匕首《あいくち》を突きつけてくるような映像が浮かぶ。

隣では高階講師が、憮然とした表情を隠しきれずに唇を噛んでいる。

高階講師にとって大いなる誤算だったのは、天城の伝書鳩《でんしょばと》である世良からの情報を封鎖し、天城に佐伯教授の伝言であるICU一体化構想を伝えるな、と口止めしておけば、いずれその役割は自分に振られるだろうと信じ込んでいた点にあった。

その裏で、黒崎助教授がその企てに自ら立候補するなどとは思いもしなかった。

高階講師にとって、黒崎助教授は完全にノーマークだった。おまけにもともと速水の教育係を黒崎助教授に委託したい、とさえ提案していた。

つまり自分の思惑通りになったその時に初めて、自分の選択が間違っていたということに気付いたわけで、何とも間抜けな話だった。

佐伯外科の三羽烏と呼ばれる三人の外科医たちの、三者三様の思惑がぶつかり合い、絡み合う様を、世良は呆然と眺めている。

窓の外、途切れた雲間から、ぎらりと強い陽射しが射しかけてきた。

佐伯外科の暑い夏が始まろうとしていた。

第三部　冬

19 カクテルの陰謀

一九九一年十月十八日（金曜）

季節の変わり目を、風の冷たさで知る。

十月十八日金曜。佐伯外科の手術日に当たっていたが、手術は組まれていなかった。国際心臓外科学会の開催を六日後に控えた教室員は雑用に忙殺されていた。

世良は、主が不在の天城の居室で、机上の国際心臓外科学会のプログラムを眺めていた。今頃、天城にしては珍しく患者の症例提示の準備をしているはずだ。なぜならこの後、医局会の席上で公開手術症例のプレゼンをすることになっていたからだ。

プログラム最終日の花形ページに天城の顔写真とプロフィールが掲載されていた。一番の目玉を最終日、会長挨拶の前に持ってきて大会途中で帰る人数を減らそうという意向だ。天城の公開手術があれば東京観光より公開手術見学を選ぶ外科医も多い。

改めて写真を見ると、天城は日本人離れした華があるとつくづく思う。だがそんなことより世良は、自分が留守番役になったことに小さな引っ掛かりを感じていた。

天城の手術に何が何でも参加したいと熱望していたわけでもないのに、いざメンバーから外されると、急に自分が不必要な人間に思え、意気消沈してしまった。

世良は机の上のチェスの盤面を眺める。

今回の公開手術には他に不安要素があった。手術を成功させたメンバーががらりと入れ替えられたのだ。器械出しの看護婦、猫田と花房も参加しない。八月に佐伯外科が救急部を創設した余波で、手術室の看護婦と総合外科病棟の看護婦が人事交流を余儀なくされたところに頭の固い手術室の福井婦長の意向が重なり、猫田・花房のゴールデンコンビが外されてしまったのだ。麻酔医も代わった。公開手術が名声になると知った先輩麻酔医が、実力ナンバーワンの田中助手を押しのけ参加してきたのだ。

加えて不動の第一助手、垣谷もメンバーから外れた。垣谷はその時間、別のシンポジウムの座長兼シンポジストとして登録されていたためやむを得なかった。天城は強権を発動し、それなら高階講師にお願いしたい、認められないなら公開手術をキャンセルすると脅した。それが功を奏し、ついに高階講師が、第一助手である前立ちを務めることになったのだった。これまで栄光を恣《ほしいまま》にしてきたチーム・アマギのメンバーは総入れ替えでまったく別の集団になった。ひとつひとつの変更はやむを得ないように思えるが、これだけ積み重なるとそこに悪意が見え隠れしているようにも思える。

そうした流れを差配しているのは一体、誰か。

それが急遽黒崎助教授と交代し、八月から本大会準備委員長の座に就いた高階講師だ、ということは世良の目には明らかに思われた。

成功しているチームを解体するという手法は成功を遠ざける負の方程式だ。そんな単純視が世良に、高階講師の真意を見抜かせていた。高階講師と天城の最終戦争は、桜宮から遠く離れたメトロポリタン・東京の地にて決戦の火蓋を切るのだろう。

その時、その場に自分はいない。

世良は顔を上げ、医局長代理として医局会に参加するため、天城の部屋を出た。

ざわついているカンファレンス・ルームで、世良は垣谷医局長の代理として翌週のスケジュール報告をしていた。先に東京入りしている垣谷を除き、珍しいことに今日はほぼ全員が勢揃いしている。この後、公開手術の症例プレゼンと病院レストラン『満天』で、国際学会の壮行会が開催されるからだ。

「来週は国際心臓外科シンポジウムで大半の医局員は東京に行き、一週間の手術予定はほぼゼロです。ただしどうしても来週でなければ都合が悪いため、昨日プレゼンしたように腹部グループの胃癌患者の広井《ひろい》さんだけは期間中に手術します」

世良は、手にしたメモの内容をかいつまんで説明する。

「学会中の留守番は四名。黒崎助教授が留守番部隊の責任者となります」

カンファレンス・ルームはざわめく。そのクラスの誰かが残留しないと教室が機能不全に陥るからやむを得ないとはいえ、黒崎助教授は心血管グループのトップで、国際学会の準備に奔走した功労者だということは誰もが知っているため、密《ひそ》かな波紋を起こした。国際学会の主催は名誉だが、そのために大学病院の日常診療をないがしろにしないという建前では、医局員を納得させることができなかった。

さらにナンバー2として残留するのは世良だ。キャリア四年目というのは心もとないが元医局長という肩書きに加え、桜宮がんセンターの中瀬部長が交流会で世良の当時の勤務態度を絶賛していたのが決め手になったという。世良の残留が発表された時、別の意味で驚きの声があがった。世良は天城の股肱《ここう》の臣だから、天城の公開手術があれば当然、世良を同伴するという暗黙の了解があったからだ。

一年生の苦力《クーリー》としてじゃじゃ馬と陰口を叩かれている速水が選ばれていることにも、不穏なささやきが聞こえた。残る一人の一年生の松本だけが穏当な人選だったため話題から取り残されたが、留守番役には本来その程度の関心しか払われないはずだ。

世良が一通り説明を終えると、部屋の片隅で高々と足を組み、退屈そうに説明を聞いていた天城は、「ようやく私の出番か」と大きく伸びをした。

天城の公開手術患者に関する症例検討会が始まった。華やかな雰囲気がしたのは、そのプレゼンが国際学会の公開手術用に準備されたものだったからだろう。

この会は、天城の予演会も兼ねていた。これまで形式的なことを忌避してきた天城には異例なことだった。今回、天城はプレゼンの席上で事前に患者の名を告げた。

「症例は徳永栄一《とくながえいいち》さん、七十三歳です」

「ま、まさか」

その名を聞いた瞬間、黒崎助教授が立ち上がる。ざわついていた部屋が静まり返る。

黒崎助教授は天城をにらみつけて、言う。

「お前、誰からその患者を紹介してもらった？」

「黒崎先生ならよくご存じのはずですが。市民病院の鏡部長からですよ」

「嘘だ。鏡部長がワシに無断で徳永さんを、外部の人間に紹介するはずがない」

世良は、天城は外部の人間か、と思ったが、誰ひとり、そこに突っ込もうという者はいない。天城は平然と応じる。

「そういう意味なら、本当の紹介者はそちらです」

天城が指さしたのは、部屋の隅で腕組みをして天城のプレゼンを凝視していた白眉の国手、佐伯教授だ。黒崎助教授は呻くように言う。

「どうして今さら、こんな大舞台でそんなご無体なことを……」

佐伯教授は白眉を上げて、言う。

「黒崎には事前に説明しておくべきだったかな。まず天城が患者の人選に難渋していると泣きついてきた。その時ふと、徳永さんの顔が浮かんだ。佐伯外科の頂点ともいうべき日に、我が教室の最大の負債が消滅すれば最高ではないかと思いついたら矢も楯《たて》もたまらなくなり、他の患者の可能性は一切考えられなくなってしまったんだ」

佐伯教授は立ち上がると、沈黙する医局員をぐるりと見回す。

「わが佐伯外科教室員の諸君には事実を伝えておこう。この事実を知る者は、この教室では今や私と黒崎のふたりだけとなった。といっても我々もその手術に関わっていない。だが佐伯外科の教室員ならば、この事実を心に刻み決して忘れてはならない」

佐伯教授のこのような演説を聞くのは、多くの医局員にとって初めてのことだ。

緊張した視線が見守る中、佐伯教授は白眉を上げて、言う。

「今回の公開手術の対象の徳永さんは総合外科最初の心臓バイパス術患者だった。術者はわが恩師・真行寺教授、第一助手は私の盟友、桜宮巌雄だった」

医局員は唾を飲み、佐伯教授の口元を見つめる。佐伯教授は厳かに言う。

「最先端の手術に挑むには我々は準備不足だった。だが当時は臨床研究と治療が一体化し、未知の領域に挑むことが許された時代だった。失敗は恥ではなく、前進する勇気の証《あかし》だと思われていた」

その患者がどうして未だに桜宮市民病院に入院しているのか。そしてなぜ天城の手術を必要としているのか。世良の鼓動が早まってくる。天城がスライドを映写する。

「ムッシュ佐伯、適切な補足説明、ありがとうございました」

教授の弁舌を補足説明と言い放つ天城の無頓着さに、世良は惚《ほ》れ惚《ぼ》れとする。

「私には佐伯外科の過去の失態に興味はありませんので、現状のプレゼンを続けます。これが徳永さんの心臓血管造影です。撮影は二年前」

写真を見て医局員が一斉にどよめく。心臓に血液を送る冠状動脈は右枝と左枝に分かれ、左枝は前下行枝と回旋枝に分かれる。つまり冠状動脈は都合三枝に分かれるわけだがフィルムに写し出された造影写真には冠状動脈が一本も写っていなかった。よく見ると糸よりも細い血管らしき影が細々と見えた。フィルムは患者の驚くべき状態を忠実に写し出していた。冠状動脈は三本とも、ほぼ完全閉塞していたのだ。

「……ありえない」

誰かが呻いた。冠状動脈のすべてが閉塞率百パーセントでは生存は不可能だ。

「桜宮市民病院の鏡部長は怪物です。こんな状態で患者を二十年以上、ベッド上の安静臥床《がしょう》とはいえ生《い》き存《なが》らえさせてきたのですから」

レーザーポインターの赤い輝点が病変部を指し示す。

「二十年前のバイパス術の技術レベルであれば即時撤退したのは英断です。だがそのため徳永さんは二十年にわたりベッドにくくりつけられた。ＱＯＬ（生活の質）をベースに考える現代の医療ではとうてい許されない暴挙です」

「そんな困難な症例に、なぜ天城先生はダイレクト・アナストモーシスを実施するのですか？」

思わず世良が尋ねると、胸のすくような即答が返ってきた。

「他に方法がないからだよ、ジュノ。だが三枝全てへのダイレクト・アナストモーシスはさすがの私もやったことがない。なのでメインの前下行枝の基部の狭窄部位のみ直接吻合術を実施、他の二枝は内胸動脈を用いた動脈バイパス術を併用する。世界最先端の技術である直接吻合術と、世界標準になりつつあるが日本では最先端の内胸動脈バイパス術というふたつの術式を同時に見られるのだから、公開手術の観客には満足してもらえることだろう」

世良は首を振る。そうではない。そんなリスキーな手術をして大丈夫なのかと聞きたかったのだ。おまけにその危険な手術の場に、自分はいない。

「この手術はぎりぎりのエッジでかろうじて成立する。少しでもバランスが崩れたら、奈落の底にまっしぐらだ。衆人環視の中で術死という、最悪の結果もあり得る」

危機的状況に追い詰められるほど、天城は陽気になる。佐伯教授が言う。

「これは大いなる賭けだ。失敗したら私の進退に関わる。だが成功したら、わが佐伯外科の負債を一気に解消し、新時代の大学病院を作り上げるための絶大な推進力になるだろう」

その言葉を聞いて、世良はようやく佐伯教授がなぜ無謀な患者を選択したのか、その理由が理解できた気がした。佐伯教授は大会後の闘い、大学病院改革の成否を公開手術というコイン・トスで占おうとしているのだ。

天城は手術の詳細を語ったが、教室員は誰もが佐伯教授と黒崎助教授の好対照な表情を交互に盗み見ることに夢中で、難解な術式のプレゼンは空疎に響いた。

症例検討会が終わり医局員が夕方の残務処理に急ぐ中、黒崎助教授は天城に歩み寄ると、深々と頭を下げる。

「ワシは手術には立ち会えないが、徳永さんをくれぐれもよろしく頼む」

「〈ビアン・シュール〉(もちろん)、全力を尽くします」

ふたりの外科医のシルエットを夕日の赤光が照らし出す。それは古き権威の象徴が、新しい技術の神に拝跪《はいき》するという、一幅の宗教画のような瞬間だった。

壮行会は、留守番部隊に対する慰労の意味合いが強かった。

出席者は佐伯外科の医局員全員に加え、総合外科学教室の病棟の看護婦と手術室の看護婦だ。当直者以外の手の空いている者は全員、病院の地下食堂に集合した。病院食堂のシェフにオードブルやサンドイッチを作ってもらい、勤務者にも同じ料理の大皿が運ばれている。こうした手配はすべて元医局長の世良の仕事だった。

夕方五時。三々五々、メンバーが集まってくると高階講師が挨拶をする。

「国際心臓外科学会準備委員長の高階です。今日のささやかな酒宴では、留守番の方に腹いっぱい召し上がっていただき、その蓄えで留守中は業務に励んでください」

ユーモラスな口調に会場に笑いが広がる。高階講師は佐伯教授にマイクを手渡す。

「では大会会長の佐伯教授からひと言、お願いいたします」

佐伯教授は、咳払いする。

「一年以上ご準備いただいた国際心臓外科学会が来週本番を迎える。医局員諸君に感謝する。今回の大会の目的はひとつ。佐伯外科ここにあり、と世界に示すことだ。そうでなければ大会会長などという、しち面倒臭いことなど引き受けはしない」

気持ちがいいくらいの大言壮語だが、佐伯教授が口にするとホラには聞こえない。そんなありきたりの挨拶をしながら、その裏で、あんなギャンブルに身を投じているなんてつくづく恐ろしい人だと世良は思う。佐伯教授は言葉を継いで、話を閉じる。

「というわけで、諸君には特別なことは何も望まない。普段のパフォーマンスを見せてくれれば、それでいい。我々は世界に通用する外科学教室なのだから」

嵐のような拍手が満ちた。マイクを受け取った高階講師が言う。

「佐伯教授の素晴らしい訓辞の後は、もはや言葉は不要でしょう。以後無礼講ですので、こころゆくまで楽しんでください」

壁際に並んだ獲物に殺到する餓狼《がろう》の群れの前から、ローストビーフや寿司《すし》といった高級料理が次々と姿を消していった。

オードブルに殺到する医局員を見遣りながら、何となくその輪の中に入りそびれて窓の外をぼんやり見ていた世良は、後ろから声を掛けられた。

「無理難題を押しつけられてしまったよ」

高階講師は、手にしたワイングラスをあおる。

「専門外の前立ちをさせられ、手術の難易度は特A級ときている。ひどい貧乏クジだ」

「でも天城先生と高階先生というタッグなら地獄の門番も逃げ出しそうです」

世良が笑顔で言うと、高階講師はくすりと笑う。

「今回は諸般のバランスを考え、君を留守番役にせざるを得なかった。すまない」

「気になさらないでください。俺も医局長を経て、少しは医局全体のことを見ることができるようになりました。妥当な判断だと思います」と世良は首を振る。

すっかり大人の発言をするようになった世良を見て、高階講師は目を細めた。

「そう言ってもらえると助かる。その代わり、君には胃切除術の術者を用意した」

「俺はそっちの方が嬉しいです。四年生は大学症例の術者は滅多にやれないので」

それは本音だ。シニアから戻り立ての外科医は第一助手が関の山で、下手をすると一年生と同じ鉤引《こうび》きの第二助手にされるから、胃切除術の術者は破格の待遇だ。

「でも、速水はがっかりしたでしょうね」

「何も言わないが、最近、少し元気がないのは案外、それが原因かもしれないね」

世良は苦笑する。速水の残留が発表された時、世良の残留に劣らず意外に思われたようだ。生意気な速水に対する懲罰ではないかと言う医局員も、少なからずいた。

世良がそう指摘すると、高階講師は苦笑する。

「速水君の居残りは黒崎先生のご指名なんだ。速水君の名誉のため、そういう声にはきちんと説明しているんだけど」

人事を決定した担当者が懲罰説をきっぱりと否定しているのに、未だに懲罰説に信憑性を感じる医局員が多いのだから、普段の速水の素行がわかるというものだ。

一方の松本は影の薄さでは留守番役に適役に思われた。派手な暴れん坊と、地味な下っ端ペアのバランスは絶妙だ。東京に同行する多数組はわくわくする気持ちを隠そうとしなかった。現場で割り振られる実働と、饗宴《きょうえん》に参加できるメリットを天秤にかければ労力の持ち出しの方が強いはずだが、滅多にできない経験というポイントがそうした不均衡を補っていた。

高階講師は世良に背を向けると藤原婦長に歩み寄り、ひと言ふた言、話をする。そんな高階講師の動線を目で追っていた世良は、ぽん、と肩を叩かれ振り返る。

「ジュノ、ひとりだけ桜宮でサボってるなんて、ズルいぞ」

天城の笑顔に、世良は肩をすくめる。

「仕方ないです。高階先生の決定ですから」

「ジュノは元医局長で高階と同じくらい偉いんだから駄々をこねれば行けたろうに」

「天城先生は、俺に公開手術を見に来てほしいんですか？」

とたんに天城は、ぷい、と顔を背ける。

「まさか。ジュノのデューティだ、と言っているだけだ」

世良は笑いをかみ殺し、真顔で本音を言う。

「残念ですけど、桜宮から手術の成功を願っています」

「ジュノも腹黒いセリフを吐くようになったな。高階の影響だな」

天城は気の抜けたビールをあおり、世良の側を離れて行こうとして振り返る。

「そういえば患者の術前評価、問題ないだろうな。前のようなミスは許されないぞ」

「もちろんです。検査結果を何回も確認しました」

そう答えながら世良は、状態把握以前に患者の現状そのものの方が大問題ではないか、と思う。そんな世良に、天城がひやりとするような言葉を投げ掛けてきた。

「アナムネも問題なかったんだな？」

うなずいた世良の脳裏に、ある情報が浮かんだ。患者の叔父にあたる男性が術死したが詳細は不明だった。だがわざわざ追いかけて伝えるほどのことには思えなかったので、世良はオードブルのテーブルに向かう天城の後ろ姿を見送った。
会場の隅から投げかけられた視線に気づく。小柄な花房に歩み寄ろうとした世良は
その時、天城に伝えようか迷ったエピソードをきれいさっぱり忘れていた。

壁にもたれ宴会場を見渡しながら、高階講師は隣に佇む藤原婦長に言う。

「怖くないんですか？　うまくいったら、大変なことになりますよ」

「怖いわよ。でも命までは取られないでしょ」

高階講師は呆れ顔で藤原婦長を見る。

「戦国武将の妻みたいな肝の据わり方ですねえ」

「え？　私がお市《いち》の方にそっくりですって？」

すかさず繰り出されたボケツッコミに、高階講師は苦笑する。

「いえ、そこまで褒めていません」

それから、改めてワインを口に含んだ後で、静かに言う。

「内部告発はタイミングがすべてです。ひとつ間違えると一瞬で水の泡、ですから」

「わかってるわよ。そのあたり、ぬかりはないわ」

窓の外は夕闇から夜景に変貌していく時間帯だ。高階講師は言う。

「世の中一寸先は闇ですし、何より御大は豪運です。油断はできませんよ」

「油断なんかしないわ。ひとつ間違えれば看護部門の全体責任になりかねないもの。そう思うとさっきから震えが止まらないの。ほら、見て」

藤原婦長は自分の足下を指さした。高階講師は藤原婦長を凝視し、笑顔になる。

「もし我々がコケたら、一緒にのんびり釣りができる病院に疎開しましょう」

「釣りをしたいなら富士見診療所あたりかしら。まあ、私にも好みってもんがあるんだけど、その時は仕方がないから、つきあってさしあげてもよろしくてよ」

「光栄です、お市の方さま」と高階講師は藤原婦長の肩を叩いて、言う。

「では私は裏工作に向かいます。宴会の締めは黒崎助教授にお願いしてありますので、時間になったら声を掛けてあげてください」

そう言い残し、飄々とした足取りで高階講師は宴席から姿を消した。

一時間後。高階講師は桜宮随一のホテル、『ブロッサム』最上階、バーのカウンターでカクテルの杯を傾けていた。隣の紳士が鶏のように甲高い声で言う。

「何の用だね、いきなりこんな店に呼び出したりして」

循環器内科学教授・江尻副病院長は、次期病院長選挙で佐伯教授の対抗馬として立候補を表明していたが、戦況は芳しくない。なので苛立っていた。

高階講師はバーテンからブラッディ・マリーを受け取り、一気に飲み干す。

「手順を踏んでいる時間がなかったもので申し訳ありません。用件は簡単です。江尻先生、今回の病院長選挙に勝ちたいですか？」

いきなり核心を衝かれ、江尻教授は口をぱくぱくさせ言葉を失う。

「き、君は……なんと軽率な。今回の病院長選挙戦で君は佐伯教授の参謀だということは、病院では誰でも知っている。そんな君がこんな所に上司の対抗馬である私を呼び出したりするんだからな」

「その情報は三ヵ月遅れです。八月、佐伯教授の病院長選挙対策本部の本部長は私から黒崎助教授に移行していますので」

「君は前回の選挙では最大の功労者だったはずだが」

「月日が移ろえば万物は流転します」と言って、高階講師は身体を乗り出す。

「という事実を知れば、私の話に耳を傾けてみようかという気になりませんか？」

江尻教授はまじまじと高階講師を見た。「条件は何かね」と掠れ声で尋ねる。

高階講師は、ネクタイを緩めながら答える。

「佐伯ドクトリンの心臓、救急センターのトップの座を頂戴したい」

江尻教授は息を詰め、高階講師を凝視した。やがて、ふう、と吐息をつくと、グラスのビールを一気に飲み干した。ことり、とグラスを置いて、言う。

「どうやら長い夜になりそうだな」

高階講師は江尻教授に言う。

「東城大に救急部を創設し、主体を佐伯外科に置くという〝佐伯ドクトリン〟はほとんどの教室員にとって寝耳に水でした。でもその発意が絶対君主・佐伯教授の真意だと判明したとたん、一気に医局内闘争の様相を呈し始めたのです」

「つまり今、佐伯外科は分裂状態にある、と言うのかね」

「現在の佐伯外科は、もともとがトロイカ体制です。黒崎助教授率いる心血管グループと私の消化器グループ、そして天城先生のスリジエセンターです。スリジエは天城先生ひとりでまだグループと呼べませんが、影響力と認知度は絶大で、無視はできません。後継者レースでは肩書き通り黒崎助教授が一歩優位ですが、流動的です」

江尻教授の目が光る。病院長選は圧倒的に劣勢なので藁《わら》をも摑みたい思いなのだ。

「ここ二年間は、佐伯教授は君を寵愛していたというウワサだが」

経歴からすれば黒崎助教授が佐伯外科を継ぐのが妥当だ。だが実力からすれば後継者は高階講師だという印象を誰もが持っていたのも、また事実だった。

「絶対君主の寵愛なんて風向きと同じ。今日、西を向いているからといって、明日も同じだとは限りません。そもそも佐伯教授は、この六年で多くの専門科の独立を許してきましたから」と高階講師は苦笑する。

江尻教授は、手元のグラスをあおる。

「確かに小児外科の斉藤《さいとう》君、肺外科の木村《きむら》君、脳外科の高野《たかの》君などの顔ぶれが並んでいる現在の教授会の様は、まるで佐伯外科の医局会のようだ。当時は自分の勢力をそぎ落とすような真似をする佐伯教授のことを笑っていたが、ここへきてその深慮遠謀に正直参っている。新教授たちは佐伯教授に絶対服従を誓う一騎当千の強者揃い。臨床教授の基礎票を労せずして獲得し、さらに彼ら親衛隊が影響力を周囲にもたらし相乗効果を生む。その破壊力は、この間の救急部設置の際の討議で思い知らされたよ」

高階講師は、このままではまずい、と危惧する。戦う前から戦意喪失していては佐伯病院長という巨魁《きょかい》は追い落とせない。高階講師は、江尻教授を鼓舞すべく言う。

「江尻教授のいう深慮遠謀など、佐伯教授にはありません。これは推測ですが、佐伯教授には自分ではどうにもならない破滅衝動があり、緩やかなスイサイド（自殺）を図ろうとしているのではないか、と思っています」

江尻教授は首をひねる。頂点の孤独は業が深い。だがそれは頂点に立ったことのない、あるいは立てない人間には、いくら説明しても一生理解できないだろう。

そんな諦念が、高階講師の胸中に溢れた。

「実はここへきて、いよいよ佐伯構想は最終段階に達しました。それが心血管グループと消化器外科グループの分離という暴挙なのです」

高階講師が本筋に話を戻すと、江尻教授は目を見開く。

「そんなことをしたら佐伯外科は解体してしまうではないか」

「でも佐伯教授はそこまでお考えのようです。六月の病院全体運営会議の席上での突然の宣言、いわゆる佐伯爆弾との整合性はありますよね」

そう言われれば、江尻教授もうなずかざるを得ない。

高階講師は淡々と続ける。

「今は心血管外科と消化器外科、どちらが今後の佐伯外科の主流になるか、ということが教室員の最大の関心事なんです」

「なるほど。権力闘争の流れが変わり、君も相当焦っているわけだな」

江尻教授のしたり顔が滑稽に見え、高階講師はひっそりと微笑した。

人は誰しも、自分が考えるようなことを他人も考えると思いがちだ。

だからさりげない会話に、その人となりが表れてしまう。

高階講師が江尻教授に造反を打ち明けたのは、佐伯改革が経済原理優先の天城の医療を土台に据えようとしているようにしか思えなかったからだ。今回、病院長選に勝利すれば、佐伯教授はためらうことなく改革を断行し、かなりの確率でその構想は実現化してしまう。

もしそうなったら、その状況をひっくり返すことは至難の業だ。だからこの一瞬は乾坤《けんこん》一擲《いってき》の勝負所だった。

それが単なる権力闘争にしか見えない江尻教授の貧弱な解像度は、高階講師が画策している謀反の遂行にはむしろ都合がよかった。

佐伯教授の腹心がすりよってきた理由が納得できたため、江尻教授は高階講師を信用しつつあった。別の側面から考えても高階講師の行動は佐伯教授の陰謀ではないと思われた。

病院長選挙の下馬評は、当然ながら佐伯現病院長の圧勝だ。優勢な人間は小細工を弄さないものだ。さらに佐伯教授は徹頭徹尾ムダを嫌う。だから江尻教授には、高階講師の申し出が罠である可能性を完全に排除できた。

こうして、江尻教授の高階講師に対する信用は樹立されたのだ。

何もしなければ、このまま立ち枯れてしまうだけだ。江尻教授は腹を決めた。

「それで、私は何をすればいいんだね？」

「江尻教授は来週木曜日、桜宮市民会館で市民講演会を行なうご予定だとお聞きしております」

江尻教授はうなずき、高階講師の次の言葉を待った。

20 天才のステージ

十月二十三日（水曜）

十月二十三日水曜日午前十一時。

東城大・佐伯外科の主要メンバーは東京に出発し、病棟はがらんどうになっていた。

そんな中、姿が見えない留守番部隊の一年生、速水を捜しに屋上に向かった花房は、結局、見つけられずにICUへ駆け戻った。

「すみません、屋上も捜してみたんですが、速水先生はどこにも……」

息せき切って上司の猫田に報告を言いかけた花房は、途中であんぐり口を開ける。

生真面目な表情で温度板にオーダーを書いていた速水は、花房を見て微笑《わら》う。

「俺が何か？」

背後で猫田主任が、ぼそりと呟く。「トロい子ねえ」

「花房さんは普通の看護婦さんです。猫田さんとは違いますよ」と速水が言う。

猫田主任は速水をちらり、と見て言う。

「あんまりすばしっこさを鼻にかけていると、そのうち痛い目に遭うわよ」

「ご心配なく。速度はすべてを凌駕するんです。でも国際学会には連れていってもらえず、居残りなのに手術の手洗いにも入れず、病棟当番はさせられ、世良先生は口やかましい。黒ナマズが研修医の指導係になって以来、風当たりも強くなる一方だし。こんなことなら直訴して東京にお供させてもらえばよかったかな」

猫田主任がうっすら目を開く。

「あたしが教授なら、速水先生は絶対東京に連れていくけどね」

「俺って猫田さんには評価されていたんですね。意外です」

「違うわ。留守番だと何しでかすかわからないから、手元において監視するのよ」

速水はむっとして、白衣の裾を翻し部屋を出ていこうとする。

「速水先生、どちらへ？」

花房が声を掛けると、速水は振り返らずに答える。

「オペ室。手術の外回りをしてきます」

「あら、珍しい。外回りなんて退屈だと、あちこちで言いふらしているくせに」

すかさず猫田が言うと、速水は振り返り、答える。

「外回りなんて退屈で死にそうですよ。でも病棟の雑用よりずっとマシです」

手術室の灰色の扉を開くと、手術は佳境にさしかかっていた。

速水が足台に乗って、術野をのぞき込むと、術者の世良が顔を上げずに言う。

「留守番役が病棟を空けるな、速水」

速水は頭を下げ無言で謝罪する。一等地から術野を見下ろす彼の指先はメッツェンの動かし方を空間で模倣する。そんな中、第二助手の松本の身体がぐらぐら揺れる。

「ちょうどよかった。ゆうべ当直で救急外傷を一晩中ウォッチしていた松本は限界だ。速水、第二助手を交代しろ」と世良が言う。

「え？　いいんですか？」

世良の言葉に跳ねるようにして手洗い場に向かう速水の背中を、黒崎助教授は渋い顔で眺める。手洗いを終えた速水が戻ってくると松本はすでに手を下ろし、手術室の片隅にうずくまっていた。速水は意気揚々と空席の第二助手の座に就く。

胃幽門部切除術は、外科医ならこなせて当然の手術だ。鉤を引きながら、目をらんらんと輝かせ手術を見守る速水の熱意に気圧され、世良が言う。

「速水、左胃動脈結紮をやってみるか？」

「いいんですか？」

「自信はあるのか？」

速水は一瞬、逡巡したが次の瞬間、「あります」と胸を張る。

左胃動脈は大動脈から直接分枝する腹腔《ふっくう》動脈の第一分枝で、胃幽門部切除術では、もっとも大動脈に近い血管だ。結紮をしくじれば大動脈損傷に等しく術死しかねない。佐伯外科では左胃動脈結紮ができれば一人前の外科医として認められていた。

黒崎助教授が目を細める。

「それなら、ワシは第二助手に降ろさせてもらう」

「黒崎先生は、俺が左胃動脈結紮をするのはまだ早いと思ってるんですか？」

速水が言うと、黒崎助教授は首を振る。

「早い、などという生やさしいものではない。危険だ、と警告しているんだ」

「トライもさせずに断言するなんて不当です」

速水は鋭い視線で黒崎を射貫く。顔を上げた黒崎助教授と視線がぶつかる。しばらく患者の身体をはさんでにらみ合う。やがてそっぽを向いてしまった黒崎助教授を横目で見ながら、途方にくれた世良に向かって、速水は尋ねる。

「俺はどうすればいいんですか？」

「今から術者になり、左胃動脈を結紮しろ」

その言葉に従い、黒崎助教授は速水のいた第二助手の席へ、世良は黒崎がいた前立ちの位置へ動く。速水の眼前に手術室の玉座、術者席がぽっかり空いた。ためらわず主賓席に就いた堂々たる姿を見ながら、かつて速水の友人が語った言葉を思い出す。

——アイツは主役にしかなれない男なんです。

速水に左胃動脈結紮を持ちかけたことを、世良は後悔し始めていた。

速水は躊躇《ちゅうちょ》することもなく、器械出しに次々にオーダーを出していく。

「長ペアン一丁。2《ニ》-0《ゼロ》シルク付き」

もぐりこませた指先に力を込める。術野に集中していた速水が顔を上げる。

「メッツェン」

手渡された金色の鋏で、速水は結紮した動脈を切離した。そして切り離した糸の断片を高々と背後に放り投げる。その糸が弧を描き、手術室の床にふわりと着地する。

世良と黒崎助教授の厳しい視線が、術野を厳格に徘徊《はいかい》する。

出血はしなかった。

「左胃動脈結紮終了しました。任務終了、以後、鉤引きに戻ります」

結紮を終えた速水は、高らかに宣言する。

「出しゃばるな。指示は術者が出す」世良は首を振ると、速水は涼しい顔で言う。

「でも、この場は俺が術者です。このままだと俺が最後までやっちゃいますよ」

速水は第二助手の席に戻り、黒崎助教授から鉤を受け取り黙々と引き続けた。

手術が終わり速水と松本が患者に付き添い部屋を出て行くと、世良はぽつんと言う。

「天才って、本当にいるんですね」

黒崎助教授は世良を怒鳴りつける。

「今の言葉、二度と口にするな。ただでさえあのじゃじゃ馬は、医局を引っかき回しておる。お前がそんな評価をすれば、余計図に乗る。そうなったら才能を腐らせた渡海の二の舞だ」

黒崎助教授の言葉に、世良は三年前に医局を去った外科医の後ろ姿を思い出す。

後片付けをしていた看護婦は、世良と黒崎の深刻な会話と無関係に楽しげな会話をしていた。

「明日の城東《じょうとう》デパートのイベントは気乗りがしないわね。だって聞いたことがないアイドルがゲストなんだもの」

「やっぱり今夜の『黒い扉』のライブにすればよかったな。今をときめくロック・グループ、バタフライ・シャドウだもん。でもチケットは五分で完売らしいし、勤務中で予約の電話もできないし、手術場の看護婦ってホント娯楽難民よね」

看護婦の明日のスケジュールの話を聞きながら、世良は突然、明日の市民講演会でスライド映写係をしてほしいという江尻教授から頼まれた雑用を思い出す。懇親会に招待してくれるので悪い話ではないが、もうひとりくらい人手が必要だ。

ふと、花房に頼んでみようと思いつくと肩が軽くなり、口笛を吹きたくなった。

＊

その夜。東京の国際会議場大ホール。

明日の本番を控え、突貫工事で完成された臨時の手術室が暗闇の中に沈んでいる。

こつこつと足音を響かせ、ステージに客席から向かう男のシルエットは舞台中央で立ち止まると、両手を広げ天井を仰ぐ。

「意外に広いんだな」と呟くと、木霊《こだま》のような声が響いた。

「舞台に立つと、違った景色が見えるだろ？」

突然、ステージが一条のスポットライトで照らし出された。

驚いて振り返る。客席の最前列に、足を高々と組んだ天城が座っていた。

「どうしました、こんな時間に？　ひょっとして眠れないんですか？」

高階講師が舞台の上から尋ねると、客席から天城が答える。

「眠るには早すぎる。それよりクイーン高階こそ、懇親会の最中だろう？　準備委員長が懇親会を抜け出していいのか？」

「社交は疲れるので。何より明日は本番の公開手術も控えていますし」

天城は立ち上がるとステージに上り、隣に立つ高階講師の顔を見ずに、言う。

「高階、お前は私を佐伯外科というチェス盤から叩きだそうとしているだろう？」

突然の問いかけに、高階講師は思わず絶句した。だが、すぐにうなずく。

「どこから聞いたんですか、そんな極秘情報を？」

「熊ん蜂みたいにブンブンうるさい連中が、わざわざご注進してくれた」

「それならひとつ訂正を。あの連中は熊ん蜂ではなく、廊下トンビという種族です」

「以後間違えないよう、気をつけよう。しかしそんな高階が、明日の公開手術では、私に全面協力しなくてはならないとは、何とも皮肉なめぐりあわせだな」

「実はそうでもないんです。私が天城先生を追い出したいのは院内政治の場からで、手術室からではないんですから」

天城は肩をすくめて笑う。

「ま、その言葉は信じよう。でなければ明日の手術を一緒にやれないからな」

高階講師は天城をまっすぐ見つめて、言う。

「私と天城先生は相容れません。でも一致する部分もある。それは、ベッド上の患者を元気にお帰しするためなら何をやってもかまわない、と思っているところです」

天城は高階講師を見つめた。やがて静かに歩み寄ると、左手を差し出した。

「握手しようか。今しか、クイーン高階と握手をする機会はない気がする」

高階講師は天城を見つめ返す。そして言う。

「左手での握手には、何か含みでもあるんですか？」

「いや、特に意味などないさ。レフティ（左利き）なだけだ」

「どこまでも自己中心的な方ですね」

高階講師は、左手で握手に応じる。そしてぽつりと尋ねる。

「そろそろ教えてもらえませんか、そのクイーンってどういう意味なのか」

天城は握手を解いて、笑顔で言う。

「それはお前と私の両方に忠実であろうとして四苦八苦している、二股忠犬のジュノに教えてもらえよ」

ステージを降りた天城は出口の扉で振り返ると、高階に敬礼を投げた。

「明日は頼んだぞ、クイーン高階。では〈ボン・ニュイ〉（おやすみ）」


十月二十四日木曜日、正午ジャスト。東京・国際会議場大ホールの裏手の楽屋口に白衣姿の医師が三人、待機していた。白眉の国手・佐伯清剛教授が、左手にモンテカルロのエトワール・天城雪彦、右手に帝華大の阿修羅・高階権太を従え、傲然と佇んでいる。その前に一台の救急車がすべりこんできた。

停止した救急車のハッチが開き、小柄な男性が降り立つ。丸眼鏡を掛けた丸顔の男性は、後から降ろされたストレッチャー上の患者に声を掛けながら、待ち受けていた佐伯教授たちには目もくれず、オペ室の方向へ患者と共に一目散に姿を消した。

その後ろ姿を眺めていた佐伯教授は、左右のふたりに向かって言う。

「今のが桜宮市民病院の鏡だ。アイツめ、目の前に患者がいると、周りがまったく見えなくなるのは昔とちっとも変わらんな。私とは五年ぶりだというのに」

「それだけ、この搬送はリスキーなんでしょう」

高階講師が言うと、佐伯教授は首を振る。

「冗談じゃない。鏡の付き添いが決まった時点で盤石さ。あとは患者を無事に帰せば、わが佐伯外科の負の遺産は清算できる。だが患者に万一のことがあったら、タダでは済まないぞ。患者の不幸を目にすると、鏡のヤツは凶暴な男になるからな」

天城が笑顔と共に軽やかにうなずいた。

「望むところです。すべて私にお任せを」


佐伯教授と高階講師、天城の三人は連れ立って公開手術の舞台にたどりつく。

舞台上では桜宮市民病院から出張してきた鏡部長が我がもの顔で、傍らの看護婦と麻酔医に矢継ぎ早にオーダーを出していた。

「パルスオキシメーターのチェックは一分毎《ごと》にして、三十分に一度は血ガス採取して酸素飽和度の数値を確認しろ。何らかの徴候が見えたら即座に対応するんだぞ」

「お前はふだんから徳永さんにそんな濃厚なチェックをしてたのか？」

佐伯教授の声に、丸眼鏡の鏡部長が振り返らずに答える。

「冗談じゃねえ。てめえが、こんな無茶な小旅行をさせるから、一からやり直してるだけだろうが。市民病院の特別室なら血ガスチェックなんざ三日に一遍よ」

佐伯教授はうなずく。

「鏡には苦労をかけるが、手術が成功すれば、患者はベッドから出られるんだ」

「そう聞いたから要望に応じたが、わざわざ東京でやらんでもいいだろうに」

「仕方がないんだ。徳永さんを手術台に載せるだけで膨大な費用がかかる。だが公開手術にすればコストは全部、国際学会本部に押しつけられるからな」

「結局、いのちとカネを両天秤ってか。世知辛い世の中だぜ。ああ、いやだいやだ」

鏡部長は患者の枕元から立ち上がると、腰をとんとんと拳で叩く。その時初めて佐伯教授の隣に佇む二人の外科医に気付いたかのようにしげしげと見る。

「初対面の大先輩に挨拶もしないのが流行《はや》りか？　真行寺先生に言いつけるぞ」

「相変わらず告げ口好きだな。それさえなければいっぱしの人格者なのに」

「オイラは使えるものは孫の手だって使う、下司《げす》な医者だ。告げ口くらい当たり前さ」

天城は苦笑して言う。

「ご挨拶が遅れて申し訳ありません。鏡部長のご高名は常々お聞きしておりました。

本日の術者を務める、スリジエセンター総帥の天城雪彦です」

鏡部長は天城の両肩を摑み肉付きを確かめるように上下させ、ぽんぽんと肩を叩く。

「あんたが術者か。徳永さんの夢はな、満員電車で若いＯＬさんに囲まれて電車に揺られることだ。そんな他愛もない願いごと、叶えてやってくんねえかな」

「〈ビアン・シュール〉（もちろん）」

鏡部長は天城の顔をしげしげと眺めて、しみじみと言う。

「それにしても綺麗な男だな、あんた」

さすがの天城もどう答えればいいのか、途方に暮れたようだ。隣から高階が名乗りを上げる。

「国際心臓外科学会準備委員長を拝命している高階です。第一助手を務めさせていただきます」

鏡部長は目をくるくると回して、笑顔になる。

「あんたが食道自動吻合器・スナイプの開発者か。アレのおかげで研修医が食道癌の手術をさせろとうるさくてなあ。ま、悪いこっちゃないが。ところであんたは、腹部外科の人間だろ。心臓手術の前立ちが務まるのかい？」

「ご心配なく。こう見えてクイーン高階は米国で二十数例の心臓手術の術者経験があるんです」

すかさず天城が助け船を出すと、鏡部長はまじまじと高階を見て、言う。

「そいつは立派なもんだ」

それからうつむいて、患者の耳元に寄り添う。そしてふたりの顔を見ずに言う。

「面構えを見ればふたりともいっぱしの外科医だとわかる。時間まで寛いでいてくれ。メンテナンスは責任持ってオイラが引き受けるからよ」

「手間を掛けさせて済まないな。公開手術が終わったら銀座で一杯やるか」

佐伯教授が言うと、鏡部長は怒声を上げる。

「バカ言うな、昔から何かってえとすぐサボろうとするクセはちっとも変わっちゃいねえな。手術が終わったらオイラは徳永さんに付き添って桜宮に帰らなくちゃならないというのがわかんねえか、このすっとこどっこいが」

「すまん、すっかり忘れてたよ」

「トップがこんなだと、医局員の質が低下するぞ。しっかりしろよ、清剛」

やり込められた佐伯教授の顔を盗み見た高階と天城は、顔を見合わせて苦笑した。

ステージから外に出ると、深々とため息をついた佐伯教授は大空を見上げる。

「わかっただろう。鏡に関わらせた以上、失敗は絶対に許されないぞ」

「ええ、確かに」と微苦笑していた天城は腕時計を見て、ぽつんとつけくわえる。

「ではお言葉に甘え、控え室で術前ミーティングを行ないますので失礼します」

佐伯教授は鷹揚にうなずく。助手役の高階講師は目礼をし、天城に従う。

「ヘイ、ジュノ、この患者のラボデータは……」

言いかけて天城は立ち止まる。高階講師を振り返り、照れ笑いを浮かべた。

「いつものクセで、つい……」という天城の肩を、高階講師がぽん、と叩く。

「今回はムードメーカーの世良君がいないので、いつもと少し雰囲気が違いますね」

ふたりは黙々と歩く。関係者用の通路の空中回廊の廊下を歩き、小窓から会場の観客席を見下ろした天城は、ぼそりと言う。

「あらゆるものが粘りつくように絡みついてくる。息苦しさの極点だな」

足早に立ち去る天城と同じようにステージを見下ろした高階は、歩みを止める。

「これは確かに、息苦しい」

ふたりが覗いた窓からは千人が収容できる会場が見下ろせた。そこには開始の二時間も前なのに、立錐《りっすい》の余地もないくらい観客が溢れかえっていた。


手術開始三十分前。

ステージ裏の天城は小さくまばたきを繰り返し、いつもより神経質に見えた。傍らでは、術前のステージの主役に躍り出た鏡部長が麻酔医に細かく注文をつけている。

そこへ高階講師がふらりと入ってきた。

「天城先生、お客さまです」

振り返った天城は、両手を広げる。

「ヘイ、ガブリエル、わざわざ日本まで来てくれたのか」

客人はオックスフォード大学の心臓外科ユニットの長、ガブリエル教授だった。

「当然さ。ユキヒコのオペが見られるなら、世界中どこでも参上するさ」

ガブリエル教授は天城を両手で抱きしめる。

「すまなかったな。ムッシュ佐伯はヘソ曲がりで、国際学会だというのにできるだけ国際色が出ない大会にしたかったらしくてね。だから海外からの招待客はゼロなんだ。そうでなければガブリエルには真っ先に声を掛けたんだが」

「気にするな、ユキヒコ。それよりも久しぶりにユキヒコの華麗な手技を見学できるかと思うと、ワクワクするよ。ユキヒコのオペは成功率九十九パーセントだからな」

「だが、もう成功率百パーセントには戻れない」

天城は暗い表情で天井を見上げて呟いた。ガブリエルは肩をすくめる。

「神でもなければ、手術成功率百パーセントなんてありえない。あれは不幸な事故だ。それにユキヒコが失敗したのは、あの一例だけだろう?」

「それでも私にとって、黒星であることに変わりはない」

ガブリエルは天城の肩をぽん、と叩いた。

「ユキヒコの言う通り、ユキヒコの手術の成功率はもう百パーセントには戻れない。でも限りなく百パーセントに近づけることはできる。今日も、そこににじりよる一歩と考えればいいさ」

「途方もない苦役だな」

そう言いながらも天城の表情がわずかに晴れた。ガブリエルが言う。

「では失礼する。観客席からエールを送るよ」

「メルシ。今回は会場の質疑応答もカットしているから術中会話もできないが悪く思うな。この患者は、そうでもしないと対応できないくらい、全身状態が酷いんだ」

ガブリエル教授の後ろ姿を見送った天城は、患者の枕元につきっきりの鏡部長の後ろ姿を見つめる。

天城の視野の中、小柄な鏡部長の後ろ姿が膨れ上がっていく。

天城はその姿に、雑念に囚われずにこの手術だけに集中しろ、と無言で叱咤《しった》されているように思えた。

21 ブラック・フィーバー

十月二十四日（木曜）

「シンポジウム23、ダイレクト・アナストモーシス公開手術の開始十分前です」

会場に女性の澄んだ声が響く。その声と共に、ライトが点灯する。

佐伯外科のダブルエース、天城と高階が術衣姿に着替えて舞台裏で待機している。麻酔導入が始まるが、いつもの田中麻酔医よりも数段腕が落ちるのは一目瞭然だ。これでキャリアは田中より十年近く上だというのだから呆れてしまう。

腕組みをして麻酔導入の様子を見守る天城に、鏡部長が近づいて耳元でささやいた。

「あれなら自分で麻酔した方がマシだと思ってるだろ。オイラもそう思うぜ」

天城は微笑する。鏡部長は続ける。

「オイラたちの世代は、麻酔を掛けながら手術したもんだ。それが麻酔科が独立し始めた最近の方が、麻酔技術が不安定になってしまったってんだから、がっかりだよ」

天城が小声で答える。

「どの専門分野も独立し運営できるまで十年掛かりますから、仕方ないでしょう」

「こりゃ驚いたな。あんたはのべつまくなしに周囲に噛みつく、わがままな外科医だという評判だったが」と鏡部長は目を見開いた。

「それは熊ん蜂、ではなく、廊下トンビの世界のお伽噺《とぎばなし》ですよ」

そう言った天城に、鏡部長はにやりと笑い返す。

その時、麻酔医が顔を上げ、すがりつくような目で鏡部長を見た。

「この患者、変なんですけど」

鏡部長は患者の枕元に駆け戻る。気管チューブは挿入され、人工呼吸器も規則正しく作動を始めている。モニタの数値も正常そのものだ。

だが鏡部長の視線は、ある一点で止まった。デジタル体温計。三十八度三分。

「人工呼吸器に載せたら、急に体温が上昇し始めたんです」

天城の顔が青ざめる。

「……悪性過高熱」

高階講師がぎょっとした表情になる。原因不明の発熱疾患の悪性過高熱は麻酔導入時に急激な体温上昇が起こる奇病で致死率は九割を超える。その唯一の特効薬は……

「すぐにダントロレンを静注しろ」

鏡部長の声に、麻酔医は呆然として動かない。

「まさか、ダントロレンを用意していないんじゃないだろうな」

麻酔医は震える声で答える。

「一回限りの出張麻酔とお聞きしたので。それに私、悪性過高熱の経験がないんです」

天城は患者と麻酔医の顔を交互に見つめた。鏡部長の怒声がステージ裏に響く。

「バカ野郎。悪性過高熱を経験してる麻酔医なんていねえよ。けどな、必ずダントロレンは準備しておくのが医学知識の集積ってもんだろが。このアホタレ」

麻酔医がうなだれた。だがいくら鏡部長の叱責が妥当かつ峻烈《しゅんれつ》でも、目の前で上り続ける患者の体温表示計の数字を下げることはできない。

混乱する舞台裏に、進行係の医局員が顔を出す。

「あと一分で幕が開きますが、よろしいでしょうか」

鏡部長がその医局員に向かって吠える。

「そこの一年坊、近くの大学病院のオペ室からダントロレンを取ってこい」

「は？」

鏡部長の声に気圧され、背広にネクタイ姿の医局員は後ずさる。

「あの、私、一年坊ではなく五年目ですけど」

ステージの上を右往左往している医局員に向かって、天城が怒鳴りつける。

「何をぐずぐずしてる。早く取ってこい。どこが一番近い？　維新大か、帝華大か？」

「タクシーで帝華大に行きなさい。オペ室に行き西崎外科の高階の依頼だと言えば、麻酔科の野口《のぐち》教授がすぐ対応してくれるはずです」

高階講師の言葉にうなずいて医局員は姿を消す。ステージ上に重い空気が流れた。天城の手が震えている。高階講師は怪訝な表情で、天城を凝視した。

「気分が悪そうですね」

高階講師が小声で尋ねると、天城はうつむいた。やがて、耐えきれなくなったように顔を上げ、言った。

「私は駆け出しの頃、悪性過高熱症例に遭遇し患者を亡くした。それは私がただひとり、手術で死なせた患者で、私にとって敗北のシンボルだ。悪性過高熱という言葉を聞くと指がしびれ、目がかすんでしまうんだ」

高階講師は絶句した。何てことだ。こんな大舞台で過去の亡霊と遭遇するなんて。

「三十九度二分」

体温計を読み上げる麻酔医の声。そこへ開幕ベルが華やかに鳴り響いた。

幕が上がり、急造の手術室が衆目に晒されてしまった。

様子を尋ねにきた医局員が、薬剤を取りに出て行ってしまったため連絡が取れず、進行係が幕を開けてしまったのだ。

スポットライトに照らされたメンバーは、呆然としていた。

高階講師は天城を凝視し、静かに、そして早口で言う。

「可能な限りフォローしますので、何とかリカバーしてください。いや、待てよ、悪性過高熱なら、それを理由にして手術から撤退するという選択肢もあるか」

高階講師が呟くように言うと、麻酔医に寄り添う鏡部長が低い声で言う。

「どうせ薬は間に合わないんだから、いっそ人工心肺に載せちまおう。そうすれば循環動態も安定するし、患者の身体を物理的に冷却できる」

「なるほど。〝切り結ぶ太刀の下こそ地獄なれ、踏み込みゆけば後は極楽〟ですね」

高階は、顔を上げ天城に言う。

「手術ではなく、人工心肺装着という治療だと思えば、対応できませんか?」

天城は震える手で、メスを受け取ると刃先を天に向けて、じっと見つめる。

「やってみよう」

意を決してうなずくと、天城は術野を見下ろしメスを振り下ろす。

綺麗な裂け目が皮膚上に広がる。だが天城のメス捌《さば》きにいつもの煌めきはない。

天城は悪性過高熱という呪文によって、手術室の天空の住人から地上の凡人へ引きずりおろされてしまったのだ。

術野外では鏡部長の声が、畏縮した麻酔医を叱責している。

「ハロセンを切って笑気とＮＬＡの併用に移行しろ。筋弛緩薬はマスキュラックスのまま。オイラは胃管から氷水を注入するから。ほら、急げ」

能力の低い麻酔医への叱責を耳にしながら、凡庸な外科医に成り下がった天城が、のろのろと開胸を始める。そんな天城に寄り添う高階講師が我慢強く術野を支える。

天城の手術を見慣れている者にとって、スピードはかたつむりのように遅かったが、それでも人工心肺が装着された時に時計を見ると、一般の心臓外科医が装着する平均時間よりはるかに速かった。インカムがないのがせめてもの救いだ。会場の巨大モニタに映し出される天城の手技は堅実で、内胸動脈の剝離場面にあっという間に到着する。それは手を引かれた幼児が懸命によちよち歩きをしているような手術だった。

だが不幸中の幸い、広い会場でそのことに気がついていたのはふたりだけだった。客席で腕組みをしている佐伯教授の白眉が痙攣《けいれん》している。その隣でガブリエル教授は心配そうな視線をステージに投げている。

患者の枕元では放心した麻酔医の陰で、鏡部長が薬剤投与や酸素流量の変更、アシドーシスチェックの徹底、対外循環を徹底的に氷で冷やし続けるなどきめ細かい対応をしていた。チーム・アマギは事実上、崩壊寸前だ。いや、いつものチームはとっくに瓦解させられ、急造の新チームでリリーフ陣が火消しをしているのだ。

無残な姿を晒しながらも、観客の多くはその事実を見抜けずにいた。凡庸な視線の海の中、天城はのたうち回りながら、懸命に前進を続けた。

「あ」と天城が小さな悲鳴を上げた。その手元を見て、高階講師は呆然と声を上げる。

「左側の内胸動脈を破損したんですか」

麻酔医の側にいた鏡部長が顔を上げる。今回の手術は冠状動脈枝を三枝ともバイパスするというものだ。どの動脈も高度に狭窄し、一枝でもうまくいかなければ、ぎりぎりで機能を維持してきた患者の心臓は悲鳴を上げ、拍動を途切れさせてしまう恐れがあった。そのため内胸動脈バイパス術を左右一本ずつ、それから内胸動脈からグラフト作成しダイレクト・アナストモーシスをする枝が一本。その三本バイパス同時遂行が要請されていた。今、天城の指先の震えによって左側の内胸動脈を損傷した。

これで、一枝の吻合が難しくなってしまった。

「残った右側の内胸動脈を用い内胸動脈バイパス一ヵ所、グラフトを二本取りダイレクト・アナストモーシスを二ヵ所に実施しましょう。大丈夫、天城先生ならやれます。上杉会長の時は二ヵ所同時にダイレクト・アナストモーシスをやったんですから」

高階講師が気を取り直して言うが、天城の視線は弱々しい。

「それは無理だ。見るがいい」

ペアンの先端で指し示された右側の内胸動脈を目にして、高階講師は息を呑む。

そこに内胸動脈が存在していなかった。鏡部長が呆然として言う。

「二年前、決死の覚悟でアンギオをした時は、この部位をチェックする余裕がなかった。まさか真行寺先生が内胸動脈摘出、グラフト作成まで試みていたとは……」

二十年前の手術で思わしい結果を得られなかった先達が、のたうち回った様を目の当たりにして呆然としながら、懸命な奮闘の痕跡を見て感動に襲われる。当時の真行寺教授は窮余の一策として目の前の内胸動脈をバイパスに使おうとしたのだ。動脈バイパス術の登場に先立つこと十年。試みを途中で諦めたために、真行寺外科では以降、内胸動脈バイパス術というアイディアは封印されてしまった。

先人の悪戦苦闘が未来の後輩たちを苦境に追い詰めたのは皮肉な宿命だ。

「私は事前のアンギオで、内胸動脈の状況を把握しなかったという同じミスを二度、犯した。そんな緩みが私を窮地に追い詰めている。もはや天意は明らかだ」

自嘲するような口調で言い、力なく手を下ろそうとした天城に高階講師が吠えた。

「勝手にリタイアするな。患者は今すべてを天城先生に委ねて横たわっているんだ。天城先生が諦めたらすべてが終わってしまう」

「だが刀は折れ、矢は尽きた。これ以上、どうしろというのだ」

術野を凝視する三人の外科医の視線が錯綜する。やがて高階講師は小さく呟く。

「やはり、それしかないだろうな」

顔を上げると、力強く言った。

「大丈夫。代替動脈はここにあります」

高階講師は、術野を覆っていた清潔な布をびりびり切り裂き始め、患者の身体を露出する。そこにはイソジン消毒された新たな領域が露出された。

仰天する天城を尻目に、高階講師が光る鋏で指し示したのは患者の腹部だった。

「グラフトは腹部にある。切離しても問題のない、太さもよく似た小動脈です」

「まさか……」という天城の呟きに、高階講師はマスクの奥で笑みを浮かべる。

「そう、胃大網動脈を使うんです」

胃大網動脈とは胃を取り巻く血管で、取り外しても生命に別状がないことは胃切除術で結紮されることからも明らかだ。だが、天城は震える声で言う。

「腹部から血管を持ってくるなんて、そんな無茶な……」

そこまで口にして天城は絶句する。心臓外科医にとって、腹部とは別世界の異国だ。

高階講師が言う。

「米国でバイパス術と胃癌切除術を同時にやった時に思いついたんです。当時のボスに言ったら、一笑に付されましたが。でも今、他に手はありません」

高階講師の声が響く。その後しばらく、沈黙が術野を支配した。

やがて患者の枕元から声がした。

「オイラも賛成だ。徳永さんが生き延びるにはそれしかない」

天城は「しかし……」と言ったまま、呆然と鏡部長を凝視する。

観客席がざわめき始めた。鑑識眼を持ち合わせない観客も、術中に突然術野を拡大するという行為を見て、アクシデントが起こっているらしいと理解しつつあった。

鏡部長は舌打ちをして、ふぬけ状態の麻酔医に言う。

「麻酔医さんよ、患者は人工心肺に載っているから血流動向も安定してるし、体温も体外循環を徹底的に冷却したからコントロールできている。つまり今の状態は初心者でも維持できる。そこまでは理解したか?」

麻酔医はうなずく。鏡部長は続ける。

「とりあえず悪性過高熱に対する処置はうまく行った。手術が成功すれば心血流が改善されるだろう。そのうちダントロレンが届くから届き次第、すぐに静注しろ。それくらいできるだろ?」

麻酔医は魂を失った操り人形のように、何度もうなずいた。

鏡部長は患者の枕元から立ち上がり、臨時の手術室から足を踏み出した。

「どちらへ?」

腹部を開きながら高階講師が尋ねると、鏡部長は目もくれずに答える。

「ひよっこ共の不手際の後始末に決まってるだろ。修羅場を人前に晒しやがって。こうなったらオイラが舞台でつじつま合わせしなければ収まりがつかないだろうが」

　ステージ上では段取りの違う幕開けに対応できず司会者が佇んでいた。手術画面がモニタ上に垂れ流され続ける中、開腹が始まり観客席からとまどいの声が上がり始めた。そんな中、白衣の裾を翻し、鏡部長が軽やかに舞台に立つ。スポットライトが燦然と小柄な姿を照らし出す。鏡部長は悠然と客席に向かって一礼した。

「私は桜宮市民病院の外科部長、鏡と申します。大会会長の佐伯教授とは真行寺外科の同期で、当時同様、今もこきつかわれております。本日は患者の主治医として搬送に付き添い桜宮からやってきました。正直バイパス手術より、ここまで搬送し麻酔を掛ける状態まで持っていくことの方が神業です。でも誰もそんな私を褒めてくれません。なのでせめて観客のみなさんにはそこのところをきっちり理解していただきたく、ついこうしてしゃしゃり出てマイクを手に取ってしまった次第です」

　笑い声と共に、暖かい拍手がわき上がる。だが客席の佐伯教授は、壇上の仮設手術室が尋常ならざる事態になっていることを察していた。出不精の鏡部長が出張って来るくらいだから事態は相当切迫しているのだろう。

　術野では高階講師が開腹を終え、大網の血管の剥離に入った。

「動脈は硬化もなく使い放題です。四本ありますから丸々一本取りましょう」

　高階講師はそう言いながら、天城の返事を待たずに胃大網動脈の一本を露出して、さっさと摘出してしまう。

「鏡部長が観客の注意を集めてくださっている間に閉腹します。その間にグラフトを作成しながら立ち直ってください」

言いながら第二助手の青木と閉腹作業に入った高階講師に向かって、天城は弱々しくうなずくと、バイパス血管のトリミングに意識を集中させ始める。

ステージ上では鏡部長の独演会が続いていた。

「わが恩師、真行寺教授の果敢なトライアルは、蛮勇あふれていました。決して無謀ではありません。だがいかんせん、二十年前の医療技術でその手術は不可能でした。それが今、モンテカルロの輝ける星、天城先生の招聘により可能になったのです」

小さな拍手が湧く。鏡部長は咳払いをして続ける。

「医療の進歩はかくも目覚ましく素晴らしい。にもかかわらず運命は我々に、そして患者に苛酷であり続けます。なんとこの患者は麻酔の導入時、悪性過高熱を発症してしまったのです」

どよめきがあがる。滅多に遭遇しないが、出会えば致死率九割を超えるという悪魔の悪疾。それがこんな晴れの場で発現したとは。

「しかしこの事態は麻酔医の英断により、一歩踏み込み人工心肺に載せ、体外循環で冷却して解消しました。真行寺外科の魂魄《こんぱく》が、麻酔の先生に乗り移ったのでしょう」

大きな拍手。高階講師は閉腹作業に勤しみながら、苦笑する。

体外循環へ移行して解消するという野蛮な解決法を思いついたのは自分のクセに。壮大な自画自賛とも言うべき鏡部長の演説はなおも続く。

「ところが運命はさらに苛酷な現実を突きつけてきます。何と内胸動脈が両方損傷していた、つまりバイパスのグラフトが一瞬にして消失してしまったのです」

会場から吐息が漏れる。このままいけば人工心肺から離脱できず、術死を見せつけられるという最悪の事態が、現役の外科医集団の脳裏に浮かんだ。

外科医にとって術死ほど忌むべき言葉はない。そんな会場の空気に、そして目の前にあってたゆたう運命にさえも抗うかのように、鏡部長は一段と声を張り上げる。

「しかし天城先生は、天才でした。内胸動脈が使用できないとわかった瞬間、まったく別種のグラフトを思いついたのです。それは何と腹部にある胃大網動脈でした」

満場の観衆は声もない。静まり返った会場に、鏡部長の声だけが響く。

「四本ある胃大網動脈は、一本結紮しても何の影響もない。でもこれは決して簡単な思いつきではありません。心臓外科医の世界は胸部だけ、腹部は異境の地、そこに修羅場で思いを馳せるのは誰にでもできる芸当ではありませんので」

会場から手があがり、指名を待たず背広姿の男性が通路に設けられたマイクに立つ。

「質問は設定されていませんが、異常事態ですから、不規則発言をお許しください。維新大の菅井と申します。昨年、天城先生の公開手術に関わった者として、ただいまのプレゼンターのお話で腑に落ちないところがございます。あたかも腹部血管を用いることが素晴らしい思いつきであるかのようなご発言ですが、学術的データの裏付けはあるのでしょうか。たとえばですが、胃大網動脈を一本外すことで胃潰瘍や、果ては胃癌になる確率が高くなったりしないでしょうか。そしてそのようなリスクを冒すことを、患者は同意なさっているのでしょうか」

鏡部長の顔が紅潮する。そして質問者をにらみつけた。その形相は金剛力士像のようだ。次の瞬間、雷鳴のような怒号が響き渡った。

「何を寝呆《ねぼ》けたことを言ってるんだ、あんたは？　患者の同意？　しゃらくせえ。今の状況を見ればわかるだろうが。あんたってヤツは、底意地の悪いおっさんだな」

いきなりべらんめえ口調の啖呵で切り返され、菅井教授は目を白黒させる。鏡部長は呵責《かしゃく》ない罵詈雑言を叩きつける。

「患者は二十年以上面倒を見たオイラに全権委任した。そんな事情を知らないハンチク野郎にとやかく言われる筋合いはねえ。腹部血管を使うリスク？　そんなことは、知ったこっちゃねえ。オイラが約束したのは、徳永さんの目にもう一回この世界を拝ませてやるってことなんだからよ。わかったか、このすっとこどっこい」

菅井教授は立ちすくむ。このような怒濤の暴言に直面したのは心臓外科のお公家《くげ》さまと呼ばれる菅井教授にとって初めてだった。だが鏡部長の追撃は容赦ない。

「じゃあ逆に伺うが、胸部に使える血管がなくなったこの状態、あんたなら一体、どうする？」

逆質問など想定していなかったのだろう、菅井教授は一瞬、言葉に詰まる。だがすぐに毅然《きぜん》として言い返す。

「このような危険な開胸手術は行なうべきではなかった。私なら、絶対にしません」

鏡部長はうなずく。

「確かにあんたは正しい。でもな、現実に胸を開けちまってるんだ。四の五の綺麗ごとを言える場合じゃないくらい、あんたも外科医の端くれならわかるだろ？ あんたはこんな手術はしない。確かにそうだろう。それはいい。じゃああんたの部下が功名心に逸《はや》り、こんな手術をしてしまったら、あんたはどうする？ 放っておいたら大事な患者が死んじまうんだぜ？」

菅井教授はうつむいてしまった。鏡部長は菅井教授を凝視して、沈黙を見届けると、おもむろに狂言まわしに復帰する。

「というように、心臓外科医の専門家集団には奇矯に見えてしまうこの手術について理解いただけるよう、天城先生の命をうけ、でしゃばりな先輩がこうして舞台に立っているわけです。こんな世迷《よま》い言《ごと》を言っている間に胃大網動脈のグラフト作成が終わったようです。これから天城先生オリジナルのダイレクト・アナストモーシスに移行します。今回は何と三ヵ所、一気に実施するそうで、天城先生も初めての経験だとのこと。これからみなさんは、生涯二度と目にすることがないであろう、空前絶後の手術の目撃者になるのです」

鏡部長の早口の説明に、会場全体に安堵《あんど》の吐息が漏れる。

天城のオリジナル術式であるダイレクト・アナストモーシスの失敗を想定する外科医は会場にはいなかった。それくらい、天城の手技は神格視されていたのだ。

観客たちの視線はモニタ上で展開している未曾有の心臓外科手術に釘付けだ。鏡部長はそろそろと後ずさりしながら、次第に声を小さくしていく。

「手術はいよいよ佳境になりましたので、出しゃばりな先輩はここらで引っ込みます。ご清聴ありがとうございました」

小さな拍手を従え、急ぎ足で手術場に戻ってきた鏡部長に、高階講師が言う。

「よくぞここまでハードルを高く設定してくれましたね」

「オイラたちはコイツをやり遂げるしか道はない、それなら派手にふかすのが外科医の心意気ってもんだろ」と鏡部長はにこりともせずに言う。

鏡部長の言葉は、瀕死状態だった天城への強心剤となった。

その言葉を耳にし、小さな喝采を全身に浴び、天城の目に輝きが戻って来た。

「モスキート、メッツェンバウム」

短く力強い指示に、器械出しの看護婦が反応する。

そこへ息せき切って使い走りの医局員が戻ってきた。その手にはダントロレンの薬品瓶が抱えられていた。

運命の歯車が逆回転を始め、逆風が一気にその風向きを変えた瞬間だった。


その後の十数分間、特設モニタに映し出された天城の指先には神が宿っていた、とその場に居合わせるという僥倖《ぎょうこう》に邂逅《かいこう》した心臓外科医たちは、後に証言する。

彼らは当時の録画技術の未熟さ故、その画像が虚空に失なわれてしまったことが返す返すも残念だ、と口々に言い添えた。

天城の技術は天与のものだが、そうした光景を心臓外科医が共有できたのは、日本の心臓外科界の最大の幸運だった、という心臓外科医は、後に新世紀を迎えた今でも、未だに大勢いる。

天城は一度はこなごなに砕かれた気力を振り絞り、指先に意識と気力を集中させ、一針一針、丁寧に確実に、そして素早く縫合を進めた。

会場の観客たちは呼吸も忘れ、その手技に見とれた。

やがて天城の指先が、すべてのエネルギーを使い切ったかのように止まると、金属のトレーにペアンがからんと滑り落ちた。

「〈オペラシオン・エ・フィニ〉（手術終了）」

静寂に包まれた会場に天城の宣言が響く。次の瞬間、崩れ落ちそうになった天城の身体を、鏡部長が身を翻し支える。そして舞台裏の技術係に向かって叫ぶ。

「公開手術は終わった。モニタを切れ、カーテンを下ろせ」

そして高階講師に向かって「おい、人工心肺からの離脱は任せるぞ」と言った。

高階講師はうなずく。

大型モニタの光が失われた舞台には、さざめきのような拍手が発生し、やがて会場全体を、春の陽光のように穏やかに包み込んでいく。

その溢れんばかりの拍手の中、しずしずと緞帳《どんちょう》が下りていき、修羅場だったオペ室を観衆の目からやさしく覆い隠していく。

カーテンコールの喝采が鳴《な》り止《や》まぬ中、鏡の腕の中の天城の口からは、「ジュノ」という言葉がこぼれ落ちたが、それを聞き止めた人物は誰もいなかった。

22 ガウディ・ナイト

十月二十四日（木曜）

十月二十四日木曜日、午後三時。東京での公開手術が幕を下ろした時刻。

桜宮の繁華街を走る黒塗りハイヤーに黒崎助教授と世良、松本の三人が乗っていた。

「松本、三日間ご苦労だった。お前の当直の晩だけ大荒れで、速水の当番の時は平穏だったから、仕事量にずいぶん差がついてしまったな」

世良が言うと助手席でぐったりしている松本が力なく「限界っす」と言う。三人は循環器内科の江尻教授が主催する講演会に向かう途中だった。黒崎助教授は苦笑する。

「それにしてもあのじゃじゃ馬が、よく留守番を引き受けたな」

「反佐伯一派の決起集会に私たちが出席するのはおかしい、まして手伝うなんて言語道断だと説教されました。ですから今さら出席できないでしょうね」

「仕方なかろう。循環器内科と心血管外科グループは切っても切れない仲なんだから」

「説明したんですが、製薬会社からの協賛金集めのための会だとうるさくて。でも最後は一年坊らしく、東京の国際大会グループと桜宮の副病院長グループのどっちからも声を掛けてもらえないなんて情けない、とむくれてましたけどね」

やがて、市民会館に到着した車から降りると世良は入口を見上げた。

「何かにつけて佐伯教授と張り合おうとする江尻教授は、今回も東京の国際大会の懇親会に合わせて桜宮で会を開こうと考えたらしいです」

市民会館ホールの玄関に『心筋梗塞を予防する』という看板が麗々しく掲げられていた。振り返ると、高台にそびえる東城大学医学部付属病院の白亜のビルが見えた。

「考えてみると今宵《こよい》の東城大は手薄だな。脳外科や肺外科の関連外科教室は大挙して東京の国際学会の公開手術見学に出かけ、反佐伯教授グループは市民会館に結集している。病院に残っているのは鼻っ柱の強いじゃじゃ馬くらいだ」

不安をあおるような黒崎助教授の言葉を打ち消そうと、世良は笑顔で答える。

「でもここから大学病院まで車で二十分、ポケベルもありますから大丈夫ですよ」

「ワシはあのポケベルというヤツが大嫌いでな。技術の進歩も良し悪《よ》《あ》しだ」

顔をしかめた黒崎助教授は、嬉しそうな顔でポケベルのスイッチを切る。

「玄関の注意書きに、館内ではポケベルは切れ、とある。ありがたいことだ」

世良と松本もポケベルのスイッチを切った。玄関先で黒崎助教授と世良が立ち話をしている姿を目敏《めざと》く見つけた江尻教室の医局長、木内《きうち》講師が飛び出してくる。

「黒崎先生、本日はご多忙のところ、ありがとうございます。休憩室にご案内します」

黒崎助教授は鷹揚にうなずくと案内人と共に姿を消した。残された世良はソファに座り込んでしまった松本に言う。

「手の空いた看護婦さんに手伝いを頼んである。彼女が来るまでの辛抱だからな」

松本は力なくうなずいたが、その目はうつろだった。


眩しいスポットライトの中、江尻教授の講演はクライマックスを迎えていた。

「私たち東城大は地域医療に貢献してまいりましたが、現在この土台を崩しかねない状況が出現しています。それが医療費亡国論という暴論に端を発した医療費削減政策です。その国家方針に対応すべく、我々医師も新しい業務遂行形態を……」

講演はもう終わりそうだ。舞台裏では姿を現さない花房を思い世良が苛ついていた。どうして連絡もよこさないのか。隣では疲れ切った松本が、先輩の世良を差し置いて熟睡しているのも苛立たしさに拍車をかける。その時、壇上の主役、循環器内科の江尻教授が原稿の朗読を止めた。舞台袖で医局長の木内が必死に身振りで何かを伝えようとしていた。江尻教授はひと言謝罪し、舞台袖に引っ込んだ。

舞台袖でひそひそ話が交わされている。断続的に江尻教授の叱責が聞こえてくる。

「あと二十分……」「ここからが一番大切なところで……」「それなら一足先に……」

やがて壇上に江尻教授が戻り、エクスキューズした。

「失礼しました。ちょっとトラブルがありましたが、大丈夫ですので続けます」

講演が再開されると、医局長の木内がスライド係の世良に歩み寄ってきた。

「世良先生、スライド係を代わります」

最後までやります、と言う世良に、木内は闇の中、声を低めて言う。

「緊急事態です。城東デパートで火災発生、怪我人《けがにん》が東城大に多数搬送されていま す。患者は外傷中心で内科の我々は足手まといですが、先生方は待ち望まれています」

世良は鳴らなかったポケベルを探り、会場に入った時に切ったことを思い出す。

後はよろしくお願いします、と言いタクシー券を受け取ると、隣にうずくまってい る松本の首根っこを摑み、黒崎助教授の席へ向かった。


東城大に近づくにつれ、複数のサイレンの音が響き始める。ハイヤーが病院に到着すると、点滅灯を回転させている救急車が道路にはみ出るように停車し、周囲で救急隊員が動き回っている。玄関ロビーに足を踏み入れた途端、世良は目を瞠る。

ロビーは修羅場と化していた。負傷者が多数横たわり、熱傷患者は濡れタオルを当てて呻いている。子どもの泣き声。看護婦の指示を求める声。まるで爆撃直後のような光景に、世良は思わず目を背ける。それは一帖《いちじょう》の地獄絵だった。

だがロビーには秩序も生まれていた。外傷患者のいる場所に外科系の医師が集められ処置している。事務室奥では頼りなさげな研修医の周りで軽傷者が口々に不安を訴えていた。皆、自分の業務に専念していた。見渡す限り臨時野戦病院は最上の機能を果たしているようだ。一体誰がこんな整然とした対応を取ったのだろう。

訝《いぶか》る世良の隣で黒崎助教授が「現状を直ちに報告しろ」と声を張り上げる。

背後から新たな救急隊のストレッチャーがなだれこむ。救急隊に突き飛ばされ、よろけた黒崎助教授の傍らを一陣の赤い風が吹き抜けた。

血染めの白衣を身に纏《まと》った速水だった。

ストレッチャー上の患者を診察した速水は、黒崎助教授に気づいて言い放つ。

「大腿骨折、整復を要します。黒崎助教授、クランケの処置をお願いします」

黒崎助教授はむっとした表情を隠さずに怒鳴る。

「研修医風情でこのワシに指示するとは何事だ。まず全体の状況報告をしろ」

速水は目を細め、黒崎助教授を見る。そして静かに言う。

「見てわかりませんか。患者は火災に追われ、屋上から飛び降り大腿骨折。背面に二度の熱傷。ただちに整復し補液など周辺処置後、整形外科病棟に上げてください」

「お前の指図は受けん。状況を報告しろと言ってるんだ」

速水はじろりと黒崎助教授をにらみつける。腕組みをして、胸を突き合わせるようにして、しばらくにらみ合っていたが、速水は突き出した膝に肘を乗せ、前のめりの姿勢になると黒崎助教授に顔を寄せ、怒鳴りつける。

「現状はひっちゃかめっちゃかで重傷患者は多数。わかったらとっとと仕事にかかれ」

速水は白衣を翻し到着した救急車の搬送口で、若い女性に心臓マッサージを始めた。

呆然とする黒崎助教授の袖を引き、世良が小声で言う。

「非礼を叱るのは後でできます。今はヤツの指示に従いましょう。今、俺たちが貢献できる場所はあそこです」

世良が指し示した外傷ユニットに黒崎助教授は肩を揺すりながら無言で向かう。

背後で、女性の心拍を引き戻した速水が立ち上がる。それから戦場を巡回視察する将軍のようにホール内を闊歩する。片隅に机を積み上げた一画に駆け上ると、仁王立ちになる。肩に掛けた血染めの白衣が風もないのにふわりと揺れた。

速水の横顔を、夕陽《ゆうひ》が赤々と照らしている。


市民会館に併設された豪奢《ごうしゃ》ホテル『ブロッサム』の大広間ではシャンデリアの下、ステージに立った江尻教授がマイクを持った。

「無礼講の前にひとつお話しさせていただきます。まず、本日の市民講演会をバックアップして下さった恩人にご挨拶を頂戴したいと思います」

江尻教授が指し示した場所にスポットライトが当たり、光の輪の中から、年輩の男性が立ち上がる。銀の杖をついた片手を挙げる。

「ご存じ、桜宮市の希望の星、ウエスギ・モータースの上杉会長です」

上杉会長は会場のどよめきと拍手に頭を下げ、舞台袖に用意された椅子に座る。

「現在東城大付属病院では次期病院長選挙戦の最中で、私も立候補しております。しかし残念ながら強大な現職病院長である佐伯教授の後塵《こうじん》を拝しているのが現状です」

この会が病院長選挙絡みだろうと考えていた出席者は多かったが、ここまで露骨に選挙活動に走るとは、誰も思っていなかった。だがそれでも江尻教授の話に耳を傾けたのは、自分たちの未来につながるかもしれないと考えたからだ。

「佐伯病院長は二期目の立候補にあたり、乱暴な改革に手を染めようとしています。経済原理中心の医療の導入で、ここにおられる上杉会長ご自身、その医療の犠牲者になるところでした。私が窮状をお救いしたため、本日こうしてお越し下さったのです」

上杉会長は立ち上がり再び一礼する。すかさず江尻教授が話を引き取る。

「佐伯病院長の大学病院改革の象徴が天城先生のスリジエセンター構想で、基本精神は患者から法外な治療費を収奪するというものです。上杉会長が手術に際し請求された額面をお聞きし、愕然としました。もし佐伯教授が二期目の病院長に就任した場合、この方針は拡大されます。そのことを証言する勇気ある告発者をご紹介します」

スポットライトは上杉会長から舞台袖の女性に移る。会場がどよめいたのも当然だ。そこにいたのは総合外科病棟の藤原婦長だったからだ。江尻教授は言う。

「ご存じ、佐伯外科の藤原婦長です。佐伯外科の一員だけに、彼女の告発の意味は重いものがあります。では伺います。藤原婦長は何を心配なさっているのですか？」

藤原婦長はマイクを受け取ると、眩しそうに目を細め観客席を見回した。一瞬、緊張の色を浮かべるが、すぐに落ち着いた声で話し始める。

「佐伯病院長は病院長直轄でＶＩＰ専用の特別室を創設しようとしていて、実際一部の病室で稼働を始めています。それが極楽病棟の特別室『ドア・トゥ・ヘブン』です」

「どうして藤原婦長は、上司である佐伯教授をこのような席で非難されるのですか」

藤原婦長は両手で肘を抱え、目を閉じる。大きく深呼吸をすると、目を見開く。

「看護部は以前から、特別室設置に反対していて、そのことは佐伯病院長もよくご存じです。もしそんな仕組みが出来たら不公平医療につながります。看護は万民に平等たれ。それが東城大の看護精神です。佐伯病院長は今、悪い方向へ舵を切ろうとしているようにしか思えません。これは榊総婦長が心配していたことでした。ですので私は、病棟を預かる看護部門の責任者としての判断で、みなさんに実情をお話しした方がいいと思い、こうしてここにやって来たのです」

一気に言い終えた藤原婦長は、自分に言い聞かせるように呟く。

これで自分は佐伯外科の裏切り者だ。

藤原婦長は高揚する気持ちになれなかった。正義だと断言できもしない自分にいつまでも当たり続けるスポットライトの眩しさに、ただ目を細めるばかりだった。

――これでよかったのよね、ゴンスケ?

藤原婦長は遠く、東京の空の下で国際大会の打ち上げでアルコール漬けになっているはずの、高階講師の横顔を思い浮かべた。だが、本人の気持ちの如何にかかわらず、その夜、藤原婦長は東城大の歴史に大きな足跡を残したのだった。

✿

藤原婦長が東京にいる高階講師に思いを馳せていたその頃。

高階講師の姿は、東京の打ち上げ会場にはなかった。では、どこにいたのか。

西に向かって疾駆する一台の救急車、その車中の人となっていたのだ。隣には鏡部長が、患者の枕元で一心にバイタル・データとにらめっこしていた。

ふたりは手術を終えた徳永さん搬送のため救急車に同乗し、桜宮に向かっていた。

「天城ってのは大したヤツだなあ」と鏡部長がぽつんと言う。

「ふつう、あそこまで壊れたら、簡単に復活なんてできるもんじゃない。だが一発、面を張っただけでしゃんとしやがった。小綺麗な顔をしてるくせに、根性は据わってるな」

「ええ、大したお方ですよ、あの人は」

救急車の車中で、公開手術を終えた患者を差し挟み、鏡部長は高階講師を見つめる。

「だがお前さんは、ちょっと胡散臭いぞ」

高階講師は肩をすくめる。「わかりますか？」

「ああ、ぷんぷん臭う。今回の公開手術は全部お前さんの差配だったそうだな」

「一応、大会準備委員長ですから」

「だとしたら解《げ》せない点がある。オイラは患者を任せた時からちまちま調べていたが、今回はこれまでの手術クルーとメンバーががらりと入れ替わっているだろ」

鏡部長は高階講師の目の奥をのぞき込む。高階講師は顔を伏せて、うつむいて言う。

「おっしゃる通りです。国際大会主催は教室全体で対応しないと遂行できませんので」

「そりゃウソだ。お前さんがその気になれば、そんな差配くらい、できたはずだ。つまりお前さんは、ベストメンバーでなくし天城の足を引っ張ったんだ。だろ？」

高階講師は無言で答えない。やがて鏡部長は大声で笑い始めた。そして言う。

「肝っ玉が小さい野郎だな、お前さんは」

ひとしきり笑い終えた鏡部長は、ずい、と前屈みになり、言い放つ。

「いいか、大学の権力争いなんて所詮ガキの喧嘩《けんか》だ。やりたきゃ勝手にやるがいい。だが患者のいのちが関わる領域でオイタをしたら、そん時はオイラが許さねえぜ」

高階講師は深々と吐息をつく。そして言う。

「これは医局の権力争いのようなちゃちな話ではありません。日本の医療の未来を変えてしまいかねない、由々しき事態なんです」

鏡部長は高階講師を見つめ、静かに言う。

「日本の未来がかかっていようが、世界が破滅しようが、知ったこっちゃねえ。オイラにとって大切なのは目の前の患者のいのちだけだ。お前さんは天城の力を発揮させないよう手足を縛って手術させ、オイラの患者のいのちを危険に晒したんだ。たとえ世界中がお前さんを賞賛しても、オイラは絶対に許さねえぞ。覚悟しな」

鏡部長は、高階講師の顔をのぞき込む。

高階講師はうっすら笑い、鏡部長を見返し、静かに言う。

「私は患者の命を危険に晒すつもりはありませんでした。ただほんの少し、天城先生が醜態を舞台の上で見せてくれれば、それでよかったんです。でも私がやったことに対する非難は覚悟しています。私は世界中に散らばる医療の良心、無数の鏡先生から責められ続けるでしょう」

鏡部長はまじまじと高階講師を見つめる。それから笑って肩を叩く。

「なんだ、わかっているのか。ならいいや。世の中結果がすべてだし、今回、徳永さんが助かったのもお前さんの機転のおかげだ。それでチャラにしてやらあ」

そして腕組みをして目を閉じる。

「オイラはお前さんを許せないが、いつかとことん飲み明かそうや」

うつむいた高階講師は、鏡部長の申し出に返事をしなかった。


深夜、黒崎助教授は東京のホテルに滞在している佐伯教授にホットラインをかけた。そして研修医、速水の越権行為について切々と説明した。

「このような越権を研修医に許す事態を看過すれば、我が総合外科学教室、ひいては東城大の秩序が崩壊します。お戻りになられましたら何としても、速水研修医に断固たる譴責《けんせき》を……」

受話器の向こうから、佐伯教授の低い声が聞こえてきた。

「部屋の窓から見る東京タワーは、それは見事だぞ。天下を取った気持ちになる」

「はあ」と黒崎助教授は、間抜けな相づちを打つ。何だか急に、佐伯教授の存在が遠ざかったような気がした。そうと気づかぬように、佐伯教授は言う。

「夜のニュースで桜宮の惨事を知った。責任者としてよく留守を守ってくれた」

「え？　あの、佐伯教授、私が申し上げたいのはそのようなことでは……」

「回線の調子が悪いのか、そちらの声がよく聞こえない。だが江尻君と黒崎のおかげで事なきを得たわけだ。東京でも東城大の声価を高めたと評判で、私も鼻が高い」

「過分なお褒めの言葉は、私にふさわしくは……」

「あ」

佐伯教授が小さな声を上げた。

「どうかされましたか」

受話器の向こうに沈黙が広がった。やがて佐伯教授の沈んだ声が、電気信号に変換されて、黒崎助教授の耳に届けられる。

「今、東京タワーの灯りが消えた」

電話は切れた。電話の不通音が、耳に押し当てた受話器から空しく響く。

黒崎助教授は凍り付いてしまったかのように、その音に耳を傾けていた。

今宵は佐伯外科の二枚看板、高階と天城を侍らせ、心ゆくまで飲み明かしたかったが結局、ホテルの部屋でミニバーのミニチュアボトルを開け、ひとり、苦い祝杯を傾けている。

暗いホテルの殺風景な一室。

佐伯教授は、深々とソファに沈み込む。

先ほどまで行なわれていた打ち上げは白けたものになった。大会準備委員長の高階は患者に付き添うと称し、救急車で桜宮に逃げ帰った。もちろん患者第一の鏡部長も一緒だ。そして公開手術を創意あふれる術式で成功させた天城は、ひとり部屋で伏せっている。

この国際学会は、終わりのはじまりかもしれない、とふと思った。

✿

救急隊と共に桜宮市民病院まで術後患者を送り届けた高階講師は、街路をひとり歩いていた。救急車内のラジオでは、城東デパート火災の大惨事に対する東城大の対応が賞賛されていた。だが鏡部長の患者に対する集中力にすっかり当てられてしまった高階講師は、医師になりたての頃、あるいは医学部入学直後の初心を思い出していた。

その足は自然と東城大学医学部付属病院へ向かう。

真夜中の外科病棟に舞い戻った高階は、看護婦が立ち働く様子をこっそり覗き見る。傍らで黒崎助教授と医局員がぼそぼそ話している声を確認し、その場を離れる。

ＩＣＵがこの程度なら、病院全体はもっと落ち着いているだろう。

ほっとした瞬間、目の前を長身の影がよぎった。速水のシルエットだった。

速水は高階講師には気づかず、まっしぐらにエレベーターホールに向かう。速水の乗ったエレベーターが屋上に到着したのを確認して、高階講師は別のエレベーターボタンを押した。


ごう、と風が鳴る。

屋上の手すりにもたれ、速水は桜宮市街の夜景を眺めていた。

その後ろ姿を見つめていた高階講師は、闇の中のもうひとつの影に気づいた。

目を凝らすと、女性のシルエットのようだ。

その指先には蛍のように、煙草《たばこ》の火が点滅を繰り返している。

女性はしばらく速水を眺めていたが、煙草の火をもみ消すと音もなく速水に近づいていった。女性がなにごとか速水に語りかけたが、ふたりの会話は風に吹き消され、その断片しか耳には聞こえてこない。

速水の声が風に散る。

「俺には、翼なんかなかった」

女性の声が、夜の底で朗々と響く。

「そうね、あんたは翔《と》べないイカロス。でも諦めなければ、いつか神になれる瞬間が訪れるわ」

その瞬間、風がぴたりと止み、速水の震える声が、まっすぐに高階講師に届いた。

「俺でも神になれますか？」

女性は黙り込む。

やがて天から響いてくるような声が、速水にひとつの宿命を告げた。

「長い年月の果て、あなたは誰よりも神の座の近くに昇り詰めるでしょう」

高階講師はその言葉を聞き遂げ、そろそろと後ずさりする。

うつむいて階段を駆け下りていくその表情は、屋上に向かった時と打って変わって明るかった。

23 傷だらけの帰還

十月三十一日（木曜）

公開手術から一週間、天城は桜宮に戻ってこなかった。世良はいらいらしながら、天城の帰りを待っていた。だが姿を見かけたというウワサすら耳にしなかった。

病院内は天城の消息を心配するどころではなかった。廊下トンビ共のカーニバルのような大騒ぎになっていたのだ。江尻教授が満を持し発信した情報が、燎原《りょうげん》の火のように燃えさかった。特に天城が上杉会長に手術費用代わりに巨額な寄付金を請求した事実があちこちで語られた。盤石だったはずの佐伯教授の勝利は江尻教授が放った、たった二本の火矢で、焼き尽くされようとしていた。

一の矢は桜宮の名士、上杉会長が江尻教授の全面協力を表明したこと。二の矢は佐伯外科の婦長で、次期総婦長候補の呼び声高い藤原婦長が反旗を翻したことだ。

このふたつの火の手が呼応し、難攻不落の佐伯城を攻め立てた。それだけではなく、国際心臓外科学会の公開手術で大成功を収めたその手法まで非難されはじめた。

維新大の菅井教授から、或《ある》いは帝華大の西崎教授からの歪められた情報が、誇張されて伝えられた。反佐伯一派の外交による攪乱《かくらん》戦法だ。

公開手術の立役者、天城が不在であり続ける事実が、そうしたウワサの拡散に拍車をかけた。小さなコミュニティでは、事実よりも共通認識の方が真実になる。謀略戦では完全に後手に回っていたが、佐伯教授はあえて防御策を取らず、無防備なまま立ちすくんでいるかのように見えた。

一方、江尻教授の声価は日に日に上がっていく。善悪はともかく、同時多発の一斉攻撃を一糸乱れずに指揮できることは、江尻教授の潜在的指導力の表れだとみる一派さえ出てきた。

しかし長年、東城大をウォッチし続けた廊下トンビのベテラン連中は、江尻教授の豹変ぶりがあまりに劇的すぎて、状況を理解できずにいた。密かに、江尻教授は人格破綻し別人になったのではないか、などとさえ囁かれていた。

だが目を凝らし、耳を澄ませば、こうした一連の動きの中に、江尻教授とは異質の、外科的発想の戦略が混じり込んでいることに気づいたはずだ。

だが、ほんの一瞬漂った不穏な気配は、次の瞬間には完全に消臭されたため、廊下トンビたちに見抜かれることはなかった。

病院長選挙が間近に迫ったある日、世良は病棟の看護婦に呼び止められた。

「さっき、天城先生が世良先生を探してたわよ」

世良は飛び上がる。書きかけのカルテを放り出し、走り出す。息せき切って赤煉瓦棟にたどりつくと、玄関先でマリツィア号の傍に佇んでいる天城の姿が見えた。

新聞紙にくるんだ細長いものを大事そうに抱えた天城は、世良の姿を認めると、手を挙げる。

「やあ、ジュノ、久しぶりだね」

懐かしい声に胸がいっぱいになった世良は、震える声を隠し、深々と天城に頭を下げる。

「公開手術の大成功、おめでとうございます」

天城は微苦笑を、頰に浮かべた。

久方ぶりに会ったせいか、天城の身体は少し縮んでしまったように思えた。

さまざまなウワサが飛び交っていたが、手術された患者は無事桜宮市民病院に戻り、リハビリも順調だという情報が伝わってきたので公開手術の成功を信じていた。

「メルシ。そんな大昔のことで褒めてくれるのは、今ではジュノくらいだな」

天城は遠い目をする。

「だがその褒め言葉は、私にはふさわしくない。あの手術はとても成功とは言い難いものだった」

世良は天城の言葉に違和感を覚えた。

市民病院の患者はすっかり元気になって院内を自由に歩き回っているという報《しら》せが、東城大にも流れてきているというのに？

天城は愛車、マリツィア号にまたがり、荷物を世良に手渡す。世良の身の丈の半分はありそうな、新聞に包まれた細長い筒状の物体だ。

「ジュノ、悪いがソイツを持っていてくれ」

タンデムシートに乗ると、ハーレーは緩やかに走行した。

天城もこんなにゆったりと走れるのか、と思うくらいの安全運転だ。

やがてマリツィア号の行き先がはっきりした。

桜宮岬だ。

今の天城に他に行く場所はない。懸案の公開手術を成功させた今、スリジエセンターの創設はもう目の前だ。天城は、岬の突端でハーレーを止め、世良から荷物を受け取る。新聞の包みを丁寧にほどくと、中から一本の苗木が姿を現した。

強い風が吹き抜け、ばらけた新聞紙を舞い上げ、大海原に運んでいく。

世良は風に目を細め、紙片の行き先を眺めながら、尋ねる。

「これは何ですか？」

天城はいとおしげに苗木を撫でると、答える。

「さくらの苗木さ」

天城は、手にした小さなスコップで黙々と穴を掘る。世良は木ぎれをスコップ代わりにして天城を手伝った。五分ほどで穴が掘れ、濡れた新聞紙でくるまれた根の部分がすっぽりはまる。天城は土を埋めると、ぱんぱん、と表面を叩いて平らにした。

「これで、何も思い残すことはないな」

「何を言ってるんですか？」

天城は世良を見つめた。そして笑う。

「言っただろ、ジュノ。私の夢は桜宮にさくら並木を植えることだった。だからこうして、ここに植えに来たのさ」

「そのさくらの木というのは、スリジエセンターのことでしょう？」

「ああ、そうだ。だがそれがダメになってしまったから、せめてさくらの苗木くらい植えて、日本を去ろうと思ってね」

天城が日本を去る？

突然の通告に世良は足下が崩れ落ちるような感覚に囚われた。

さくらの苗木を植え終わった天城と世良は、岬の突端に立ち、大海原を眺めている。

世良が言う。

「突然そんなこと言われても困ります。スリジエセンターの創設を待ち望んでいる人は大勢いるんですから」

「そんな変わり者が本当にいるなら、ここに連れてきて会わせてくれ」

佐伯教授の名を挙げようとして世良は思いとどまる。天城が聞きたいのは、そんな名前でないことは明らかだ。そう言われてしまえば具体的な名前は誰一人浮かんでこない。手術を実施した梶谷さんと上杉会長のふたりは自分が治った今、センターができようができまいがどうでもいいと思っているに違いない。あるいは市民病院の鏡部長なら、ひょっとしたら賛同してくれるかもしれない。しかし具体的にはそれくらいしか思い浮かばない。

世良は黙り込む。天城のスリジエセンター創設を待ち望む人は、この世界のどこかにいる。それは間違いない。

でもその人たちを現実に天城の前に連れてくることはできない。

天城の天才的な技術は、周囲と掛け離れた高みに昇りつめすぎてしまったがため、周囲から乖離《かいり》し、患者とさえ切り離されてしまっている。

物思いに沈んだ世良の身体を突然、潮騒が包み込む。

周囲の潮騒を世良に呼び戻したのは、一緒に届けられた天城の言葉だった。

「ジュノ、私たちは今、鉄球の振り子に乗っている。この振り子はゆっくり大きく揺れている。乗っている人間に動きはわからない。でも私には見える。今、私の意思は、その振り子の動きに逆らっている。だから私の願いはたぶん叶わないだろう」

世良は何か言おうとした。だが天城はその言葉を遮り、冷ややかに通告した。

「私は、モンテカルロへ帰ろうと思う」

宣言されてしまうと、天城に似合う場所は、モンテカルロ以外にはありえないとしか思えなくなってしまう。

「どうして……」

何か言おうとしたが、その先の言葉が思い浮かばない。

「ジュノ、私は疲れてしまったんだ」

天城は弱々しく笑うと、目を細め、目の前の大海原を眺める。

「モンテカルロでは誰もが私を賞賛した。昼は手術をし、夜はシャンパンを片手に、グラン・カジノで気儘な時を過ごした。何にも囚われず、ひとり自由を謳歌《おうか》し、世界中どこでも同じことができるだろうと思っていた。だが私は間違っていた」

「どういうことです？」

「私は日本では愛されなかった。ささいなことに反発され、刃を向けられ、足を引っ張られる。患者を治すために、力を発揮できる環境を整えようとしただけなのに関係ない連中が罵り、誹《そし》り、私を引きずり下ろそうとする。私はそんな母国に愛想が尽きてしまったんだ」

世良は唇を噛む。

天城は愛されていない。それは本当だった。

でも、どうしてなのか。

周りのみんなと違うから、だからか。

だが天城が提供しようとしたのは、善意の塊のような手術術式だけだ。

それなのにどうしてこんなことになってしまったのだろう。

次の瞬間、世良の口から出たのは、自分でも思ってもいなかった言葉だった。

「逃げるんですか、天城先生」

その言葉を聞いて、天城の顔色が変わる。それは世良の命がけの挑発だった。

だが、天城は世良の真意を見抜いたように笑顔で応じる。

「私は、へこたれて帰国を決めたわけではない。二回の手術の失敗は天の啓示なんだ」

世良は息を呑む。そして言い返す。

「天城先生は失敗なんかしていません。日本に来て天城先生の患者は誰も亡くなっていない。病気の患者を手術し、元気にして家に帰してあげる。これは手術の成功と呼ぶんです」

世良の懸命な言葉は、しかし、天城のこころにはもはや届かなかった。

別離の時が、刻一刻と近づいてきている。

そのことを、世良は痛いほど感じていた。

そんな時、言葉には何の力もなく、また、何の意味もなかった。

天城の静かな声が響く。

それは天上世界から降り注いだ啓示のようだった。

「ジュノ、たとえ今回は逃れても、次は必ず宿命に捕らえられる。そうなったら泣くのは患者だ。シャンス・サンプルもせず、患者にそのような運命を引き受けさせるわけにはいかない」

世良には、天城に語りかける言葉はなかった。

「冷えてきたな。そろそろ帰ろうか」

天城は世良の返事を待たずに、マリツィア号にまたがるとエンジンを掛けた。

たちまちその咆哮が、単調な潮騒をかき消した。


翌日。

天城の居室から私物が消えていた。もともと洋服と机のチェス盤くらいしかなかったので、部屋の雰囲気はほとんど変わらなかった。

机の上にはメモ書きが一枚、残されていた。

――ジュノへ。これまで酷使した報酬は現物支給で許してほしい。私の愛車なら、叩き売ればそこそこのボーナスになるだろう。

そして文末には、流れるような華麗な筆記体の、一行の走り書き。

――Adieu（アデュウ）

ピリオド代わりに銀色のキーホルダーが置かれ、机の上で輝きを放っていた。

世良はマリツィア号の鍵を取り上げ、握りしめる。

――アデュウは永遠の別れの時に使う言葉だろ。

その時世良は天城に、この手紙の間違いは絶対に訂正させよう、と決意した。

24 巨星、墜つ

十一月五日（火曜）

病院長選挙の結果が出たのは、天城が姿を消し一週間も経たない十一月上旬だった。

その結果は東城大学を震撼《しんかん》させた。二票の僅差ながら、江尻教授が勝利を収めたのだ。その結果は、激震となり東城大を襲ったが、それは物語の序曲にすぎなかった。

病院長選挙の結果が判明した翌日。敗戦後初めて、佐伯外科で行なわれた医局運営会議には、いつもの顔ぶれは揃わなかった。天城は前週に辞職願を提出し、日本を去った。垣谷は臨時出張のため、出席者は佐伯教授、黒崎助教授、高階講師、世良元医局長の四人だけだ。

佐伯教授が言う。

「油断したな。まさか私が江尻君ごときに敗れるとは、夢にも思わなかった」

黒崎助教授も高階講師も押し黙る。こんな時に洒脱なジョークで場をかき回し、和ませてくれた天城もいない。世良が議事録を筆記する音だけがさらさらと流れる。

「しかし、こんな身近に獅子身中の虫がいたとは……」

佐伯教授は高階講師を凝視した。高階講師はうつむき、強い視線の凝視に懸命に耐えていたが、とうとう我慢しきれなくなったように顔を上げて陽気に言う。

「なぜバレたんでしょう」

佐伯教授は呆れ顔で言う。

「足跡を隠そうともせず、あちこち出没しまくれば一目瞭然だ。ひとつ聞きたいが、こんな稚拙な工作で、私の目をごまかせると思っていたのかな、小天狗は？」

「まさか」と高階講師はちらりと世良を見る。そして続けた。

「これは分の悪いギャンブルでしてね。上手く行っても佐伯先生が病院長の座から転げ落ちるだけ。致命傷にならないし裏工作がバレれば私の運命は風前の灯火。それは江尻教授が病院長選に勝利したという奇蹟《きせき》が伝えられた、今でさえそうなんです」

「そこまでわかっていながら、なぜそんな賭けに身を投じた？」

「さあ、どうしてでしょうかね」

「はぐらかすな。格が下がる」と佐伯教授が言うと高階講師は、からりと笑う。

「仕方ない。真実を申し上げましょう。私は佐伯教授の大学病院改革を阻止したかった。そのためあらゆる手を使いました。佐伯教授と比べたら赤子みたいな私は、全力を尽くしてようやく流れを少し押しとどめることができた程度でした」

佐伯教授は静かに首を横に振る。

「では小天狗、お前の目論見が最高にうまく行った、今の感想はいかがかな？」

「もっと晴れやかな気分になるかと思っていたんですが、全然違いました」

高階講師は、佐伯教授を見つめると、再び小さく吐息をついた。

「天城先生を追い落とし、佐伯教授を敗北させ、すべて思い通りになったのに、以前に増して息苦しい。小人が身の丈に合わない地位に就くのは難儀なことです」

世良は胸ポケットで温めている封筒に指を触れる。小人とは新病院長の江尻教授を評しているのかと思うが、あるいは高階講師本人のことかもしれない、とも思う。

佐伯教授が言う。

「なるほど。上に立つ者はかくの如く複雑な心情を有するものだということを、ようやく理解できたか。これが小天狗の最後のたわ言かと思うと、なかなか感慨深いな」

「最後、といいますと？」

佐伯教授は白眉を上げ、高階講師を一喝する。

「私に弓を引いたら、この教室にいられるはずがなかろう。すべてがわかった今、小天狗は佐伯外科から出て行ってもらう」

「最後は恫喝《どうかつ》ですか。新鮮味には欠けますが、まあ仕方ないでしょう。何しろ最後は内部告発の連発ですからね。恫喝でも何でもして組織を引き締めたいというお気持ちはわかります」と高階講師は肩をすくめる。

　黒崎助教授が声を荒らげる。

「ふざけるな。すべてお前が仕込んだ悪行だろうが」

「確かに仕掛け人は私ですが、私が仕込んだなんて過大評価です。私がしたことは、彼らが抱えていた鬱屈を表に出し、ほんのちょっと背中を押しただけですから」

「おのれ、よくもぬけぬけと」

　黒崎助教授の声が、握り締めた拳と共に震えている。高階講師は立ち上がる。

「出て行け、とおっしゃるのなら、ここを出て行きます。ただし東城大はお暇《いとま》しません。新たな職場はすぐ側にあるもので」

「どういうことだ？」と佐伯教授が白眉を上げると、高階講師は答える。

「病院長選の論功行賞として、私に新しいセンターを任せてくださることが内定しています。消化器センターという新設組織の長への抜擢です。江尻教授が次回の教授会に諮問してくださるそうでして。佐伯教授お得意の、病院長提案という枠です」

「実体がない張り子の虎を手に入れてはしゃぐなんて、幼稚なものだ」

「そうでしょうか。実はこの消化器センター、佐伯構想で新人を一括研修させようとしていた旧ＩＣＵ、救急部の教育システムを肩代わりすることになるんです。だってほら、佐伯構想ではそもそもそこを仕切るのは病院長直轄の教室でしたものね」

佐伯教授と黒崎助教授は顔を見合わせる。黒崎助教授が呻く。

「高階、お前、佐伯外科をとことん裏切るつもりか」

「でも、それこそが佐伯教授の真の願いなんですよ。そうですよね、佐伯教授？」

佐伯教授は答えない。黒崎助教授が怒号を上げる。

「恩知らずめ。どの面下げてそのような言葉を佐伯教授に向かって吐けるんだ」

佐伯教授は、黒崎助教授の啖呵を手を挙げて制する。

「確かに私は総合外科を割ろうと思っていたから、今の事態はやむを得ない。高階が自分から出て行こうとしているのは私に忠実だ、という見方は可能だ」

「私は佐伯外科から出て行きますが、佐伯外科の精神は守るつもりです。私はここでは異端ですが、正統派ばかり続けば世界は衰退してしまいます。正統とは本来、異端の不連続線であるべきなのです」と高階講師は真顔で言う。

「確かに、かつての総合外科三羽烏の中で、真行寺前教授に一番疎まれていたのは私だ。しかし黒崎と高階しか突出していない教室とは、小粒になったものだ」

「色褪《いろあ》せた昔を懐かしむのが年寄りというものです。でも昔は素晴らしかったというのは、単なるノスタルジアにすぎません。社会は常に変わり続けているのですから」

高階講師は、佐伯教授を見つめ、とどめを刺すように告げる。

「そろそろ潮時でしょう。私は佐伯教授に、引退を勧告いたします」

白眉の下、佐伯教授の目が細くなる。佐伯教授と高階講師は凝視しあって、視線を外そうとしない。やがて、ふっと笑みを浮かべた佐伯教授が言う。

「小天狗に引導を渡される筋合いはない」

高階講師も大きく伸びをして、緊張を解いた。そして言う。

「でもいずれ佐伯教授は、私の勧告に感謝するでしょう。佐伯教授にとってこのタイミングで教授を引退するしか、佐伯外科の花道は残されていないんですから」

「小天狗の独立と私の引退がセットである必要はない。我々はもはや無関係だ」

高階講師は佐伯教授と黒崎助教授に向かって両手を広げて、朗々と続ける。

「それは状況認識が甘い。私が独立すれば、佐伯教授が私を粛清しきれなかったことが明らかになり、総合外科は逃げそびれたグズの寄せ集めと評価される。するとたとえ黒崎先生に玉座を譲っても、私の消化器センターには拮抗《きっこう》できなくなるでしょう。でも、ここで佐伯教授が潔く身を引いて黒崎助教授に禅譲すれば、総合外科は自らの意思で新しいステージに突入できます」

それは帝王、佐伯教授への引退勧告であり、逃げ場のない最終通告だった。

「あえて今、この選択権を晒したのは和平交渉のつもりです。もちろん拒絶はできますが、そうなれば次はどちらが勝つか。賢明な佐伯教授ならばおわかりのはず」

佐伯教授は目を閉じ、腕を組む。やがて低い声で言う。

「わからないことがひとつ、ある」

高階講師は、不思議そうな表情で佐伯教授を見つめた。佐伯教授は目を見開く。

「小天狗の戦略は、実働部隊を手に入れていない今はまだ空理空論だ。圧倒的な実存であるわが佐伯外科と、そこまで対峙できると確信している根拠は何だ？」

高階講師は佐伯教授を見つめる。そして言う。

「老いたり、佐伯教授。経緯を総括すれば、答えは簡単に見つかるはずですよ」

「さっぱりわからん。もったいつけずにはっきり言え」

高階講師が浮かべた笑みは、これまで見たこともない冷徹な凄惨さを漂わせていた。

「東城大を支配するため、私はふたつのチャンネルを手に入れました。ひとつは情報操作の要、廊下トンビたちの信頼。この分野の奪還は唯我独尊の姿勢を貫いてきた佐伯教授には不可能です。もうひとつは病院の魂、看護部の掌握です。今回の私の造反の意志を決定づけたのは、看護部から持ちかけられた提案だったのです」

佐伯教授はうめく。やがて呟くように言う。

「『ドア・トゥ・ヘブン』が祟《たた》ったか。榊総婦長の逆鱗《げきりん》に触れたのが仇《あだ》となるとはな」

「ご理解いただけましたか。いかに至高の国手、佐伯教授といえども病棟を支える看護部を敵に回しては、さすがに勝ち目はないでしょう」

高階講師の声が長い尾を引き、反響を残して消えた。部屋には、長い沈黙が流れた。

「完敗だ。実に見事だ。謀反は瞬時に決着をつけなければならない、というお手本だ。以後、私は小天狗がわが佐伯外科をぼろぼろにするのを見守りながら息絶えよう」

高階講師は佐伯教授を感嘆の表情で見つめる。

「凋落《ちょうらく》が決定的になったこの期に及んでなおこの風格、さすがですね。でもこのままだと佐伯外科は解体します。ですので佐伯教授、私と取引しませんか？　今、ここで佐伯教授が引退を表明すれば、私は江尻病院長からの申し出を断ります」

「それでお前はどうするつもりなんだ？」と佐伯教授は白眉を上げる。

「佐伯外科を二分割し、その片方を頂戴します」

佐伯教授は腕組みをする。やがて掠れ声で言う。

「それでは、小天狗のメリットがないだろう」

「それどころか、時の権力者、江尻教授の不興も買うのでデメリットばかりです」

「ならばなぜ、そんな提案を持ちかけてくるんだ？」

佐伯教授を凝視し続けた高階講師は、深々と息を吸い込むと、言った。

「新設の消化器センターの椅子を蹴り、敢《あ》えて佐伯外科門下のまま新しいフェーズに移行するという選択肢を選んだ理由、それは佐伯外科への敬意です」

「佐伯外科に対する敬意、だと？」

問い返した佐伯教授に、高階講師は腕組みをして目を閉じる。

「私が格闘してきた相手はオペ室の悪魔・渡海征司郎、モンテカルロのエトワール・天城雪彦……。いずれの光芒も佐伯清剛という巨大な太陽に引き寄せられてきた惑星です。確かに私は佐伯教授を討ち取りました。でもそれは院内政治という痩せさらばえた土地での騙し討ちです。私は稀代《きたい》の外科医、佐伯先生の首級をこんな不毛の地に堕としたくない。私は、佐伯外科の後継者であるという勲章が欲しいのです」

高階講師の目には、涙さえ浮かんでいた。佐伯教授は目を伏せ、静かに微笑する。

「彼らに対する敬意が小天狗にその道を選ばせたか。そこまで言われては、私に選択の余地はない。しかしまあ、強欲なヤツだ」

その声は静かに病院長室に響いた。

やがて顔を上げた佐伯教授の表情は晴れ晴れとしていた。

「近日中に私は教授職引退を宣言しよう。後任は教授選になるが、救急部を立ち上げたばかりだから外部から新教授を迎え入れようということにはならず、黒崎に禅譲できるだろう。小天狗の新しい教室の立ち上げは、脳外科や肺外科のやり方を踏襲すればいい。以上を来週の教授会で提案する。これでどうだ？」

佐伯教授の回答に、高階講師はうなずく。すると佐伯教授はぽつんと言った。

「ただしふたつほど、頼みがある。ひとつ目。総合外科を分離する際の名称は第一外科、第二外科、としたい」

「それは構いませんが、どうしてその名前なんですか？　循環器外科と消化器外科でいいじゃないですか」

「佐伯外科解体の最終局面ではそれではダメだ。これまでは脳外科、肺外科、小児外科と、細分化してきた。すると一番大切な根幹がすっぽり抜け落ちてしまう。それは総合外科という看板だ。そこには、あらゆる外科業務を受け止めるという覚悟が内包されている。それこそが総合外科の精神の根幹なのだ」

「あらゆる外科業務を受け止める覚悟……」

復唱する高階講師の横顔を見つめながら、佐伯教授は続ける。

「外科は人体を切り刻む手技の総称であり同時に、医療における最高の尊称だ。だが時代は細分化の方向に進み、境界領域に対する無責任な態度が跋扈している。強い縄張り意識とは裏腹の、近傍領域に対する無関心と責任の放棄。それが外科、ひいては日本の医療をダメにしていく。佐伯外科はそんな不細工な医療は許さない」

「わかりました。佐伯教授のご提言に従います。名称などどうでもいいことです」

高階講師がうなずくと佐伯教授は微笑する。

「理解いただいてありがたい。これは私のささやかなわがままだが、できれば第一外科の名称は黒崎の心血管外科学教室に譲りたい。佐伯外科の本道は黒崎に継いでもらうわけだから、第一と呼ぶのは当然だと思うが」

高階講師はふたたびうなずかざるを得なかった。すると佐伯教授は嵩《かさ》にかかって条件を上乗せしてきた。

「ついでに先般立ち上げた救急部と将来立ち上げられる救急センター、そしてICUの統括も黒崎に任せたい。これは心臓外科との相性もあるから合理的だと思うが」

高階講師の顔色が変わる。まさか新設ICUへの統治にまで巻き返してくるなどとは考えてもいなかった。高階講師はだがすぐに冷静に対処する。

「それは無理です。初期研修の集中化の反対姿勢は、江尻教授が選挙公約に掲げていますから、佐伯教授の意向は通らないのではないかと思います」

「それもそうか。では少なくとも今の教室員の初期研修は第一外科に任せたい」

「それはできません。救急部という縄張りは譲ったんですから、新人は頂戴したい」

さすがに高階講師は抗議する。すると佐伯教授は目を細めて、うっすらと笑う。

「今年の一年生の研修はお前に任せてもかまわない。ただし一人は除いて、だ。それが誰を意味しているか、お前にはわかるだろう？」

「まさか、速水君を除外せよ、と？」

「その通り」

「無茶な話です。速水君は私が顧問を務める剣道部の元主将で縁が深いんです」

佐伯教授はうっすらと笑う。

「やはり目先の利権より将来の人材か。小天狗の選択は正しい。だが残念だがお前の言葉は大いなる矛盾をはらんでいる。かつてお前自身が言ったではないか。あのじゃじゃ馬は渡海の血族だ、と。ならば佐伯外科の純血種の直系は、佐伯外科の本道に置くしかない。わかるよな、この理屈は」

高階講師は唇を嚙みしめる。これではどうあっても速水は自分の手のうちからこぼれおちてしまう。しかもその道筋をつけたのは、かつての自分自身だった。

「策士、策に溺れる、とはこのことだな」

圧勝したと思っていたのに、手のひらから次々に戦利品がこぼれ落ちていく。だがこうなってしまってはもはや、老獪《ろうかい》な佐伯教授の論理は容認せざるを得ない。

「わかりました。速水君は諦めます。その代わり、そちらできちんと育てて下さい」

「言わずもがな、のことだ」と黒崎助教授が吐き捨てる。

「以上が当方の条件のすべてだ」

厳かに宣言した佐伯教授の白眉には、もはや敗軍の将の色はない。高階講師は敗北感に打ちのめされながら、次の瞬間には鬱屈をさらりと忘れた表情になる。

「わかりました。では新病院長の江尻教授に、消化器センターの創設は辞退することをお伝えしてきます」

高階講師は立ち上がると、深々とお辞儀をした。

「長い間、お世話になりました」

佐伯教授は言葉を発しなかった。

高階講師が長いお辞儀から顔を上げると、書記役の世良に声を掛けた。

「世良君、お暇しよう」

その言葉に世良は立ち上がると、佐伯教授と黒崎助教授に深々と礼をした。

そして高階講師の後について、部屋を出て行った。


部屋に残された佐伯教授と黒崎助教授は、しばらく黙りこんでいたが、やがて佐伯教授が言う。

「騒がしい連中が姿を消して、さっぱりしたな」

「以後決して、佐伯外科の名を貶《おとし》めないよう、一層の精進を重ねて励みます」

黒崎助教授の重々しい言葉の調子に、佐伯教授が顔をしかめながら言う。

「相変わらず仰々しいヤツだな。教室の名前になど囚われるな。ゆく河の流れは絶えずして、しかも元の水にあらず、と鴨長明《かものちょうめい》も言っているではないか。黒崎の率いる第一外科には、新しい水流が押し寄せるが、それは佐伯外科とは違う、まったく新しい川だ。昔の河床など、きれいさっぱり忘れてしまうがいいさ」

「そんなことを、この黒崎ができるとお思いですか」

黒崎助教授の涙声に、佐伯教授は白眉を寄せた。

立ち上がると黒崎助教授に歩み寄り、その肩をぽんぽん、と叩く。

「わかったわかった。もう言わないから、大の男がめそめそ泣くな」

佐伯教授は、ゆっくりした足取りで窓際に歩み寄る。そして呟くように言う。

「ある日、お前が目の前の景色を眺めた時、どこかで見たことがあるような懐かしさを感じてくれたら、私はそれで充分だよ」

黒崎助教授は涙をぬぐい顔を上げる。そして机に平身低頭するようにして、言う。

「全身全霊を挙げ、精進します。今後ともご指導をよろしくお願いいたします」

部屋にはいつしか西日が差し込んでいた。黒崎助教授は、その姿が夕日の中でシルエットになってしまうまで、いつまでも頭を下げ続けた。


ホールでエレベーターを待ちながら、高階講師が言う。

「これから忙しくなるぞ。世良君にも苦労をかけることになるが、よろしく頼む」

投げかけた依頼に対し、返事がないので高階講師は振り返る。

世良はまっすぐ高階講師を見つめていた。その手の白い封筒には、〝辞職願〟の文字が黒々としたためられている。

「なぜ、だ？」という高階講師の問いに、世良はきっぱりと答える。

「高階先生が、天城先生を東城大から追い出したからです」

「それは誤解だ。私はスリジエセンターの創設に待ったをかけただけだ」

「それは天城先生を追い出すことと同じです」

「違う。大学病院の枠組みを改編した後、天城先生には私の直属になってもらい、病院改革に参画してもらうつもりだった」

「それは不可能です。天城先生が高階先生の下に就くはずありませんから」

高階講師は世良を見つめた。やがて嗄《しわが》れ声で、言う。

「世良君は、天城先生が目指した、カネがすべての医療施設を作りたいのか？」

「俺はただ、天城先生のさくら並木を見てみたかった。それだけです」

「天城先生の発想は今の日本では受け入れられない」

世良は高階をにらむ。世良の視線が、高階の身体に突き刺さる。

「その言い方は卑怯《ひきょう》です。今の日本が受け入れられないのではなく、高階先生が天城先生を受け入れることができなかっただけじゃないですか」

高階講師は口をつぐむ。高階講師の欺瞞《ぎまん》を糾弾するかのように、世良は言い放つ。

「天城先生はわがままなボスでした。でも患者には優しかった。素晴らしい技術を、出し惜しみもせず提供し続けました。でもその報酬として天城先生は何を受け取ったでしょう？　学会で浴びたささやかな喝采すら翌日には誹謗中傷に変えられてしまう。天城先生をこの国から追い出したのは、俺たちの卑しい心根です」

世良は、高階講師を見ようともせず、もう一度頭を下げる。

「高階先生にはお世話になりました。でも渡海先生も天城先生も佐伯外科から去ってしまった。今の俺をここに留まらせる人は、もう誰もいません」

ふたりが無言で乗り込んだエレベーターが、ゆっくり下降し始める。五階、総合外科学教室フロアで停止し、扉が開く。高階講師がエレベーターを下り、世良はエレベーター内に留まる。扉がゆっくり閉まり始め、世良はもう一度深々とお辞儀をした。

そして扉は閉まり、世良の姿が視界から消えた。

それが、高階講師が世良を見た最後の時となった。

✿

翌週の教授会が終わった時、廊下トンビたちにとって百年に一度というお祭り騒ぎになった。長年東城大に君臨し続けた国手、佐伯教授が突然の引退を表明すると同時に佐伯外科の解体を発表したのだ。

総合外科は分裂し、第一外科、第二外科という新教室が創設され、それぞれトップに黒崎助教授と高階講師が就任するという報告も同時にされた。

そんなビッグニュースを前に、新病院長の就任挨拶はすっかり色褪せてしまった。江尻病院長の誤算は、就任演説の目玉に用意した消化器センター構想が、高階講師の辞退によって水泡に帰してしまったことだった。そのため急遽書き直された演説は迫力を欠き、印象の薄いものになってしまった。

この一件以降、江尻病院長は、不機嫌な院長という印象を周囲に持たれ続けることになる。

佐伯外科の分割は粛々と進められ、年明けと共に新生第一外科学教室と第二外科学教室として稼働を開始した。第一外科は信任投票の結果、黒崎新教授の下、つつがなく離陸した。だが高階講師率いる第二外科学教室は実績不充分とされトップの高階講師は助教授職からのスタートとなった。正式に第二外科学教室の教授に就任するのは、さらに先のこととなる。

だがそれは旧態依然とした組織が、その存在意義を示そうと躍起になったがための通過儀礼によるささいな齟齬《そご》にすぎず、いずれ高階講師が教授に就任するのは既定路線だと思われていたため、第二外科学の教室運営に特段の支障はなかった。

教室分割にあたり人員の異動も激しかった。これを機に大学を離れる人間もいて、毎日、誰かの姿が見えなくなっても誰も不思議に思われなかった。

そんな中、世良医師の姿を手術室の看護婦が探し回っているという艶聞だけは、ひそやかに語られ続けた。

師走も押し迫ったある日、藤原婦長は榊総婦長に呼び出された。

久しぶりに見た机の上には紫色の薔薇《ばら》が活けられていた。ふだんの趣味とまったく違っていることを言い訳をするように榊総婦長が言う。

「江尻病院長がね、病院長就任のご挨拶にといって先ほどお持ちになったの」

「気が利く先生ですね」と藤原婦長が言うと、榊総婦長は肩をすくめて微笑する。

「患者さんが関わらない部分では、ね」

藤原婦長が薔薇を見つめながら、言う。

「こうして見ると紫の薔薇って、毒々しいですね」

「そうね。こんなことをしなかった佐伯先生が懐かしいわ」

藤原婦長はうつむいた。そしてぽつんと言う。

「花を贈らないということは、すべての花を贈るということなのかもしれませんね」

「後悔してるの？」と榊総婦長は藤原婦長を見つめて、言う。

藤原婦長は顔を上げて、首を振る。

「いえ、全然。でも一時はお世話になった教授ですので、感傷的にはなります」

「そうね。そうよね」

机の上には一通の招待状が置かれていた。

それは佐伯教授の退官祝賀会の招待状だった。

そこには膨大な数の発起人の名前が連なり、見慣れた名前も多かった。黒崎助教授、垣谷講師は当然として反旗を翻した高階講師の名まであったのには驚かされた。

榊総婦長がその招待状を手に取り、眺めながら言う。

「お弟子さんたちがこんな盛大な退任祝賀会を催してくれたのに、欠席されるなんて、佐伯先生らしいわね」

藤原婦長がうなずいて、言う。

「そして出席者が全員、それを納得してしまうんですから本当に妖怪ですね」

「妖怪、ねえ。そういえば藤原さん、あなたも妖怪の眷属入りをしたみたいよ」

「私が、ですか？」

「一介の婦長風情が、その巨星をたたき落としたというもっぱらの評判だもの」

藤原婦長は黙り込む。評判とは劇薬である。使い方ひとつで毒にも薬にもなるのだから。藤原婦長は首筋にひんやりとした冷気を感じた。

榊総婦長は紅茶のカップを出しながら、言う。

「私の任期も残り三ヵ月だから、そろそろ後継者を考えないと、と思ってね」

藤原婦長は目を見開く。彼女も総婦長候補として名が挙がっていたが、そんな候補者を前に、総婦長が軽々しく意向を漏らすはずがない。案の定、榊総婦長は言った。

「実は次の総婦長は、福井さんにお願いしようと思っているの」

「そう、ですか……」

ライバルと目されていた手術室の婦長の名を耳にして、藤原婦長は立ち上がる。

「福井婦長なら、立派に東城大の看護部を率いていけると思います」

そして部屋を出て行こうとした。その背中に榊総婦長のくぐもった声が響いた。

「どうして私を責めないの？　危険な仕事をさせたくせに、あなたを推薦しなかったのはなぜかって」

藤原婦長は振り向いた。

「なぜ、そんな質問しなくてはならないんです？　私は総婦長になりたいと思ったことは一度もありません。榊総婦長はいつも看護部全体の利益を第一に考えていらして、その判断を間違ったことはないと信じています。それで充分です」

「だとしたら私は藤原さんに謝らなくてはならないわ。私はあなたこそ私の後継者だと考えていたの。でも横槍《よこやり》が入ってしまって……」と榊総婦長は苦しげに言う。

「どこからの横槍ですか？」

藤原婦長は急に興味津々、という表情で言う。それは出世できない恨みではなく、院内スキャンダルならば食い付くという習性による一貫した行動原理だった。

榊総婦長は花瓶から紫の薔薇を一輪抜き取ると、藤原婦長に差し出した。

「はい、これ」

怪訝な表情で受け取った藤原婦長は薔薇を眺めていたが、やがて目を見開いた。

「……まさか」

窓辺に歩み寄った榊総婦長は、遠い目をして言う。

「まさか病院長交代劇の立役者をまっさきに切るなんて、思いもしなかったわ」

藤原婦長は、手にした薔薇の花の香りを胸一杯に吸い込むと、言った。

「さすが、こんな毒々しい花を贈ろうというだけのことはありますね。でも榊総婦長はお気になさらないでください。私は、榊総婦長の判断を信じ、勝手にやったことですから、後悔はしていません」

そう言いながら藤原婦長は、手にした紫の薔薇を机の上に置いた。

「ほんとうにごめんなさい。江尻病院長は藤原さんを外部に出せとまでおっしゃったのだけれど、さすがにそれだけは何とか許してもらったの」

榊総婦長が頭を下げる。藤原婦長は笑顔になる。

真実の光が射した胸の中には、どす黒い怨念の居場所はなくなる。

「ああ、さっぱりした」

そう呟いた藤原婦長は軽やかな足取りで、総婦長室を出て行く。

その後ろ姿が消えた扉を、榊総婦長はいつまでも見つめ続けた。

✿

年末。

東西冷戦の東側のリーダー、ソビエト連邦が解体された。国家にも寿命があるのだ、という事実は平和ぼけした日本人には衝撃だったはずだが、佐伯外科に関わっていた人々は、それほど深く受け止めなかった。自分の身の回りの激動の方が、はるかに大きな変動に思われたからだ。

ただ速水だけが、その記事を感慨深げに読んでいる姿が医局で見られた。

東城大学激動の一九九一年はこうして暮れていった。

25 冬の手紙

一九九二年二月

年が明け一九九二年。

総合外科学教室が分裂し、第一外科と第二外科があいついで創設される中、総婦長選が行なわれ、長年続いた榊体制は、榊総婦長の定年退職に伴い、福井体制へと移行した。婦長候補の最右翼と目された藤原婦長が惨敗したのは佐伯前教授の怨念のせいだというウワサが流れたが、佐伯前教授と藤原婦長の明るい性格を誰もが理解していたため、それ以上ウワサは広がらなかった。

それよりもむしろ江尻病院長と福井新総婦長との癒着とそれに対する反発の方がゴシップの種になった。

黒崎教授率いる第一外科は、救急センターが創設されるまでは救急部を内包することになり、多くの研修医が参集し隆盛を誇った。中でも城東デパート事件で勇名を馳せた速水は、若輩ながら救急部門の中心的存在になった。

一方、高階助教授率いる第二外科は、教授職を置けないというマイナスからのスタートだった。だが消化器外科という広範なテリトリーと、日本人離れした明敏さをベースに構築された新組織は、次第に多くの青年医師を引きつけていく。

江尻病院長は業者との不適切な関係が表沙汰になり、着任半年で病院長を辞任した。それに伴い行なわれた病院長選は、候補者が乱立し再投票を重ねた結果、半年以上も病院長不在となった。

そうした無責任体制と不作為の推奨という旱魃《かんばつ》のような状況の中、佐伯教授が植えようとした大学病院改革の素案という苗木は立ち枯れていった。

真冬の高原の陽射しは冷たく弱々しい。

冷え冷えとした大気の中、粗末な診療所は建っていた。

外来の一室で、ぼさぼさ髪、よれよれの白衣姿で、覇気が感じられない青年医師が、日に焼けたもんぺ姿の老農婦のカルテに所見を書き込んでいる。

「それじゃあいつものお薬を出しておきますね」

聴診器を外し青年医師がそう言うと、もんぺ姿の日焼けした年配の女性が、首からかけた手ぬぐいで汗をぬぐいながら、小声で言う。

「二ヵ月分出してもらえんかの。前の先生は出してくれたんですけんど」

カルテを見返す。二週間に一度受診しているように書かれているが、四回分の二ヵ月の記載を一度に書いていたようだ。

なので青年医師は妥協案を出した。

「間を取って一月分で我慢しませんか」

もんぺ姿の農婦は、ちょっと考えて、うなずく。

「ほんじゃあ、それでお願いします」

本日五人目の患者が頭を下げて外来室から出て行った。

外来担当の看護婦が言う。

「今日の外来患者さんは今の方で最後です、世良先生」

青年医師は黙って立ち上がると、部屋を出ていった。

富士見診療所の最寄り駅は隣県の富士崎《ふじさき》町の富士久《ふじひさ》駅で、桜宮駅から列車で一時間半。駅から診療所まで徒歩二十分かかる。

富士見診療所は、世良の二ヵ所目の研修先だった。出張先を決めるくじ引きで一番クジを引き当てた世良が選択したのは桜宮がんセンターで、そこで意気揚々と仕事をしたが、その裏でウエーバー方式で決まった最下位出張施設、それがこの富士見診療所だった。

桜宮湖のほとりにある診療所は手術件数がゼロに近く、外科医の研修先病院として人気がなく、昨年から佐伯外科は出張医の派遣を停止していた。

だがその決定があまりにも一方的だったため診療所の不興を買い、関係修復は困難に思われた。その余波で内科教室から医師が派遣され、常勤医が二人になったのはよかったのだが。

そんな、外科の不毛の地に、世良は逃げ込んだ。

医局とは名ばかりの小部屋には机が五つ、ソファが二つ、テーブルが一つ、本棚が二本、テレビ、ラジオ、古びたステレオ。それが家具のすべてだ。

窓から見える桜宮湖には季節外れのウインドサーファーが風を捕まえられず四苦八苦している。

がらんとした医局でぼんやりしていると、山村《やまむら》所長が入ってきた。

「いやあ、世良先生が戻って来てくれたおかげで、病棟が本当に明るくなったよ。ありがたいことだ」

それがお世辞だということは、言われた本人が一番わかっている。

昨年就職した副所長の内科医は山村所長の五歳下だが、ふたりの折り合いは悪い。

そんなふたりは突然舞い込んできた世良の処遇を巡り、激しい口論を闘わせた。それは毎日繰り返され、もはや定例会議と化していた。

所長が甘いから、あんなぐうたらしかこないんだと副所長が毒づけば、所長は、彼はぐうたらではなく、傷つき引きこもっているだけだと説明する。勤務者からすればどちらも同じ害悪だと非難されると、引きこもりはこころの傷を治すための安静、ぐうたらは社会に害を為《な》す伝染病だから、前者は暖かく見守り、後者は徹底的に撲滅すべきだと擁護する。こんな調子で世良をめぐる議論は果てがなかった。最後は副所長が、「とにかく我慢も限界ですわ」と言うと、山村所長が「窮鳥懐に入《い》れば、だ」と言い返し、副所長が、ばたん、と乱暴に扉を閉め討論は終わるのだった。

所長と世良が並んで座り、窓の外に広がる寒々とした湖面を眺めていた。その湖は、どれほど寒くなろうとも、決して凍らない不凍湖だといわれていた。

「どうだい、世良君。最近の調子は」

「ご迷惑をおかけします」と頭を下げる世良に、山村所長は両手を振って、言う。

「副所長は気にせず、ゆっくり休みなさい。昨秋の大騒動の時、まだ若いのに医局長という難しい立場で重圧をまともに受けたんだ。ふつうの神経なら参ってしまうよ」

それは誤解だったが、説明が面倒なのと、山村所長の差配の中でぼんやりしているのが心地よく、あえて説明しようという気にならなかった。

「ありがとうございます。でも、俺は外科医失格です」

「いいじゃないか、外科医なんか失格したって。世良君は立派な医者だ」

「そんなこと、ないです」

世良が消え入りそうな声で言うと、山村所長はきっぱり断言する。

「それは外来患者の表情を見ればわかる。世良君はそこにいるだけで患者を治療している。それはいい医者にしかできないことだ」

その言葉は単なる慰めに思われたが、必ずしもそれだけでもなさそうに思えた。ひょっとしたらそれは山村所長が自分自身に言い聞かせてきた言葉かもしれない。外科手術ができない環境で、いつしか技術を手放した外科医の悔恨。恨み節と共にまき散らされる周囲への心遣い。外科医としては胸を張れないかもしれない。だが、だからこそ世良は山村所長に頭を下げたくなる。

「そうだ、気が向いたら釣りでもするといい。せっかくこの診療所にはボート置き場が併設されているんだから。あ、でもくれぐれもボートからは転落しないように。この時期だと水が冷たいから、あっという間にあの世行きだ」

山村所長の暖かい言葉に、「釣りは趣味ではないので」と本音を答えるのが憚《はばか》られた世良は、黙ってうなずいた。他愛のない世間話に花を咲かせた山村所長が姿を消すと、世良は机に座り便箋を取り出す。これで何通目だろう。

返事のこない手紙を書き続けていると、届いているのかという疑念に苛《さいな》まれる。

だが、それでも必ずいつかは届く、と信じていた。

世良は青い便箋に黒々としたペンで文字を連ねていく。


――天城先生。

ご無沙汰しております。日本は真冬です。モンテカルロはいかがでしょうか。

先生がモンテカルロに去ってすぐ、佐伯外科は分裂しました。先生が残っておられたらスリジエと三つ巴《みどもえ》になり、すさまじい修羅場になったでしょう。

返事は要りません、と言いながら返事を待ち焦がれている自分に気づいてうんざりします。でも、言葉を連ねているうちに、自分の気持ちがはっきりしてきました。はっきり言います。日本に戻ってきてください。そして私に、手術室から見える海を見せてください。

私は佐伯外科を辞めました。先生のように患者を思い、高い技術に対して高い報酬を堂々と要求する外科医を目の当たりにしたら、他の先生方が色褪せて見えてしまったのです。私は今、外科から離れ、小さな診療所にお世話になっています。数ヵ月離れただけで、手術が怖くなり始めています。もし私を外科に戻したいなら、今すぐ日本に戻ってきてください。でないと私は二度と先生のお手伝いができなくなってしまいます。日本への帰り方を忘れたというのなら、以前のようにグラン・カジノまで、お迎えにあがります。

一九九二年二月

世良雅志拝

書き上げた手紙を封筒に入れ、表に住所を書き込む。宛先はシンプルだ。

モナコ公国、モンテカルロ、オテル・エルミタージュ、ユキヒコ・アマギ。

モナコ公国は三十分で端から端まで歩けてしまう小国だから、ホテルに届けば、気の利いたコンシェルジュが天城の手元に届けてくれるはずだ。

何しろ天城はあのホテルのスペシャルＶＩＰなのだから。

その時、ノックの音がした。顔を上げると、太った外来婦長が人の好《よ》さそうな笑顔を浮かべて立っていた。

「何か？」

婦長は意味ありげに微笑し身を翻す。そこには一輪の可憐《かれん》な花が残されていた。

久しぶりに見た花房の大きな瞳は、世良をまっすぐ見つめ、微動だにしなかった。

「すごく寒いところなんですね」

冷たい風に乱れる髪を押さえながら、花房は言う。

世良と花房は、湖上のボートに乗っていた。

「うっかり水の中に落ちたら、一分で死んでしまうらしいよ」

「怖いですね」と言いながら、花房はちっとも怖がっているように見えない。

雰囲気が少し変わった気がするのは髪型を変えたせいか。あれから三ヵ月も経っていないが、花房の変化は、月日の流れる速度は相対的だ、と世良に教えた。

細い指を湖面にひたし、花房が小声で歌を口ずさむ。切ないメロディが、ぽっかり空いた世良の胸の空洞にしみこんでいく。

「何て曲だっけ、それ？」

花房は頬を赤らめて、歌を止める。

「ダニーボーイ、です」

以前、二人きりだった時に耳にして、題を聞いたのに教えてもらえなかった曲だ、ということを世良は思い出した。

「髪、切ったんだね」と、思い切って言う。

花房は、切りそろえた髪に手をやり、恥ずかしそうにうなずく。

湖の中心部に到着すると、世良はオールを漕《こ》ぐ手を止めた。

そしてまっすぐに花房を見る。

「よくここがわかったね」

富士見診療所は東城大と疎遠になっていたから、医局が把握できるはずはなかった。

花房は淋《さみ》しそうに言う。

「世良先生のニュースは、なぜか私のところに集まることになっているんです」

花房はうつむいて、暗い湖面に映った自分の肖像を波紋で崩しながら尋ねる。

「どうして何も言わないで、突然いなくなってしまったんですか」

その問いに対する答えを、世良は持ち合わせていなかった。

理由は山ほどある。別れを告げたら決意が鈍って、自分が崩れ落ちてしまいそうで、そして何より、本当のさよならになってしまうようで、こわかった。

だから……逃げたのだ。

「天城先生がいなくなったのがそんなにショックだったんですか。でも私だけには相談してほしかった、です」

世良は湖面に視線を落とす。沈黙がふたりに覆い被さる。

突然、花房がきゃあ、と小さな悲鳴を上げる。びっくりして顔を上げると、花房は右手で湖面を指さしている。

「あれ、何ですか？」

湖面に波紋が広がっている。

「たぶん、ニジマスが跳ねたんだよ」

それから世良は花房に言う。

「黙って消えて、ごめん」

「いいんです。こうしてまた会えたんですから」と花房は恥ずかしそうにうつむいた。

冷たい風が一陣、湖面を吹き抜けていく。世良がぽつりと言う。

「そろそろ戻ろう」

花房には何も告げてはいない、ということに気がついた。

同時に、花房がそのことにとっくに気づいているということも。

富士久駅は無人駅だ。あと十分で最終列車が入線してくる。一日五本。朝二本、昼間に一本、夕方から夜にかけて二本。最終列車は午後七時前だ。

ベンチに座る花房は、うつむいて黙っている。冬の寒風がふたりの間を吹き抜けていく。次の約束もしていないふたりを切り裂くように、鋭い汽笛と共に列車が駅のホームに入線してきた。

花房はベンチから立ち上がる。

二両編成の車両はがらがらだった。

前方の車両にはふたり、老婆が座っていた。そして後部車両には誰も乗っていない。花房はその車両に乗り込んだ。そして扉のところで振り返る。

「今度は、いつ？」

世良は首を振る。

うつむいた花房の肩に、発車のベルが鳴り響く。

花房は顔を上げ、目の端にこぼれ落ちた涙のかけらを細い指でぬぐうと、とびっきりの笑顔になる。そして両手で一通の封筒を差し出した。

「はい、これ。ちょっと意地悪しちゃいました。ごめんなさい」

封筒を受け取った世良は怪訝な顔になる。

次の瞬間、扉の透明な窓がふたりを遮断した。

かたん、と列車の車輪が回転を始める。少しずつスピードを上げていく中、花房の姿が小さくなっていく。世良は花房の幻影を追いかけながら、声を上げる。

「ごめん、だけど、いつかきっと……」

小さな窓に切り取られた花房は、ちぎれるくらいに手を振っていた。

やがて夜の闇の中、最終列車の赤いテールランプは、ぽつんと消えた。

駅舎の薄暗い裸電球の光で封筒を眺める。その途端、胸の鼓動が早まった。

流麗な筆記体の走り書き。

サクラノミヤ、トージョー・ユニバーシティ、サージカルユニット、マサシ・セラ。

封筒の裏には懐かしい字体で、親愛なるジュノへ、とある。

手紙を握りしめ、世良は駆け出した。

誰もいない真っ暗な医局に戻り、部屋中の電灯を全部点《つ》ける。

煌々と明るくなった中、震える指で封を開ける。

エトワールの紋章が型押しされた便箋に、懐かしい文字が躍っていた。

——親愛なるジュノへ

モンテカルロは快晴続きで、グラン・カジノも二年の不在がなかったかのように、私のことを受け入れてくれた。モンテカルロ・ハートセンターにも以前と同様の非常勤で復帰し、先々週には久々にダイレクト・アナストモーシスも実施した。つまり、シャンス・サンプルの勝者が久々に現れたということで、私の復調の証に思える。

ジュノの手紙は筆無精の私には重圧だ。日本からの手紙は疫病神だから封を切らずに積み重ねていたが、先日、ついに圧力で防波堤が決壊してしまった。

佐伯外科が崩壊したこと、ジュノが佐伯外科を辞めてしまったという報告は驚いた。

だが、ジュノの気持ちはわかる気がする。

グラン・カジノでシャンパンの泡にまみれていても、思い出す光景がある。

桜宮岬に屹立《きつりつ》する浄化の塔、スリジエセンターの手術室の窓から見える、太平洋の大海原だ。

モンテカルロで軽やかに過ごしていても、フラッシュバックのようにその光景が浮かんできてしまう。

この幻影から逃れるためには、ジュノとの約束を果たさなければならないのだろう。

一枚目の便箋はそこで終わっていた。めくる指先ももどかしく次の便箋に視線を走らせた世良の目が大きく見開かれる。

二枚目の便箋にはたった一行、こう書かれていた。


――春になったらドン・キホーテをグラン・カジノまで迎えにくるように。

ユキヒコ・アマギ

翌日から、世良は熱心に仕事を始め、副所長の不平は影を潜めた。

そんなある日、世良の許にエア・メールが届いた。

その中にはフランス・ニースへのオープンチケットが同封されていた。

第四部　再び春

終章

スリジエの花咲く頃

一九九二年春

一九九二年四月。

世良は再びフランス・ニース空港に降り立った。ニース空港に迎えに行く、という天城の申し出は固辞したが、空港に着いてみると遠慮したのを後悔した。一刻も早く、天城に会いたかったからだ。

モンテカルロへの、最速で最強の入国方法を思い出す。

その足でヘリの受付に行ったが、受付は封鎖されていた。

硝子張りの空港から空を眺めると、薄雲がかかっている。だがヘリが飛ばないほどの悪天候には思えない。世良はそれ以上深く考えず、タクシー乗り場へ向かう。

クッションの悪いタクシーの中で天城との会話を思い出す。

——ルーレットでスルくらいなら、寄付をしろ？ バカを言うな。大切なカネだからこそ、ドブに捨てるんだ。カネってヤツは溜《た》まりすぎると、主人を乗っ取り自己増殖を始める悪性腫瘍のようなものだから、時々除去手術をしなくてはいけないんだ。

ギャンブルでスルのは、お金の悪弊に対する治療だというんですか？

世良が呆れ声で言うと、天城は大まじめでうなずいたものだ。

過去の情景を思い浮かべていると、モナコ公国の国境を示す石碑をタクシーが通過した。ここまでくればオテル・エルミタージュまではあと五分だ。

世良は窓を開け、潮風を胸一杯に吸い込んだ。


オテル・エルミタージュのロビーは閑散として、ひんやりした空気には季節外れのリゾートホテル特有の倦怠《けんたい》感が漂っていた。世良は受付で訪問相手の名を告げる。

「〈ドクトル・アマギ、シル・ブ・プレ〉（天城医師をお願いします）」

フロントの女性は、目を見開く。しばらく世良を凝視していたが、やがて言う。

「〈アン・モモン〉（少々お待ちください）」

しばらくして現れたのは昔、天城の部屋で会ったコンシェルジュだった。

コンシェルジュは一目見て、世良のことを思い出したようだ。

世良を先導するように歩き始める。世良はバッグを背負い直し、その後を追う。

部屋の扉を開けた途端、懐かしさに目眩《めまい》がした。以前とそっくりで、東城大の赤煉瓦棟の居室と同じように、色とりどりの衣装が撒き散らされていた。

世良をロイヤルスイートにひとり残し、コンシェルジュは姿を消した。

机上に広げられたチェス・ボードの局面は、紫水晶《アメジスト》と黒曜石の駒が入り乱れる中、深紅の騎士が盤面を睥睨していた。

だがそこに、見慣れない駒があった。

海より青い、トルマリン・ブルーの駒。それはポーン（歩兵）だった。

世良がその駒を爪先で弾くと、ちぃん、と音が響いた。

扉がノックされ、「ウイ」と反射的に答える。

付け焼き刃で気取るなよ、ジュノ、とからかう天城の声が聞こえた。

だが空耳だった。ノックと共に姿を現したのは顔なじみのコンシェルジュと制服姿の若い女性だった。黒髪でエキゾチックな顔立ち。アジア系の女性のようだ。

コンシェルジュが耳元に何事か言うと、女性はうなずいて言う。

「ムッシュ・セラ、ドクトル・アマギからのことづてをお伝えします」

どうやら通訳らしい。アジア系だがアクセントがたどたどしいので、日本人ではなさそうだが、日本語が通じる相手がいてくれて世良はほっとする。

「天城先生は今、どちらにいらっしゃるのですか？」

すぐ答えが返ってくると思ったが、通訳の女性は黙り込み、世良を見た。

窓の外、花曇りだった空は、いつの間にか黒い雲で覆われ始めていた。

世良は次第に不安になる。世良の到着時刻は知っているはずなので、緊急オペかもしれない。それならホテルの六階にあるハートセンターに行こう。そして今度こそ、コート・ダジュールが見える手術室を見せてもらおう。

そんな世良に、通訳の女性は眉をひそめて言った。

「残念ですが、ドクトル・アマギは先日、お亡くなりになりました」

周囲から音と色彩が消えた。世良はコンシェルジュと通訳の女性を交互に眺めた。

窓の外に広がる黒雲から、大粒の雨が降り始めていた。沈黙の海に沈んだ部屋に、雨粒が窓硝子を激しく打つ音だけが響く。

世良の周囲の空間が歪み、捩《ねじ》れ、伸び縮みしている。

通訳の女性は淡々と話した。

一週間前、天城がチャーターしたヘリが海上で墜落した。その後、ヘリ会社は事故調査のため休業している。

国葬に準じた格式で葬儀が営まれ、天城の遺体は一昨日、王宮がある小高い丘の中腹にある墓地に葬られた。親族はいないため日本には連絡しなかったという。

「ドクトル・アマギはモンテカルロの名誉市民です。彼は我々のファミリーです」

コンシェルジュの言葉を通訳の女性が訳した。

「ドクトル・アマギはフライト前、ムッシュ・セラをドクトル・アマギと同等に扱うように、と指示しました。ドクトル・アマギが亡くなった今、この部屋に関わる権利はムッシュ・セラに引き継がれます。何なりとご要望をおっしゃってください」

世良は愕然としながら、かろうじて言う。

「ひとりにしてくれませんか」

通訳が世良の言葉を伝え、コンシェルジュはうなずく。

ふたりが姿を消すと世良はソファに倒れ込む。その背に、大粒の雨音が被《かぶ》さる。

世良は目を閉じ、雨音の中に沈み込んでいった。


それから二日間、快晴の街に土砂降りの雨が降り続けた。コンシェルジュは一日一回、サンドイッチとフルーツ・ディッシュを枕元にサーブした。

初日、世良は何も口をつけなかった。

二日目、一粒のさくらんぼが、皿から消えた。

そして三日目。

カーテンの隙間から薄日が世良の頬に差しかかる。世良は小さく伸びをして、オレンジを一切れ口にした。それから受話器を持ち上げ、コンシェルジュを呼び出す。

コンシェルジュは、通訳の女性を伴ってやってきた。

「天城先生のお墓に案内してください」と世良は告げた。

タクシーで十分、小高い丘にたどりつく。細い路地を歩き続けると視界が開け、地中海が眼下に広がる。

紺碧海岸を遠望する丘の中腹に墓地はあった。

新しく、多くの花束が捧げられている純白の墓石があった。

ネージュ・ノワール（黒い雪）とグラン・カジノで呼ばれた天城は、最後に自分の名にちなみ雪のように白い大理石を抱いて、地中海を見ながら眠りについている。

墓標に筆記体のフランス語が刻まれている。

通訳の女性が墓碑銘を訳してくれた。

——神の手と花のこころを持つハイ・ローラー、ここに眠る。

なにひとつ付け加える必要がない、完璧な墓碑銘だ。

「これは、誰が？」

訊ねると、女性は墓石を見回し、言う。

「わかりません。でも裏にはマリツィア、という署名があります」

世良の脳裏に、収穫前の小麦畑に鮮やかな金色の髪がなびく姿がよぎった。

振り返ると大海原が目に飛び込んでくる。突然、潮騒が全身を覆った。

世良は、その響きに耐えきれず、膝を抱えてうずくまる。

傍らの女性が、声を出さずに泣いている世良の背中に、そっと手を当てた。

海風が、世良の頬を撫でていった。


その晩。世良の姿はグラン・カジノにあった。

いくら負けてもすぐに、新たなチップが供給された。世良は狂ったように賭け続け、勝負に負け続けた。ルーレット台の周囲に人だかりが出来た。

世良は何でも奢《おご》ると宣言した。場違いな歓声が世良を包む。

だが世良の無茶な賭け方を見ているうちに、大勢いたギャラリーはひとり、ふたりと立ち去った。そうして最後の観客がシャンパンを飲み干すと、テーブルに突っ伏した世良の髪に手を触れ、「〈メルシ、ムッシュ〉」とひと言残して立ち去った。

誰もいなくなったルーレット台で、クルーピエはルーレットを回す手を止めた。

思考停止した世良を、クルーピエは静かに見つめていた。

朝の光が差し込む中、世良は顔を上げる。負けるたびに吠えたため嗄れてしまった声を絞り出し、クルーピエに告げる。

「今夜の負け分は、オテル・エルミタージュのドクトル・アマギのツケだ」

「ウイ、ムッシュ」

世良は崩れた笑顔を浮かべて言う。

「この調子で負け続けると、あと何日で破産するのかな」

クルーピエは、人差し指で口髭《くちひげ》をそっと撫でる。

「ムッシュ、今夜と同等に負け続けますとドクトル・アマギは二十年後に破産します」

「二十年後？」と呟いて、世良はよろよろと立ち上がる。

「怪物は、死してなお怪物であり続けるのか」

天井に描かれた天地創造の絵に向かってひと声、世良は吠えた。

膝から床に崩れ落ちた。クルーピエが片手を上げてボーイに声を掛ける。世良の薄れゆく意識は、その言葉の響きを記憶の片隅に捉えていた。世良の視界は暗転した。


目を開けると、そこはオテル・エルミタージュのロイヤルスイートだった。

枕元の時計の日付を見ると、世良がグラン・カジノの寛容と天城の大きさに轟沈《ごうちん》した夜明けから二日が経っていた。

世良は丸二日、昏々《こんこん》と眠り続けていたのだ。

結局、どこまで行っても天城先生のてのひらの上、か。

呟いた世良はベッドから起き上がり、窓を開け放つ。

海猫がみゃうみゃう鳴きながら、軒先をかすめて飛んでいく。

潮騒の中、天城の声が鮮やかに蘇る。

——ジュノ、革命は成功すると思うかい？

あれはいったい、どこで交わした会話だっただろう。

コート・ダジュールの海を見て思い出したのだから、たぶん海を見ていた時だ。

すると夜中のこの部屋か。それとも天城を引き戻すため駆け込んだ午後だろうか。

だがそんなことはどうでもよかった。

大切なのは、あの時世良と天城のふたりは並んで眼下の海を見下ろしていた、という記憶が今も残されているということだ。

桜宮湾の輝きを見ながら、話したのかもしれない。

すると付属病院の最上階、病院長室の窓辺だろうか。

記憶の中で凍結されていた、時が溶けて流れ出す。

「革命は必ず失敗します。なぜなら革命家は必ず死ぬからです」

世良の答えに天城の声が応じる。

——たぶん、ジュノの言う通りだろう。だが本当にそうなのかな？

世良はうなずく。

「人は必ず死ぬ。これは百パーセント的中する予言です」

——でも今、私はこうしてジュノと話している。これでも私は死んでいるのか？

天城は世良に問いかける。世良は首を振る。

「それは俺が天城先生を思い出し、懐かしんでいるだけです。先生は死んでしまった。天城先生の革命は終わったんです」

世良に囚われた天城が、からりと笑う。

——さみしいことを言うなよ、ジュノ。忘れたのか？　革命とはこころに灯った松明の火だ、と言った私の言葉を。

「もちろん、覚えています」

——ならばジュノは間違えている。ジュノの中では、私という松明の炎が今なお、こうして燃え続けているではないか。

「でも俺にはスリジエセンターなんて作れません」

世良は思わず大声を上げた。目の前の天城は目を細めて笑顔になる。

——バカだなあ。ジュノは自分が望む、自分のさくら並木を作ればそれでいいんだ。

世良はこぼれ落ちそうになる涙をこらえ、天城に問いかける。

「本当にそれでいいんですか？」

天城はうなずく。

——ああ、それでいい。不器用なジュノには、それしか出来ないだろ？

ほほえんだ天城の姿が、ろうそくの炎が燃え尽きるように揺らめいて、消えた。

ノックの音がした。薄いカーテン越しに部屋に差し掛かる陽の光が、快晴のモンテカルロにいることを思い出させる。

扉を開けると、コンシェルジュと通訳の女性が立っていた。

通訳の女性がたどたどしい日本語で話し始める。

「ドクトル・アマギが、ムッシュ・セラをお連れしたいと言っていた場所がありますので、ご案内します」

どこへ？　と尋ねようとしたけれど、やめた。

それは愚問だ、と答える天城の上機嫌な笑顔が浮かんだ。

世良はふたりの案内人の背に従って部屋を出た。

天城のヴェルデ・モトに乗っていると時間が巻き戻った気がした。

コンシェルジュの運転はビロードのように滑らかで、天城と全然違った。

ああ、もう天城先生はいないんだ、と世良は改めて思い知らされる。

回廊のように入り組んだ小径を上り続けた車は突然、小高い丘の中腹に出る。

広々とした景色が眼前に現れた。コンシェルジュは小さな空き地に車を止めた。ドアを開けてくれたが、世良は車から降りずしばらくの間、窓から見える風景に目を凝らした。

小高い丘から、モンテカルロの小ぢんまりとした街並が一望できた。

反対側の小高い丘の上の王宮、その麓の墓地の、雪のように白い墓石の下に、天城の亡骸《なきがら》は眠っている。視線を落とせば、港に停泊している船舶、そして風にふかれて空を舞う白いカモメ。すべてがどこか懐かしい風景だった。

バックミラーを見ると、車を止めた空き地に、小さな喫茶店が映っていた。

車から降り立った世良は、振り返って思わず息を呑む。

そこには……

丈が低いながらも満開に咲き誇っている、立派なさくら並木があった。

「これは昨年、ドクトル・アマギが植えた〈スリジエ〉の苗木です。今年咲くのは奇跡だと花屋が言っていました」

さくら、という言葉が出てこなかったのだろう、たどたどしく通訳が言った。

コンシェルジュが通訳に耳打ちをすると、通訳は続けた。

「ドクトル・アマギはこう言っていたそうです。春になりスリジエの花が咲いたら、見せたい人がいるんだ、と」

視界がぼやけた。

天城のさくら並木は、確かにそこにあった。

涙をこぼさないように、空を見上げる。さくらの花びらがひとひら舞い上がり、どこまでも高くて青い、モンテカルロの空に吸い込まれていく。

空を仰ぎ見ていた世良は、その青さに耐えかねて、目を瞑《つぶ》る。

どれほど、そうしていただろう。

微風が頰を撫でていったその時、世良は「ジュノ」という声を聞いた。

瞬間、時間が止まった。

やがて世良は目を開くと、大きく伸びをする。

桜の花の向こう、眼下には白亜の大理石の建物が見えた。さっきまで、世良はその柔らかい胸に抱かれていた。だが、モンテカルロの名花、オテル・エルミタージュは、傷ついた世良の隠れ家としての役割を今、終えた。

世良の中で、力強い言葉が立ち上る。

――帰ろう。

次に天城に会えるのはいつか、それはわからない。

だが世良は、いつかその日が必ず来ると確信していた。

世良は咲き誇る〈スリジエ〉の花を凝視した。

振り返ると、真っ直ぐな道が見えた。それは世良が追い求める道だ。その道がどれほど遠く果てしなくとも、一歩踏み出すとしたらそれは今、この時しかなかった。

世良は一歩、足を踏み出した。そしてもう振り返らなかった。

それはある春の日の午後、モンテカルロのエトワールと呼ばれた外科医が植えたさくらの樹《き》が、極東の青年の胸に根付いた瞬間だった。


十数年後。

日本の医療は、モンテカルロの高級ホテルのロイヤルスイートで泣きべそをかいていた青年の、たなごころの上で転がされることになる。

解説

竹内涼真

日曜劇場「ブラックペアン」（TBS系・2018年4月～放映）で、研修医・世《せ》良雅志《らまさし》の役を演じるというお話をいただいた時は、うれしいと同時に、頑張らなきゃ、と気が引き締まる思いでした。医療ドラマには以前から憧《あこが》れがあり、雑誌の取材などでもやってみたいと答えていたこともありましたし、俳優として、命を題材とするお話というのはぜひ取り組んでみたいことのひとつだったのです。実際に出演が決まってみると、覚えなければならないことも多くやはり大変です。医療監修の先生に「糸結び」を教わり、家でも練習したりしています。

世良雅志はドラマの原作『ブラックペアン1988』で東城大学医学部付属病院の

佐伯外科に入局し、この『スリジエセンター１９９１』まで、強烈な個性の先輩医師や上司たちに振り回されながら、だんだんと自分の場所を見つけ「外科医」になっていきます。読者の方や、視聴者の方に近い存在として、病院の中の事件を伝えていく案内役でもあります。

僕は長くスポーツをやっていたのですが、怪我《けが》で整形外科に二、三週間ほど入院したことがあります。足首の手術を受けるため、全身麻酔も経験しました。その時に患者として見ていた姿からは、医師というのは人を救うかっこいい仕事だなという印象を受けていたのですが、今回、本を読んでいくと、実際には外から見えている部分はほんの一部なのだなと感じます。いろいろな規則や決まり、制約があったり、さまざまな難しい事情の中で命を扱う大変な職場ですし、技術に加えて精神面の強さを求められる繊細な仕事だと思います。かっこいいから、だけではできないお仕事なのではないでしょうか。

その中で世良というのは、若くてまだ青い、そしてさまざまなことに興味を持っている人です。人を助けたい、自分の力で目の前の患者さんを救いたいという夢をもってこの仕事に就《つ》いている。けれどやはりいきなり飛び込んだ大学病院の世界で、何もかも初めて経験することばかり、いざその場になると真っ白になってしまうこともあります。ただ患者さんに対してはすごくまっすぐで、強い気持ちを芯に持っている人なので、そこは最後までぶれないように演じていきたいと思っています。

『ブラックペアン1988』から『スリジエセンター1991』まで、シリーズ全体を通して世良は大きく成長をしていきます。ドラマでも始めと終わりでしっかりと、成長を見せられるようにしたいと考えています。たとえば研修医と経験を積んだ医師とでは、「命の見方」が違うのでは、と思います。いろいろな医師がいると思いますが、世良と渡海《とかい》先生や、『スリジエセンター』の天城《あまぎ》先生とでは感じ方も違っているはずです。そんなことも伝わるようなドラマになればと思います。

渡海先生役の二宮和也さんは、本読みをしていても凄《すご》いなと思いました。声を聞いているだけで吸い込まれるような感じがあります。一緒に演じていて渡海先生の怖さも感じました。でも海堂先生の作品の中では、周囲に眉をひそめられてしまうような、渡海先生や天城先生が、じつはいちばんまともなことを言っているのではないか、と思わされます。患者さんの命を救うことにまっすぐで、病院の方針や、さまざまな事情は関係ない。手術でお金をもらうなど、ダークな部分も感じさせますが、腕も良く、その主張にはなるほどと思わされます。そして大事なところでは、いつも核心を衝《つ》いてくる。

いい医療とはなんだろう、と考えたとき、僕は皆が同じ医療を受けられることではないかな、と思っています。でも難しい問題だと思うので、この作品に関わりながらそういうことも考えていけたら、と思います。

このシリーズには渡海先生をはじめ、佐伯《さえき》教授、高階《たかしな》先生、そして天城先生と、多くの医師が「挑戦し続ける」姿が描かれています。僕も職業は違いますが、この仕事をずっと続けていくうえで、やはり常に自分の新しいことに挑戦し続けたい、そしてやるからにはとことん仕事にのめり込んで、自分のスキルを磨いていきたいと思っています。そこは世良たち、若い医師にも通じるところではないでしょうか。

いま僕はこの作品の世良とほぼ同世代です。「二十五歳、疲れたとか言っている場合じゃない！」と思っています。疲れたと思ったら本当に疲れてしまうので、「疲れた」じゃなくて、「頑張った」と思って何かを達成できるのを楽しみたいと思っています。

まだ作品は読むことができていないのですが、世良はこの「ブラックペアン」シリーズよりずっと後、市民病院の院長になるのだと聞きました（編集部注・『極北ラプソディ』朝日文庫）。その物語もぜひ読んでみたいですし、海堂先生には『スリジエセンター１９９１』の後の世良の成長物語もまた書いていただけたらうれしいです。

■本書は、二〇一二年十月に小社より出版された『スリジエセンター1991』に加筆修正したものです。

|著者| 海堂 尊　1961年、千葉県生まれ。医師・作家。1988年千葉大学医学部卒。1997年千葉大学大学院博士課程修了。『チーム・バチスタの栄光』(2006年／宝島社刊)で第4回「このミステリーがすごい！」大賞を受賞しデビュー。宝島社のシリーズはファンの熱烈な支持を得て累計一千万部を超える。同シリーズを含め『ジーン・ワルツ』『極北ラプソディ』など映像化作品も多数。『ブラックペアン1988』『ブレイズメス1990』『スリジエセンター1991』(本書)のバブル三部作は累計130万部を突破している。作品群は世界観が統一され「桜宮サーガ」とも呼ばれる。現在キューバ革命の英雄チェ・ゲバラの生涯を描く大河小説「ポーラースター」シリーズを執筆中で、最新刊は第2巻『ゲバラ漂流』。

スリジエセンター1991

海堂《かいどう》 尊《たける》

講談社文庫

定価はカバーに
表示してあります

2018年3月15日第1刷発行

発行者――渡瀬昌彦
発行所――株式会社 講談社
東京都文京区音羽2-12-21 〒112-8001
電話 出版 (03) 5395-3510
　　 販売 (03) 5395-5817
　　 業務 (03) 5395-3615

デザイン―菊地信義
製版―――凸版印刷株式会社
印刷―――凸版印刷株式会社
製本―――株式会社若林製本工場

Printed in Japan

ISBN978-4-06-293880-8

講談社文庫刊行の辞

二十一世紀の到来を目睫に望みながら、われわれはいま、人類史上かつて例を見ない巨大な転換期をむかえようとしている。

世界も、日本も、激動の予兆に対する期待とおののきを内に蔵して、未知の時代に歩み入ろうとしている。このときにあたり、創業の人野間清治の「ナショナル・エデュケイター」への志を現代に甦らせようと意図して、われわれはここに古今の文芸作品はいうまでもなく、ひろく人文・社会・自然の諸科学から東西の名著を網羅する、新しい綜合文庫の発刊を決意した。

激動の転換期はまた断絶の時代である。われわれは戦後二十五年間の出版文化のありかたへの深い反省をこめて、この断絶の時代にあえて人間的な持続を求めようとする。いたずらに浮薄な商業主義のあだ花を追い求めることなく、長期にわたって良書に生命をあたえようとつとめるところにしか、今後の出版文化の真の繁栄はあり得ないと信じるからである。

同時にわれわれはこの綜合文庫の刊行を通じて、人文・社会・自然の諸科学が、結局人間の学にほかならないことを立証しようと願っている。かつて知識とは、「汝自身を知る」ことにつきていた。現代社会の瑣末な情報の氾濫のなかから、力強い知識の源泉を掘り起し、技術文明のただなかに、生きた人間の姿を復活させること。それこそわれわれの切なる希求である。

われわれは権威に盲従せず、俗流に媚びることなく、渾然一体となって日本の「草の根」をかたちづくる若く新しい世代の人々に、心をこめてこの新しい綜合文庫をおくり届けたい。それは知識の泉であるとともに感受性のふるさとであり、もっとも有機的に組織され、社会に開かれた万人のための大学をめざしている。大方の支援と協力を衷心より切望してやまない。

一九七一年七月

野間省一